태양은
아침에 뜨는
별이다

태양은 아침에 뜨는 별이다

초판 1쇄 발행 2018년 11월 23일

지은이 | 장석주
펴낸이 | 조미현

편집주간 | 김현림
책임편집 | 허원
교정교열 | 김찬성
디자인 | 정은영
표지 일러스트 | 곽명주
본문 일러스트 | 이우식

펴낸곳 | (주)현암사
등록 | 1951년 12월 24일 · 제10-126호
주소 | 04029 서울시 마포구 동교로12안길 35
전화 | 02-365-5051 · 팩스 | 02-313-2729
전자우편 | editor@hyeonamsa.com
홈페이지 | www.hyeonamsa.com

ISBN 978-89-323-1943-8 03800

이 도서의 국립중앙도서관 출판예정도서목록(CIP)은 서지정보유통지원시스템 홈페이지
(http://seoji.nl.go.kr)와 국가자료종합목록시스템(http://www.nl.go.kr/kolisnet)에서
이용하실 수 있습니다. (CIP제어번호 : CIP2018028426)

태양은
아침에 뜨는
별이다

장석주의 인물 읽기

현암사

서문

나는 희귀한 월계수나 바오밥나무나 자이언트 세쿼이아보다 주변에 흔한 버드나무를 더 좋아한다. 내 취향이라고 해야 할 것이다. 서울에서 파주 교하로 거처를 옮기며 이곳의 들과 하천 주변에 버드나무가 많아 좋았다. 버드나무는 습생이라 물가에서 잘 자란다. 버드나무는 가지를 꺾어 물가의 땅에 꽂아놓기만 해도 곧 뿌리를 내리고 잎을 피우며 살아간다. 한여름 버드나무 가지에는 잎들이 무성하다. 바람이 불 때 잎은 햇빛을 받아 반짝이며 흔들리는데 이때 내는 작은 소리에 귀를 기울일 때 나는 행복하다. 버드나무는 처음 뿌리를 내린 한 장소에 붙박인 채 그 숙명을 견디며 살다 간다. 저 들에서 바람을 맞고 서 있는 버드나무가 고요해 보여도 그 내면에 숙명과 맞서는 불굴의 용기와 치열함이 없다고 단언할 수는 없다.

벨기에의 작가 모리스 마테를링크는 날카로운 눈으로 식물의 세계를 관찰한 뒤 이렇게 썼다. "무겁고 어두운 법칙을 어기고 우회하여 자신을 해방하고 비좁은 공간을 깨뜨려, 스스로 만들든 어디서 구하든 날개를 달고 가능한 한 멀리 도망쳐, 숙명으로 갇힌 공간을 극복하고 또 다른 영역으로 다가가 살아 움직이는 세계로 파고든다는 것…… 식물로서 그런 경지에 도달한다는 건, 우리 인간이 운명적으로 부여된 시간을 벗어나 살고 물질의 가장 버거운 법칙에서 해방되도록 진입하는 것만큼이나 놀라운 일이 아닐까요?" 저 들과 물가에 서 있는 버드나무들은 하나같이 저를 속박하는 운명과 어두운 법칙들에 맞서 투쟁하며, 그것을 '우회'하고 '깨뜨려', 가능한 한 '멀리 도망쳐', 또 다른 '살아 움직이는 세계'로 파고든다. 어두운 숙명에 무릎 꿇지 않고 버티며 더 멀리 나아가려는 버드나무를 바라보면서 나는 인생의 꿈과 지혜에 대해 더욱 곰곰이 생각해보는 것이다.

시인 윌리엄 블레이크는 "까마귀의 가르침을 따르는 독수리는 결국 많은 시간을 허비하게 된다"고 말했다. 내가 까마귀인지 독수리인지 그것은 중요하지 않다. 나는 경서經書와 전기傳記를 두루 찾아 읽었는데, 거기 담긴 모든 것이 진리나 진실이라 하더라도 그 모든 게 다 우리 영혼을 살찌게 하고, 참된 인간으로 이끄는 것은 아니라는 뜻으로 받아들였다. 20대 시절, 내가 유복하고 근심이 없는 환경에 있었다고 말할 수는 없다. 그런 행운은 내 것이 아니었다. 나는 배움이 얕고 지식과 지혜는 턱없이 모자라 정녕 어떻게 사는 게 참된 것인지를 몰랐고, 백수로 떠돌며 생계 활동의 어려움에 자주 무기력하게 무릎을 꿇었다. 늘 희미한 실존의 의미를 찾으며 불안과 미망에 빠져 방황하는 가운데 참된 배움에 목말라했는데, 그럴 때마다 구원의 손길을 내민 여러 선각자를 만났다.

내 영혼에 푸른 버드나무 같던 이들, 불멸의 거장으로 선 예술가들, 젊은 날 세상을 억누르는 무거운 법칙과 가난이라는 형벌을 받고 불안에 허덕일 때 벅찬 감동으로 나를 일으켜 세운 선각자들에 대해 써보고자 했다. 노자, 공자, 붓다와 같은 성인에서 레프 톨스토이, 프란츠 카프카, 알베르 카뮈, 허먼 멜빌, 아르튀르 랭보 같은 작가들, 프리드리히 니체, 체 게바라, 스콧 니어링, 헨리 데이비드 소로, 시몬 드 보부아르 같은 혁명가와 사상가, 그리고 화가 프리다 칼로, 기업가 스티브 잡스에 이르기까지 동서고금에서 영혼의 등대가 되어 내 앞의 길을 비추던 선각자가 살던 시대와 자취를 좇아 탐구하며 그 '행성의 궤도'를 마음속 지도로 삼고자 했다. 그 시절 마음에 새겨 품은 지도가 삶의 시행착오와 오류를 그나마 줄일 수 있었다고 감히 말할 수 있다. 이 선각자들에 대해 깊이 알면 알수록 나는 그 비범함에 놀라고, 무른 영혼을 단단하게 다지며 나를 더 높이 도약하도록 이끄는 계기가 되었음을 고백하지 않을 도리가 없다. 내 영혼이 처음엔 걷고, 그다음엔 뛰었으며, 나중엔 더 높이 도약하여 춤을 추었다.

세상은 여전히 거대하고 흉측하다. 이 가운데에서 생계를 꾸리며 제 한 운명을 건사하는 일은 황망하며 녹록지 않다. 그것이 뼈가 살갗을 뚫고 나오듯 고통을 품고 있다면, 오늘의 삶은 낡은 시대 속에서 행하는 가장 위험한 도박이거나 모험이 아닐 수 없다. 이럴 때 중국 문예이론가 류짜이푸의 『면벽침사록面壁沈思錄』 같은 책이 한 권 있으면 좋겠다 싶었다. 그래서 삶의 방향과 지침을 깨우쳐주는 별과 같은 선각자들, 그 불멸의 거장들이 걸은 자취를 따라갔다. 이 책을 시절의 어려움을 견디는 데 더 많은 용기와 지침이 필요한 범용한 영혼들에게, 모두의 삶에 안녕과 평화가 깃들기를 바라며 바친다. 2016년 한 해에 걸쳐 《월간중앙》에 연재한 글들을 다시 한 해 동안 붙들고 앉아 다듬어서 이제야 세상에 내놓는다.

장석주

차례

스스로 깨달은 자

붓다
Buddha(B.C. 624?~B.C. 544?)

불교, 한반도에 전해지다

짧고 조악하며 비참한 이생에서 기쁨과 보람으로 삼을 만한 일은 무엇인가? 나는 많은 사람들이 가는 '넓은 길'을 본다. 그리고 아무도 가지 않은 '좁은 길'을 본다. 지금으로부터 2,500여 년 전 인도 땅의 한 보리수나무 아래에서 홀연 깨달음을 얻은 사람이 있다. 그는 인류의 위대한 스승으로 우뚝 섰다. 바로 붓다. 그의 가르침이 기반이 되어 '불교'라는 종교가 나왔고, 불교는 인도를 중심으로 두고 남쪽과 북쪽으로 퍼져나갔다.

그중 북방으로 흘러간 불교는 실크로드를 따라 중국을 거쳐 한반도로 전해졌다. 한반도에 불교가 도래한 것은 삼국시대 무렵이다. 고구려 소수림왕 372년에 승려 순도順道를 통해 불교가 중국에서 한반도로 건너온다. 12년 뒤 동진東晉에서 온 승려 마라난타摩羅難陀가 백제에 불교를 전하고, 백제에서 융성한 뒤 6세기 무렵 일본에 전해진다. 신라의 불교는 고구려나 백제보다 뒤늦은 법흥왕 때인 6세기 초에야 국가 공인을 받고 민간에 널리 퍼져나간다.

오랫동안 존 C. H. 우의 『선의 황금시대』라는 책을 끼고 살았다. 나는 불교도가 아니었지만 선사들의 일화에 마음을 빼앗겨 이 책을 탐독했다. 나는 30년 넘게 이 책을 읽고, 읽고, 또 읽었다. 그렇다고 이 책을 읽을 때마다 몰아지경沒我之境이 되거나 영적 황홀경에 빠졌다고 말할 수는 없다. 나는 더러 난해하고 불가사의한 자아가 조화와 균형점에 도달하는 찰나를 느꼈는데, 바로 이 책을 읽을 때 그런 경험을 했다. 선의 불꽃들이 내 안을 깊이 비출 때 왼쪽 관자엽의 시냅스들이 내 깨어 있음을 고요히 관조하는 찰나가 홀연히 다가왔다.

제자들이 "누가 부처입니까?"라고 물으면 선사들은 "누가 너냐?"라는 물음으로 되돌려준다. 그 물음은 우리 안에 잠든 순수 직관을 두드려 깨워서 생각이나 논리로는 넘어설 수 없는 문턱을 넘어가게 이끈다.

나는 선사들이 주고받은 선문답을 사랑한다. 나는 굳건한 중심도, 완전한 평화에도 도달하지 못한 사람이지만, 정열, 애착, 망상에서 비롯된 고苦와 내부에서 솟는 갈애[1]로 헐떡이는 사람이지만, 그 찰나에는 평화로웠다. 오직 눈을 감고 있는 동안에만 꿀 같은 평화로움이 나를 적셨다. 이윽고 눈을 뜨면, 내 앞에 펼쳐진 세상은 지옥, 축생畜生, 아귀餓鬼, 아수라阿修羅의 세계.

이 축생들이 이전투구를 하며 뒹구는 세상에서는 어미 아비가 제 새끼를 때려죽여 암매장을 하고, 걸핏하면 자식이 늙어 힘 빠진 제 어미와 아비를 죽이는 일이 빈번하다. 60조 개의 세포로 이루어진 몸뚱이 하나, 뇌, 한 줌의 호르몬을 장착한 채 나는 축생과 아수라 속 이 불완전하고 덧없는 삶의 어둠 속을 헤쳐나가는 셈

I 渴愛. 번뇌에 얽혀 생사를 초월하지 못하는 범부(凡夫)가 갈증으로 애타게 물을 찾듯이 색욕, 재물욕, 음식욕, 명예욕, 수면욕의 다섯 가지 욕망에 애착하는 것.

이다. 아아, 나는 어디에서 왔을까. 나는 어디로 가는 것일까. 이 근본적 물음들이 일렁이는 세계를 헤쳐나가는 데에는 길을 비춰줄 등대가 필요하다.

가섭의 미소

우리보다 2,500년 전 앞서 온 붓다가 영산靈山에서 대중에게 설법을 베푼다. 설법이 끝난 뒤 붓다는 말 없이 대중에게 꽃 한 송이를 들어 보인다. 다들 영문을 모른 채 붓다의 한 말씀을 기다리는데, 제자 가섭迦葉만이 빙그레 미소를 짓는다.

가섭은 누구인가? 붓다가 기원정사에서 제자들에게 설법을 하고 있을 때 제자 가섭이 낡고 더러운 누더기 옷을 입고 들어섰다. 제자들은 자리를 비켜줄 생각을 하지 않고 그 누더기를 걸친 이를 업신여겼다. 제자들이 "저 사람은 누구기에 저리도 행색이 초라한가?" 하고 수군거릴 때 붓다가 가섭에게 "나와 함께 자리를 나누어 앉자" 하며 자리 절반을 내어준다. 붓다는 제자들을 둘러보며 "가섭은 사랑하는 마음, 불쌍히 여기는 마음, 기뻐하는 마음, 집착을 버리는 마음을 이루고 마침내 지혜를 얻었다"라고 한다.

스승이 들어 보인 꽃에 가섭은 미소로 화답한다. 미소는 얼굴에 핀 꽃이다. 저 유명한 '가섭의 미소'를 보고 붓다가 입을 연다.

열반에 가 닿은 미묘한 마음, 법안의 비밀을 나는 지녔다.
이로써 모습을 이루지 않는 모습의 신비로운 광경을 보여주는
문이 열리지만, 말이나 문자로는 전할 수 없고, 오직 모든
경전의 바깥에서 전해질 뿐이다. 나는 이 비밀을 가섭에게
맡기노라.

가섭은 본디 불을 섬기는 배화교의 무리를 이끌던 우두머리였
으나, 붓다를 만난 뒤 그 가르침에 감화되어 제자가 된 사람이다.
가섭은 저를 따르는 무리를 모으고 이렇게 말한다.

나는 이제야 참된 진리에 눈을 떴다. 이제 나는 붓다의 제자가
되어 무명을 벗고 참된 열반에 들고 싶다. 불을 숭배하여도
마음이 더럽혀져 있으면 고를 벗어날 수가 없으니 이제 나와
생각이 다른 자는 다른 길을 가고, 나와 생각이 같은 자는 나와
함께 붓다의 제자가 되자.

가섭에겐 동생이 둘 있었는데, 그 동생들도 형을 따라 붓다의
제자가 되었다. 붓다는 가섭 형제들과 무리 앞에서 설법을 베풀었
다. 붓다는 설법을 베풀 때 그들이 잘 아는 불을 비유로 들었다.

마음 안에 들끓는 온갖 망상이 부싯돌을 쳐서 어리석음의
검은 연기가 피어오른다. 거기에 탐내는 마음과 성내는 마음이

불이 되어 함께 타오른다. 불길이 점점 세져서 중생을 태우고 생사고의 불길 속에 사람을 몰아넣는다. 사람들은 제 마음 안에 들끓는 탐내고 성내며 어리석은 삼독三毒의 불길에 타서, 늙고 병들어 죽는다. 또 이 번뇌로 가득 찬 바다를 벗어나지 못한 채 윤회한다. 비구들아, 탐진치貪瞋癡의 불길이 타오르는 것은 모두 나로 말미암은 것이다. 이 삼독의 불길을 멸하려면 나라는 근본을 죽여야 한다. 이 근본을 끊으면 삼독의 불길은 저절로 꺼지고 삼계三界를 윤회하는 괴로움도 사라지리라. 이제까지 너희는 이 삼독을 섬기며 살았으나 이제 그것을 버렸다. 그랬으나 삼독의 불길은 여전히 너희들 안에서 타고 있구나. 하루빨리 이 삼독의 불길을 멸해야 한다. 오직 힘써 닦아야만 이 불길을 잡을 수 있다.

붓다의 설법은 가섭 형제와 무리의 마음속으로 스며들어 그들을 움직이게 했다. 이로써 가섭은 인도 선의 시작점, 즉 개조開祖가 되었다. 가섭 이래 인도에서는 27명의 선사가 뒤를 이었고, 28대 선사가 나오면서 중국으로 건너가 선을 전했다. 그가 중국 선의 개조가 되는 보리달마菩提達磨다.

보리달마가 중국에 온 것은 527년이다. 보리달마는 신실한 불교 신자인 양무제梁武帝의 초대를 받아 난징으로 간다. 양무제는 자신이 셀 수 없이 많은 절들을 창건하고, 승려들을 먹여 살렸으니 이만하면 공덕이 크지 않느냐고 자랑삼아 늘어놓는다. 하지만 보리달마가 "아무 공덕도 되지 못합니다"라고 말하자 양무제는 크게 실망을 하고 '참된 공덕'에 대해 묻는다. "그 지혜는 말이 없고 텅 비어 있소"라고 보리달마는 대답한다. 양무제가 "내 앞에 선 자는 누구냐?"고 묻자 "오직 모를 뿐" 하고 대답한다. 보리달마는 그 말을 남겨두고 양무제에게서 물러나온다.

육조 혜능, 중국 선종의 시작

중국의 선종禪宗은 육조六祖 혜능慧能이 나타나면서 크게 번성할 토대를 닦는다. 혜능은 편모슬하에서 가난하게 자란 사람이다. 교육을 받지 못한 채 시장에서 땔감을 팔며 집안을 도와야만 했다. 어느 날 혜능은 나무 배달을 나갔다가 어느 집에서 경전을 외는 사람과 만나는데, 그 경전을 듣자마자 바로 그 자리에서 뜻을 깨우친다. 혜능은 경전 이름을 묻고, 그것이 『금강경金剛經』임을 알게 된다. 혜능은 깊이 깨달은 바가 있어 5대 조사祖師 홍인弘忍의 이름을 들은 뒤 땔감 파는 생업을 팽개치고 후베이성의 황메이산에서 설법을 베풀던 홍인을 찾아간다. 홍인이 "어째 여기까지 왔느냐?"라고 묻자 혜능은 "소인은 영남 신주에 사는 미천한 몸인데, 오직 부처의 깨달음에 대해 배우고자 여기까지 왔습니다"라고 머리를 조아리며 대답한다.

혜능은 홍인의 허락으로 뒷간 방앗간에서 방아 찧는 일을 맡는다. 홍인은 일자무식의 문맹인 혜능의 비범함을 알아본 뒤 어느 고요한 밤 혜능을 불러 『금강경』을 해제하게 한다. 혜능은 "마땅히 어디에도 머무름이 없이 그 마음을 있게 하라"라는 구절에서 번개에 맞은 듯 깨달음을 얻는다. 불법과 본성이 하나임을 깨닫는 순간 혜능의 얼굴은 환희심이 넘쳤다.

그는 "본디 내가 이토록 순수하고 고요한 것이었다니! 태어나지도 않고 죽지도 않는 것이 바로 내 본디의 성질이라니 이를 내가 어찌 알 수 있었으리! 스스로 넘쳐흘러 부족함이 없으니 나는 변하지도 않고 흔들리지도 않을 것이오. 내 본디 모습에서 불법이 시작되었다는 걸 비로소 깨달아 알게 되었습니다"라고 무아지경 속에서 외친다. 홍인은 혜능에게 제 옷과 밥그릇을 전한다. 혜능을 6대 조사로 점찍은 것이다. 혜능의 나이 스물셋의 일이다.

홍인이 죽자 혜능은 절을 떠나 무작정 남쪽으로 내려간다. 그 뒤 혜능의 15년 행적은 묘연하다. 혜능은 저를 철저히 숨기고 수행에만 전념했던 것이다. 혜능은 676년이 되자 비로소 모습을 나타내고 불법을 펼친다. 이듬해 조계曹溪로 가 보림사寶林寺를 세우고 대중에게 설법을 베풀다가 713년 그곳에서 운명한다. 혜능을 이어서 남악회양南岳懷讓, 청원행사青原行思, 마조도일馬組道一, 석두희천石頭希遷, 백장회해百丈懷海, 남전보원南泉普願, 조주종심趙州從諗, 약산유엄藥山惟儼, 황벽희운黃檗希運 같은 선사들이 나타나 중국 선종은 번성한다. 여기서 다섯 개의 종宗이 나온다. 위앙종潙仰宗, 조동종曹洞宗, 임제종臨濟宗, 운문종雲門宗, 법안종法眼宗이 그것인데, 이다섯 종파는 기원과 목적은 같지만 저마다 다른 길과 방편으로 나뉘어 일어난다.

스스로 깨달은 자, 붓다

불교 수행자들은 모두 열반, 즉 니르바나nirvāṇa를 꿈꾼다. 열반은 깨달음의 궁극에서 만나는 영역이다. 열반은 피안의 세계로, 거기에는 자아도 없고 전생도 없다. 그것은 고요함의 핵심이고, 최종적인 안식이고 평화며, 윤회의 업장業障 일체가 사라진 궁극의 무無다. 열반에 든 자는 생로병사의 고통에서 벗어난다. 아울러 온갖 갈애에서 벗어난 상태에 이른다. 갈애는 크게 세 가지다. 첫째, 감각적 쾌락에 대한 갈애, 둘째, 존재에 대한 갈애, 셋째, 존재를 끝내고 싶어 하는 갈애 등이다. 열반에 든 자는 그 갈애에서 벗어나 마침내 거침이 없고 자유롭다. 그리하여 열반은 굳건한 중심이고, 완전한 평화며, 한 점 구름이 지나도 흐려지지 않는 명징한 호수 같은 상태다.

싯다르타 고타마Siddhārtha Gotama는 스스로 깨달은 자, 즉 수행을 거쳐 열반에 든 자다. 고타마는 오늘의 남부 네팔 히말라야 산맥 기슭의 작은 왕국 카필라바스투에서 태어났다. 시조는 브라만이던 고타마고, 아버지는 작은 부족의 왕이었다. 왕비가 회임을 하고 열 달이 되어 친정으로 가려고 여동생과 여종 하나만을 데리고 카필라바스투를 떠난다. 왕비는 룸비니 동산에 머물 때 문득 산기를 느껴 무우수無憂樹, 즉 보리수나무 가지를 붙잡고 아이를 낳았다. 그 아이가 장차 '붓다'가 될 싯다르타 고타마다.

아기는 태어나자마자 땅 위에 사뿐히 올라선다. 그때 땅속에서 연꽃이 피어오르고 아기는 그 연꽃 위에 올라앉았다. 두 명의 왕이 나타나 꽃과 향수로 아기의 몸을 씻어주었다. 아기는 사자와 같은 얼굴, 마하푸루샤〔大人〕의 얼굴로 사방을 둘러보았다. 아기는 일곱 걸음을 걸은 뒤 "하늘 위나 하늘 아래서 오직 나만이 존귀하다"고 외치고, 이어서 "이번 태어남을 더 이상 윤회하지 않는 마지막 생이 되게 하리라. 나 오직 이번 생 동안 중생을 제도하리라"라고 말한다. 당시 위대한 한 선인이 룸비니에 나타나 이 아이가 장차 '스스로 깨달은 자, 곧 부처'가 될 것을 예언한다.

고타마는 태어나고 7년 동안 이모와 유모들의 손에서 자라난다. 다른 한편으로 여러 스승들에게 제왕학을 배우는데, 배우는 속도가 빨라 스승들을 놀라게 한다. 고타마는 왕족의 관례에 따라 열여섯 살 때 신부를 맞아 결혼을 한다. 그 후 '라홀라Rahula'라는 자식을 얻었지만 중생의 삶이 생로병사라는 족쇄에 걸려 있음을 알았다. '라홀라'라는 이름 자체가 '족쇄'라는 뜻을 품고 있다. 고타마는 가슴 한쪽에서 "내가 이 굴레에서 벗어나, 태어남이 없는, 늙음이 없는, 아픔이 없는, 죽음이 없는, 슬픔이 없는, 부패가 없는, 최고의 자유를 찾으러 나선다면 어떨까?"라는 생각이 떠나지 않았다고 고백한다.

고타마, 출가하다

고타마는 작은 왕국의 왕자로 사는 동안 온갖 쾌락과 육신의 즐거움을 누렸다. 다른 한편으로 늙어 죽어가는 이들의 괴로움도 보았다. 그는 생성도 없고 사라짐도 없는 삶을 꿈꾸었으나 어디에서도 그 대답을 얻을 수 없었다. 고타마는 스물아홉 이른 해에 마음을 굳게 먹고 가족을 떠나 출가의 길로 나선다. 그는 잠든 아내와 아들을 조용히 들여다본 뒤 발길을 돌린다. 왕자는 말과 마부만을 데리고 왕궁을 빠져나와 세 왕국을 거쳐 남동쪽으로 나아간다. 마침내 아노마강에 도착한 뒤 삭발을 하고 마부와 말을 고향인 카필라바스투로 보낸다.

고타마는 혼자 탁발을 하며 스승을 찾아 이리저리 헤매고, 단식과 수행을 거듭하며 '깨달음'을 구한다. 고타마가 우유로 쑨 죽을 먹으며 수행에 한마음으로 전념하던 중 욕망이 시들어서 사라져버린 마음자리에 기쁨이 일어난다. 이는 일체의 갈애에서 자유로워져야만 이를 수 있는 것이었다. 하지만 아직 궁극의 깨달음에 이른 것은 아니었다. 어느덧 고타마는 서른다섯에 이른다. 단식과 수행으로 몸이 쇠해질 대로 쇠해진 그즈음 어느 봄날, 보리수 아래에서 합장을 한 채 선정禪定에 잠겨 있다가 홀연 초탈의 상태를 겪는다. 낡은 자아를 탈각하고 새 자아를 얻은 것이다.

고타마는 자신에 앞서 열반에 든 선각자들의 자리를 찾아 헤매다녔는데, 그가 서는 자리마다 "평평했던 땅이 위로 솟아오르거나 밑으로 꺼졌다. 마치 땅 위를 구르는 거대한 수레바퀴 위에 올라가 있는 것 같았다". 고타마는 나무의 동쪽으로 움직여 그곳에 섰다. 땅은 흔들리지도 않고 움직이지도 않았다. 고타마는 그곳에 자리를 잡고 앉았다.

내 모든 살과 피와 더불어 내 살갗과 힘줄과 뼈가 말라붙어도 좋다! 깨달음을 얻을 수 있다면 기꺼이 내 한 몸을 다 바치리라. 나는 최고의 깨달음, 마지막의 깨달음을 얻기 전에는 이곳에서 한 걸음도 움직이지 않겠다.

고타마의 결심은 굳건했다. 그는 밤을 꼬박 새우고 날이 훤하게 밝아올 때까지 꼼짝하지 않았다. 망상들이 찾아와 고타마의 머리를 어지럽히며 온갖 방해를 했다.

"이곳에서 일어나라. 이곳은 네 자리가 아니라 내 자리다"라는 망상이 고타마의 귓전에 속삭였다. 고타마가 망상을 향해 "아니다. 이 자리는 네 자리가 아니라 내 자리다"라고 외칠 때 그는 마치 미친 사람처럼 보였다. 망상이 무시무시한 폭풍을 일으켜 고타마를 쳤다. 폭풍이 아홉 번이나 계속해 그를 흔들었을 때, 고타마가 열반에 이르는 순간을 보려고 몰려왔던 여러 신들이 겁을 먹고 달아났다. 고타마가 제 마음의 고요에 집중했을 때 마침내 고타마에게 벼락 치듯 열반의 순간이 닥쳤다. 머리 위에 드리워진 나무는 가지마다 붉은 꽃들을 피워 작은 꽃들을 비처럼 고타마의 몸으로 쏟아부었다. 꽃비와 함께 온 세상의 빛이 고타마에게 쏟아졌다. 그 순간 온 세상 바다의 파도들은 숨을 죽이고, 바람은 멈춰 사방이 고요했다. 스스로 깨달음을 얻고 깨우친 자, 붓다가 그 자리에서 조용히 일어섰다. 고타마의 안색은 빛이 났고, 눈빛은 형형했으나 자애로웠다. 그가 걸음을 떼자 풀벌레들이 이리저리 튀며 자리를 내어주고, 새들이 그의 머리 위에 와서 노래를 불렀다. 과연 붓다는 알았을까, 수천 년 동안 수천만 명의 사람들이 그를 따라서 수행을 하고 그가 걸어간 자취를 걸어가게 될 것을.

사람들은 붓다가 보리수나무 아래에서 명상하는 걸 보았다. 그때 붓다의 모습은 고요했고, 표정은 평화로웠다. 어떤 사람들은 붓다를 감싸고 있는 그 깊은 고요와 평화에 감명을 받아 눈물을 흘렸다. 누군가 붓다에게 물었고 그는 답했다.

"당신은 신이십니까?"
"아니오."
"그렇다면 당신은 신령이 되어가는 중이십니까?"
"아니오."
"당신은 인간이십니까?"
"아니오."

붓다는 전생에 동물이고, 사람이고, 신이었다. 그는 윤회의 업에서 완전히 벗어나 자유로워졌다. 붓다는 자신에게 신이냐고 물은 사람을 자애로운 미소를 띠고 바라봤다.

"당신은 물 밑 진흙 바닥에서 시작한 뒤 연못 위로 올라와 수면과 닿지 않는 곳에서 꽃봉오리를 활짝 열어 피운 연꽃을 본 적이 있습니까?" 하고 붓다가 물었다. 이어서 "나 역시 한 여인의 몸에서 태어나 이 세상에서 나고 자랐지만, 세상을 초탈했으며 이제는 세상과 닿지 않습니다"라고 말하며 붓다는 그를 둘러싼 무리에서 벗어나며 이렇게 말했다.

나는 마침내 스스로 깨달은 자가 되었습니다.

붓다, 열반에 이르다

붓다가 스스로 깨어난 지, 즉 깨달음을 얻은 지 어느덧 45년이라는 시간이 흘렀다. 붓다는 많이 늙었다. 피부에는 주름이 생기고, 허리는 굽고, 보는 눈이나 듣는 귀는 제 기능을 다하지 못했다. 그러나 여전히 많은 사람들이 그를 따르고, 그의 가르침을 받으려고 몰려들었다. 다른 한편에서 그를 시기하고 질투해서 해치려는 무리도 생겨났다.

그중 한 사람이 뜻밖에도 붓다의 처남인 데바닷타Devadatta였다. 본디 욕심이 많았던 그는 무리가 붓다를 따르는 것을 질투하고, 그의 교단이 커지는 것을 시기했다. 세속의 야망과 적대감과 경쟁심으로 뭉친 그는 붓다가 누리는 것을 빼앗고자 나섰다.

그는 왕자를 꼬드겨서 "그러니 왕자는 아버지를 죽이고, 나 데 바닷타는 붓다를 죽이는 것이 어떠한가?"라고 음모를 꾸몄다. 아버지를 죽이고 왕의 자리를 찬탈하려는 아자타삿투Ajātasattu 왕자의 음모는 발각되었다. 부왕이 끌려 나온 왕자에게 자신을 죽이려고 했던 이유를 물었다.

왕자는 "왕의 자리에 올라 왕국을 통치하고 싶었습니다"라고 대답했다. 그 말을 들은 부왕은 마음이 약해 저를 죽이려던 왕자를 용서했다. 그게 바로 아비의 마음이다. "그렇다면, 왕자여, 왕의 자리에 올라 왕국을 다스리도록 하라"며 부왕은 선뜻 왕자에게 왕위를 물려주었다. 그러나 아자타삿투는 잔혹했다. 그는 왕의 자리에 오르자마자 퇴위한 부왕을 체포한 뒤 굶겨 죽였다.

데바닷타는 새 왕과 협력하여 붓다를 죽이려고 음모를 꾸미고, 암살자들을 붓다에게 보냈다. 그러나 활과 화살로 무장하고 붓다에게 다가갔던 암살자는 공포에 질려 멈춰 섰다. 붓다는 그 암살자를 향해 미소를 지으며 "친구여, 두려워하지 마시오"라고 했을 뿐이다. 그런 붓다 앞에서 암살자는 부들부들 떨다 결국 무릎을 꿇고 용서를 구했으며, 그의 가르침에 감화되어 제자가 되었다.

데바닷타는 붓다를 살해하려는 기도가 실패한 것을 안 뒤 이번에는 바위를 굴려 붓다를 죽이려고 했다. 그러나 바위는 감히 붓다를 덮치지 못하고 그의 발을 살짝 스치고 지나갔다. 그다음에는 사나운 코끼리를 풀어 붓다를 죽이려고 했다. 사나운 코끼리는 붓다를 보자마자 붓다를 감싼 사랑의 아우라에 감복해서 코를 낮추고 꼼짝도 하지 않았다. 붓다가 코끼리에게 다가가서 머리를 쓰다듬자 코끼리는 제 코로 붓다의 발에 묻은 먼지를 닦아 자기 이마에 뿌렸다. 그리고 뒤로 물러서서 붓다가 사라질 때까지 조용히 서 있었다.

데바닷타는 붓다가 사치와 방종에 빠졌다고 음해하고, 붓다를 제거하려는 시도를 그치지 않는다. 데바닷타는 수행자 무리를 데리고 산속으로 들어갔으나, 붓다는 사람을 보내 데바닷타가 데리고 간 수행자들을 데리고 오도록 했다. 결국 데바닷타의 꼬임에 넘어가 붓다에게 등을 돌렸던 이들은 붓다가 보낸 사람을 따라 돌아왔다. 나중에 데바닷타는 번뇌로 들끓는 제 마음에 괴로워하다가 자살로 생을 끝낸 것으로 알려졌다.

붓다는 갈애가 그친 사람이다. 갈애가 그치자 뭇 욕망의 굴레에서 벗어나 자유를 얻는다. "갈애가 그친 이 사람을 보라." 붓다는 "강을 건넌 사람, 슬픔이 없는 사람, 그 모든 것에 대한 집착에서 벗어난 사람, 모든 구속을 과감하게 잘라 내던진 사람"[2]이다. 붓다는 우주 만물이 변화하고, 생성과 소멸의 업으로 이루어진 것임을 깨달았다.

해와 달과 하늘과 땅, 그리고 수미須彌의 산과 바다,

---

2 장 부아슬리에, 『붓다』, 이종인 옮김, 시공사, 1999.

그 어느 것도 변하지 않는 것이 없다. 이루어진 것은 반드시 허물어지고, 번창하면 언젠가는 쇠퇴하며, 만나면 헤어지고, 태어난 자는 반드시 죽는다. 낙樂이 있으면 고苦가 있고, 기쁨이 있으면 근심이 있어 이 세상에 변함없는 낙은 없으며, 홀로 괴로움만이 길다.

열반에 든다는 것은 일체의 구속에서 벗어나고 갈애가 그친다는 것이다. 열반에 든 자는 생로병사의 고, 허물어지고 쇠퇴하며 반드시 죽는 고통에서 벗어나 비로소 완벽하게 이 우주와 조화를 이루고 평화롭다.

육체는 사대四大가 모인 것으로 그 안에 중생의 넋이 깃들이고 있으나 죽으면 제자리로 돌아가는 것, 나에 묶이지 않는 자만이 영원히 평화를 누리리라.

붓다의 죽음, 불교의 시작

이제 붓다는 나이가 너무 들어 여행은커녕 거동하기조차 힘들어졌다. 붓다와 그 제자들은 우파바르타를 향해 가다가 사라娑羅나무가 밀집한 숲에 머물렀다. "아난다야, 등이 몹시 아프구나. 저 나무 아래에 자리를 깔아다오"라고 말하며 붓다는 쌍수雙樹 사이에 자리를 깔게 하고 머리를 북쪽으로 두고 서쪽을 향해 사자처럼 누웠다. 사라쌍수가 때 아닌 꽃을 피워 그 꽃잎들을 떨어뜨려 붓다의 몸을 덮었다. "오, 사라쌍수여. 네가 꽃을 피워 공양을 하는구나!" 하지만 붓다는 누워서도 고통스러워했다.

붓다는 몇 달 전에 이미 사라나무 숲의 쌍수 사이에서 열반에 들 것을 미리 알고 제자들에게 준비하라고 일렀다. 제자 아난다Ananda는 붓다가 입적할 때가 가까웠음을 알아챘다. 아난다는 스승이 이 황량한 벽촌의 한갓진 곳에서 열반에 든다는 사실에 슬퍼했지만 붓다는 그런 아난다를 위로하며 자신의 장례에 대한 지침을 내렸다.

붓다는 자신이 죽은 뒤 시신은 천으로 싸서 향기가 나는 나무와 함께 화장하고, 유해는 큰 도시의 교차로에 묻으라고 일렀다. 멀리 있던 사람들도 붓다의 죽음이 가까워졌음을 깨닫고 경의를 표하기 위해 몰려왔다. 아난다는 그들을 물리치려고 했지만 붓다는 아난다를 말렸다. 붓다는 대중을 향해 입을 열었다.

비구들아, 너희들에게 이르노니 모든 것은 소멸하는 성질을 가졌다. 방심하지 말고 노력하여라.

라훌라도 아버지가 열반에 드는 모습을 보기 위해 밤길을 달려왔다. 붓다는 슬퍼하는 아들 라훌라를 보고 이렇게 일렀다.

라훌라야, 슬퍼하지 말아라. 너는 아들로서 아비에게 해야 할
일을 다 했다. 나도 아비로서 아들에게 가르쳐야 할 것을 다
가르쳤다. 라훌라야, 일체 제법은 무상한 것이다. 이 무상을
따라 해탈을 구하라는 것이 내 가르침이다.

밤이 깊도록 붓다의 설법이 이어졌고, 대중은 고요한 가운데 붓
다의 마지막 설법에 귀를 기울였다. 밤이 다하여서 보름달이 질
무렵 붓다는 숨을 그치고 열반에 들었다. 인류의 위대한 스승인
붓다는 그렇게 세상을 떴다. 기원전 544년경의 일이다.

붓다가 살았던 시대는 '축의 시대'다. 붓다가 이곳저곳을 떠돌
며 설법을 베풀 때 중국에는 노자와 공자가 태어났고, 중동에는
자라투스트라Zarathustra라는 현자가 나타났고, 그리스에는 소크라
테스와 플라톤이 나와 철학의 심오함을 대중에게 베풀었다. 이 위
대한 인물들이 다 동시대 사람들이다. 캐런 암스트롱Karen Armstrong
은 이 '축의 시대'에 대해 이렇게 말한다.

우리가 현재 알고 있는 인류는 축의 시대에 탄생했다. 이
시기에 사람들은 전례 없는 방식으로 자신의 존재, 자신의
본성, 자신의 한계를 의식하게 되었다. 그들은 잔인한
세계에서 완전한 무력감을 느끼면서 그들 존재의 깊은 곳에서
가장 높은 목표와 절대적 실재를 구하게 되었다. 이 시대의
위대한 현자들은 사람들에게 삶의 비참한 상태에 대처하고,

무력한 상태를 넘어서고, 이 불완전한 세상 한가운데서
평화롭게 사는 방법을 가르쳤다.[3]

이 '축의 시대'는 거대한 변화로 일렁이는 시기였다. 이 시대에 중국에서 도교와 유교가 생겨나고, 인도에서 불교와 힌두교가 일어나고, 중동 지역에서 일신교가 나타나고, 저 그리스에서 합리주의 철학이 배태된 것은 우연이 아니다. 이 변화와 전환의 시대는 영적 예지력을 가진 자들이 출현하는 시기와 겹쳐졌다.

인류는 자신들의 무력함을 깨닫고 지혜를 구하고 자신들의 길을 비춰줄 '등대'를 갈구하는데, 그 필요에 응답한 현자들이 속속 나타난 것이다. 붓다는 그중 가장 큰 인물로 스스로 깨달아 위대한 도를 상징하는 황금 꽃으로 피어난다.

3 캐런 암스트롱, 『스스로 깨어난 자 붓다』, 정영목 옮김, 푸른숲, 2003.

죽음을 뛰어넘는 위대한 삶의 실험

레프 톨스토이

Лев Никола́евич Толсто́й(1828. 9. 9.~1910. 11. 20.)

사람은 무엇으로 사는가

'사람은 무엇으로 사는가'라고 물은 사람은 오랫동안 인생의 궁극적인 의미와 목적을 두고 생각에 잠겼는데, 그런 진지함 속에서 저 물음이 나왔을 테다. 사람은 생명의 온기를 갖고 태어나며, 태어난 순간 '살아야 한다'는 필연의 운명과 마주친다. 그 운명에서 '어떻게'와 '무엇으로'라는 물음이 솟구친다. 사람으로 태어난 것과 생쥐로 태어난 것 사이에는 어떤 근본적인 차이가 있는가.

생물학적으로만 보자면 둘은 크게 다르지 않다. 생쥐의 유전체를 이루는 염기쌍은 25억 개이고, 사람의 그것은 29억 개다. 사람의 염기쌍은 생쥐보다 불과 14퍼센트 많을 뿐이지만 생쥐의 길과 사람의 길 사이에는 얼마나 큰 차이가 있는가! 사람에겐 동물이나 식물의 생활과는 다른, 사람의 생활이 있다.

철학자들은 인생에 대해 이러저러한 말들을 한다. 붓다는 인생이 '행복의 열반에 이르기 위한 자기 부정의 길'이라고 했고, 브라만교도들은 '점점 더 행복에 이르려는 영혼의 순례이자 완성'이라고 했고, 스토아학파 철학자들은 '사람에게 행복을 주는 이성을 따르는 것'이라고 했다. 살아야만 한다면 행복하게 살고 싶은 게 인간의 욕망이라고, 대다수 사람들은 행복이라는 주관적 영역을 목표 삼아 살아간다.

과학자들은 호모사피엔스로 불리고, 네안데르탈인이라고 불리며, 더러는 직립원인直立猿人이라 하는 인류의 조상이 지구에 나타난 게 20만 년 전이라고 말한다. 7만 년 전만 해도 호모사피엔스는 다른 대형 동물들과 경쟁하며 자기 생존에 골몰하는 평범한 종이었다. 인류는 불을 다루고 화식火食을 하고, 바퀴를 발명하며, 기록을 위해 문자를 고안하고, 시간이라는 개념과 숫자 '0'을 창안했다. 식량 생산을 획기적으로 늘리고, 도처에 도시와 제국을 만들며, 상업을 부흥시키며 바다에 배를 띄우며 세계를 연결하는 교역망을 확장한다. 굶주림과 전염병과 질병은 줄이고 인류의 평균 수명은 늘렸다.

인류는 놀랄 만큼 똑똑해져서 '인지혁명', '농업혁명', '과학혁명'을 거치며 지구 생태계에서 최상위 포식자의 지위를 거머쥔다. 이런 사실에 고무된 과학자 에드워드 윌슨Edward Osborne Wilson은 "인류는 인간 종의 궁극적인 운명에 대한 통제권을 쥔 신과 같은 위치에 올라서게 될 것이다"라는 낙관적인 예언을 내놓는다. 과연 인류는 자연과 우주를 거머쥐고 다스리는 신의 위치에 올라설 수 있을까.

한편으로 인류의 약진은 다른 생물 종들과 지구 생태계에는 파멸적인 결과를 낳았다. 대형 포유동물이 잇달아 멸종되고, 야생 서식지가 주거지와 경작지로 바뀌면서 다수의 생물 종이 멸종 위기에 처했다. 바로 그런 맥락에서 자연이라는 거울에 비친 인간에 대한 부정적인 평가들이 속출하고 있다. 유발 하라리Yuval Noah

---

1　존 그레이, 『하찮은 인간, 호모 라피엔스』, 김승진 옮김, 이후, 2010에서 재인용.

Harari의 "우리는 생물학 역사상 가장 치명적인 종이다. 생태학적 연쇄살인범이라고 할 수 있다"[2]라는 말이나, 존 그레이John Gray의 "가이아는 파종성 영장류 질환이라고 칭할 만한 상황, 즉 인간이라는 유해 동물의 이상 대량 발생으로 고통받고 있다"[3]라는 것이 대표적인 예다.

인류를 두고 '생태학적 연쇄살인범'이라거나 '유해 동물'이라고 하는 평가는 결코 과장된 게 아니다. 가축 도살자, 연쇄살인범, 도굴꾼, 사기꾼, 마약 밀매자, 성도착자, 조직폭력배같이 남을 등치고 해악을 끼치는 무리뿐만 아니라 평범한 사람들마저 싸잡아서 인류는 기껏해야 '유해 동물'에 지나지 않는다.

인간은 제 잇속이나 재미를 위해 새, 곤충, 물고기 등을 마구 잡아 죽이고, 탐욕과 악의와 위선으로 가득 차 있으며, 파괴와 노략질을 일삼는다. 인류의 잔악성은 자연 생태계만을 향한 게 아니다. 종교나 정치 이념이 다르다는 이유로 다른 인간을 불살라 죽이고, 목을 베어 죽이고, 총으로 쏴 죽인다. 나치의 홀로코스트, 일본군의 난징대학살, 캄보디아의 크메르루주, 수니파 이슬람 극단주의 무장단체 IS가 저지른 행위들이 그런 끔찍한 예들이다.

그런가 하면 인간은 시와 동화를 쓰고 음악과 춤을 즐기며, 축구와 골프에 열광하고, 목숨을 걸고 세계의 가장 높은 산을 오르

---

2 유발 하라리, 『사피엔스』, 조현욱 옮김, 김영사, 2015.
3 존 그레이, 『하찮은 인간, 호모 라피엔스』, 김승진 옮김, 이후, 2010.

며, 코카콜라를 마시고 마리화나를 피우기도 한다. 사람은 사랑하고, 상상하고, 타인의 고통에 연민을 느끼고, 심지어는 타인을 위해 제 목숨을 바치기도 한다. 인간은 평범한 악에 물든 잔혹하고 비천한 존재인 동시에 아름답고 숭고한 존재이다.

위대한 작가이자 '세계의 아버지'

'사람은 무엇으로 사는가'라고 진지하게 물었던 이는 레프 톨스토이다. 그는 불후의 대작들 『전쟁과 평화』, 『안나 카레니나』 등을 써낸 러시아 최고의 작가다. 또한 제 앎을 고스란히 실천으로 옮기며, 무욕과 탈욕의 길 위에서 죽음을 맞는 성자의 면모를 보여준 위대한 인류의 스승이다. 로맹 롤랑은 톨스토이를 흠모하며 "세계의 아버지"라고 불렀고, 막심 고리키는 "한 세기에 걸쳐 체험한 것의 결과를 놀랄 만한 진실성과 힘과 아름다움으로 표현했다"라고 말하며 톨스토이를 "세계 전체"라고 칭송했다.

톨스토이보다 더 뛰어난 작가를 찾는 일이 불가능하지는 않겠지만 삶과 죽음에 대해 그보다 더 깊고 진지하게 탐구한 작가를 찾는 일은 불가능하다. 그는 인생의 모순을 통찰하고, 죽음의 공허와 삶의 신비에 대한 탐구를 평생의 화두로 삼았다. 특히 죽음은 누구에게나 불가사의한 사건, 끝내 풀 수 없는 수수께끼인데, 그는 이렇게 쉬운 말로 산다는 것과 죽음을 명쾌하게 정의한다.

사람이 살아 있다는 것은 하나의 생물이 태어났다가 죽기까지의 과정에서 일어나는 현상에 지나지 않는다. 즉 사람이 태어나고, 개가 태어나고, 말이 태어나는 일은 각각 자신만의 몸뚱이를 갖고 생겨난 것에 불과하다. 그리고 이 특유의 몸뚱이는 한동안만 살다가 죽게 마련이다. 이렇게 죽은 몸뚱이는 분해되어 다른 물질로 변함으로써 그 생물은 영영 없어져버린다. 즉, 생명이 있다가 없어져버리는 것이다. 반대로 개나 말이 살아 있다는 것은 심장이 고동치고, 호흡이 이루어지고, 몸뚱이가 분해되지 않았다는 뜻이다. 심장이 박동을 멈추고, 호흡이 멎고, 몸뚱이가 분해되기 시작하는 것이 곧 죽음이다. 이와 마찬가지로 사람이 살아 있다는 것은 태어나서 죽음에 이르기까지의 과정 동안 동물의 몸뚱이에서 일어나는 일이 사람에게도 똑같이 일어난다는 의미다. 이보다 더 분명한 것이 또 어디에 있단 말인가![4]

사람이나 말이나 산 것들은 심장이 고동치고, 숨을 내쉬고 들이마시며, 타고난 몸을 부리며 산다. 하지만 죽은 것들은 심장이 멎고, 호흡을 그치며, 몸은 분해되어 흙으로 돌아간다. 죽음이 삶의 파괴이자 끝이라면 삶은 신비이자 신성함 그 자체다. 톨스토이의 어머니는 그가 세 살 때 여동생을 낳다 산욕열로 죽고, 아버지는

---

4 톨스토이, 『자아의 발견』, 함현규 옮김, 빛과향기, 2012.

아홉 살 때 갑자기 뇌출혈로 쓰러져 죽었다. 어린 톨스토이는 세 명의 형과 여동생과 함께 숙모들의 손에서 자라난다.

아마도 그가 죽음을 평생의 화두로 삼은 것은 이른 나이에 겪은 죽음 탓일 테다. 부모의 죽음이 깊은 상실감과 함께 원체험으로 남았을 것이다. 그는 존재가 죽음으로 인해 몸은 썩어 사라지고 악취와 구더기 외에는 아무것도 남기지 않음을 차갑게 통찰한다. 죽으면 몸이 분해되어 사라지고, 생전 행적들은 망각된다. 어느 날 들이닥치는 죽음은 삶을 무無이자 절대적 공허로 바꿔버린다 는 사실을 들어 톨스토이는 죽음이 있는 한 삶은 지복至福일 수가 없고, 다만 "누군가가 나를 조롱하기 위한 바보 같은 농담"이라고 말한다. 자신이 거머쥔 것들, 즉 사적 소유와 명성, 안락과 권력은 죽음과 함께 신기루와 같이 한순간에 사라지는 것이다.

방탕한 청년에서 작가의 길로

1828년 9월 9일, 톨스토이는 모스크바에서 남쪽으로 160킬로미 터 떨어진 가문의 영지 야스나야폴랴나에서 태어난다. 아버지 니 콜라이는 백작이고, 어머니 마리아는 부자 귀족의 외동딸이었 다. 어린 시절 가정교사에게 교육을 받다가 열여섯 살 되던 해에 카잔 대학 법학과에 입학하지만 대학 교육에 실망해 자퇴한다. 1847년 고향인 야스나야폴랴나로 돌아오는데, 독학을 하며 영지를 돌보겠다는 생각 때문이었다. 하지만 시골의 단조롭고 무미건조한 생활에 진절머리를 치고 모스크바와 상트페테르부르크의 술과 향락, 자유로운 연애를 그리워하면서 이 계획은 실패한다.

어느 시대에나 젊음이란 절제를 모르고, 고상한 삶보다는 욕망과 게으름에 더 기울고, 이성의 유혹과 미각의 향락에 빠지기 쉽다. 톨스토이도 젊은 한때 술, 방종한 연애, 도박 따위의 유혹에 굴복했다. 그는 스물세 살 때 육체와 욕망의 취약함에 굴복해서 향락을 탐하는 생활에 빠졌다가 죄책감에서 벗어나고자 군인이던 형 니콜라이를 따라가 이듬해 군에 입대한다. 일종의 현실도피였던 군대에서 전투에 참여하는 한편, 틈틈이 글을 써서 잡지에 기고했다. 이때 쓴 소설들이 「유년 시대」, 「소년 시대」, 「청년 시대」와 같은 작품들이다. 이 소설들로 톨스토이라는 젊은 작가의 이름이 러시아 문단에 알려진다.

톨스토이는 1854년 크림 전쟁 중 세바스토폴 포위전에 참여한다. 톨스토이가 스물여섯의 일로 이 전쟁에서 러시아는 영국, 프랑스, 터키 등의 연합군에 패배한다. 톨스토이는 이때의 경험을 바탕으로 「세바스토폴 이야기」를 써냄으로써 패전의 쓰라린 경험에서 나름의 수확을 거둔다. 용감한 일반 병사와 과장되고 왜곡된 지휘관들의 이야기를 대비시킨 소설이다.

1856년 전쟁이 끝나자 군대에서 제대를 하고 상트페테르부르크로 간다. 이미 러시아 문단에 이름이 알려지고 일부 문학청년들 사이에서 우상이 된 청년 작가 톨스토이는 개인주의자로 자아에

유폐되어 있었다. 그는 사람들과 어울리는 것을 꺼렸다. 1857년 프랑스, 스위스, 독일을 여행하고 이 경험을 바탕으로 「뤼체른」 등의 작품을 쓰고 혹평을 받지만 이에 굴하지 않고 「당구 점수 기록원의 수기Записки маркера」, 「두 경기병」, 「알베르트」, 「세 죽음」, 「가정의 행복」, 「폴리쿠슈카」, 「홀스토메르」 등 단편소설을 꾸준히 써낸다.

톨스토이는 러시아 농민이 열악한 환경에서 짓눌리고 고통받는 것을 보고 그들이 더 나은 삶을 살려면 교육이 필요하다는 생각에 농민 자녀를 위한 학교를 연다. 사람다운 존엄과 기품을 잃은 채 동물적 생존에만 급급한 농민들의 비참함에 충격을 받은 게 그를 행동하도록 움직였을 테다. 농민 자녀들에게 근대적인 교육을 제공하는 사업은 초기에 성공을 거두었다.

1860년부터 1861년에 걸쳐 독일, 프랑스, 이탈리아, 영국, 벨기에를 돌아보며 교육 이론과 실상을 탐사하는 여행에 나서고, 이 여행에서 돌아와 자신의 교육 이론을 알리는 교육 잡지를 펴내고 교과서들을 발행했다. 교육 사업이 지지부진하면서 성과를 내지 못하자 2년 만에 접는다. 톨스토이는 가난과 무지몽매함에서 허우적이는 농민들에 대해 연민을 품었지만, 내면에 굳어진 상류층의 도덕 불감증을 완전히 떨쳐낼 수는 없었다. 그는 농노의 아내와 관계를 맺어 사생아를 낳고, 그 아이를 마부로 부리기도 했다.

1862년, 톨스토이는 궁정 의사이자 상류사회에서 명사로 꼽히는 외과의사 베르나 박사의 둘째 딸인 소피아 안드레예프나 이슬

레네프와 결혼한다. 톨스토이는 서른네 살이었고, 신부는 열여덟 살이었다. 톨스토이가 현실에 둔감한 사색가이자 몽상가라면, 아내 소피아는 빼어난 현실감각으로 영지와 재산을 관리하며 부를 일궈냈다. 톨스토이는 교육 활동을 그만두고 15년간 가정생활에만 전념하는데, 이 기간에 13명의 자녀가 태어난다.

이 무렵 창작 활동에 매진해서 인류의 고전으로 꼽히는 소설 『전쟁과 평화』, 『안나 카레니나』 등을 써냈다. 『전쟁과 평화』는 1805년 러시아의 황금시대부터 나폴레옹 전쟁과 1825년 12월 혁명까지 포괄하는 대하소설이다. 등장인물만 559명에 이르는데, 전쟁의 격동 속에서 다양한 인물 유형의 삶과 내면 심리를 총체적으로 펼쳐낸다. 이 소설은 훗날 '인물의 백과사전'이라는 평가를 받았다. 아내 소피아는 아이를 출산하고 집안을 관리하면서 작가의 아내로서 조력을 아끼지 않는데, 『전쟁과 평화』의 초고를 일곱 번이나 베껴 쓰는 수고를 기꺼이 떠맡았다.

대문호의 반열에 올라서다

톨스토이는 평탄한 결혼 생활을 꾸리고 작가로서 전성기에 도달하지만, 한편으로 삶의 목적에 대한 깊은 회의 속에서 위기를 맞는다. 그는 젊은 시절부터 끊임없이 "주어진 시간, 원인, 공간 내에서 내 삶의 의미는 무엇인가?"라는 물음과 싸워왔는데, 그 물음에 대한 이성적 추론은 한계에 부딪치고, 이 위기는 『안나 카레니나』를 쓰던 1879년 무렵 가장 크게 높아졌다. 머리는 삶에 대한 회의와 혼란으로 복잡하건만, 소설을 쓰는 그의 손은 부지런했다. 『안나 카레니나』는 러시아의 격동기를 배경으로 귀족 출신의 안나 카레니나와 젊은 장교 브론스키 백작의 불륜을 다룬다.

이 세기적인 한 여성의 불륜 이야기를 통해 결혼과 가족제도의 본질을 통찰하며 비평가들의 찬사를 이끌어내고 '러시아의 호메로스'라는 명성을 얻었다. 『안나 카레니나』는 대중과 비평가의 지지를 함께 이끌어낸 작품이다. 톨스토이는 의심할 여지 없이 '대문호'의 반열에 성큼 올라섰지만, 그런 화려한 갈채를 등진 채 신과 인간 구원 문제를 탐구하고, 청빈, 자비, 금욕과 단순한 삶을 열망하면서도 물질의 풍요와 안락에서 벗어나지 못하는 자신에 대한 혐오감에 빠졌다. 톨스토이는 자기모순과 혐오감이 빚는 고통에 빠져 한때 자살을 염두에 두는 지경까지 이르렀다.

그는 독서에 매달리며 해답을 찾으려 했으나 별다른 도움을 받지 못한 채 허송세월을 보내다가 뜻밖에도 평범한 농민들의 삶에서 실마리를 얻었다. 가난하고 배운 것도 없지만 삶의 고난들을 받아들이며 꿋꿋하게 살아가는 농민들에게 크게 감동을 받은 것이다. 톨스토이는 모든 사람이 신의 뜻에 따라 이 땅에 태어났고, 신은 인간들이 제 영혼을 파멸시킬 수도, 구원할 수도 있게 만들었다는 결론에 도달한다. 그는 쾌락을 포기하고 노동과 고행하는 삶을 받아들임으로써 신에 좀 더 가까워질 수 있다고 믿었다. 그는 『참회록』에서 삶의 의미를 추구하며 겪어야 했던 번민과 고통을 절절하게 털어놓았다.

정신적인 위기 속에서

톨스토이는 나이가 들수록 가족이 누리는 물질적 풍요와 편안한 삶과 금욕적이고 단순한 삶 사이의 괴리에 괴로워했다. 그는 사적 소유를 포기하고 세속의 삶에서 해방되고자 했으나 가족들은 그런 톨스토이를 받아들이지 못했다. 오직 막내딸 알렉산드라만이 톨스토이를 응원했다. 이상주의를 고집한 톨스토이와 현실주의자인 아내의 사이는 점점 벌어지는데, 그를 성인으로 추대하려는 무리가 야스나야폴랴나로 몰려들면서 톨스토이와 가족들의 관계는 더욱 멀어진다.

정신적 위기를 겪은 톨스토이는 도덕적인 주제를 담은 이야기들을 쓰기 시작한다. 일흔 살이 넘은 노老작가는 영지를 가족에게 넘기고 글 쓰는 일에만 전념한다. 이 시기의 작품들은 세부 묘사를 생략한 채 건조한 문체로 일관한다. 「그러면 우리는 무엇을 할 것인가Так что же нам делать」, 「왜 인간은 자신을 바보로 만드는가Для чего люди одурманиваются」, 「사람은 무엇으로 사는가」, 「많은 땅이 인간에게는 필요한가Много ли человеку земли нужно」, 「세 가지 질문」, 「예술이란 무엇인가」 등등을 이 시기의 대표작으로 꼽을 만하다.

톨스토이는 새로운 확신에 차서 그리스도교적 무정부주의에 기울고 영생설과 교회의 권위를 부정하면서 러시아정교회와 마찰을 빚는다. 결국 이걸 빌미로 1901년 러시아정교회는 톨스토이를 파문하기에 이른다. 새로운 신앙을 주장한 게 당국의 심기를 거슬러 검열을 받고, 일부 저작물은 판매 금지 처분을 받았다. 그렇지만 톨스토이는 이에 굴하지 않았다. 국가나 제도들은 본래 사악한 것이며 인간은 그것들 없이도 올바르고 조화로운 삶을 살수 있다는 신념에 따라 정부에 반대하고, 사적 소유가 힘에 의해 확보된 것이라고 해서 사유재산 제도를 부정한다. 톨스토이는 신념에 따라 재산을 포기하고자 했으나 가족의 간청에 따라 영지를 가족에게 양도했다.

톨스토이는 사적 소유를 내려놓은 뒤 모스크바 빈민굴로 들어가 가난과 굶주림에 시달리는 사람들의 편에 서서 연대를 모색한다. 러시아정교회의 파문과 정부의 판매 금지 조치에도 불구하고 작가이자 사상가로서 그의 위치는 흔들림 없이 견고했다. 대중은 꿋꿋하게 그를 지지하면서 러시아정교회의 처분에 분노했다. 많은 사람들이 톨스토이를 만나려고 야스나야폴랴나로 왔는데, 그 중에는 젊은 시인 릴케와 그의 애인 루 살로메도 있었다.

길 위에서 죽음을 맞다

1899년 『부활』을 내놓는데 그야말로 나이 일흔을 넘기고도 식지 않은 창작열을 내보인 것이다. 이 소설은 떠돌이 집시와 농노 여인 사이에서 사생아로 태어나 매춘부로 전락한 카추샤 마슬로바를 통해 영혼의 구원과 부활의 가능성을 탐색한다. 톨스토이는 만년의 역작을 내놓으면서 나라 안팎에서 명성을 떨쳤다. 한편으로 당대의 지배 권력들, 이를테면 정부와 러시아정교회와는 대립하고 갈등했다. 그를 향한 대중의 지지는 여전했다. 그는 금지당하고 파문당하면서도 꿋꿋하게, 부당하게도 비루한 삶을 살아가는 이들을 위해 계속 글을 썼다.

1908년, 여든을 맞은 톨스토이에게 세계의 명사들이 보낸 축하의 인사말들이 도착한다. 말년에 톨스토이는 성자와 다를 바 없는 생활을 했다. 농부의 옷을 입고 노동을 하며 제 신발은 스스로 지어 신었다. 톨스토이는 아내를 포함한 가족과 재산 문제로 크게 불화를 겪은 뒤 1910년 10월 29일 밤, 여든둘의 노구를 이끌고 집을 나선다. 대문호가 평생 일군 어마어마한 재산과 명예를 포기하고 무욕과 무소유의 길로 나선 것은 인류사에 기록할 만한 장엄한 장면 중 하나일 테다.

그는 동양의 현자들, 노자나 장자와 같이 껍데기를 벗어던지고 진리와 제 올곧은 양심의 길에 우뚝 선다. 그로써 인간에게 덧씌워진 탐욕과 이기주의, 잔인함과 불의에 물든 하찮은 부류에 지나지 않는다는 오명을 떨쳐내고 인류가 숭고한 이상의 실천자가 될 수도 있음을, 그리고 인간이 언제라도 자신을 초월할 수 있는 존재임을 온몸으로 실천해 보여준다.

톨스토이는 집을 나서기 전 모든 저작권을 막내딸 알렉산드라에게 넘기겠다는 유언장을 작성한다. 그리고 주치의와 알렉산드라만을 데리고 신을 섬기며 조용히 살 수 있는 피난처를 찾아 나서는데, 이 행보는 느리지만 감동적이다. 잠시 샤모르지노에 사는 여동생 집에 머물다가 다시 기차를 타고 여행길에 오른다.

톨스토이는 죽을 때를 감지하고 죽을 자리를 찾아 나서는 늙은 코끼리와 같이 죽음을 맞을 준비를 했던 것일까? 동양의 철학자들은 삶이 꿈이고, 거꾸로 꿈이 삶이라고 하는데, 어쩌면 톨스토이는 그 꿈에서 깨어나 죽음을 거쳐 진정한 삶을 맞으려고 했던 것인지도 모른다. 며칠 뒤인 1910년 11월 20일 새벽, 톨스토이는 랴잔의 한 외딴 마을 아스타포보의 간이역에서 장엄한 일생을 끝낸다. 시신은 고향으로 운구되어 그를 흠모하는 수많은 이들의 애도 속에서 영지의 숲에 안장되었다.

죽음과 마주치고 그것을 넘어서다

톨스토이가 죽음에 대해 가진 생각은 자연과학이 일러주는 진실과 부합되는 것이다. 톨스토이에 따르면, 자연과학은 이렇게 말한다.

너는 덧없는 존재야, 입자들의 우연한 응집 물질이야. 이 입자들의 상호작용과 변화가 네 속에서 소위 네가 말한 '인생'이란 걸 생산해내지. 그 응집물은 일정 시간 지속되다가 그 이후 이 입자들의 상호작용은 멈추고 네가 말한 '인생'은 정지되며 아울러 너의 질문들도 중단되겠지. 너는 우발적으로 결합된 물질 덩어리에 불과하니까 그 덩어리가 발효하는 거지.[5]

톨스토이는 이것이 아무 대답도 되지 않는다는 사실을 깨달았다. 그는 소크라테스, 솔로몬, 석가모니, 쇼펜하우어 등에게서 해답을 구하고자 책을 파고들며 죽음이 고통이고 박탈이란 걸 깨닫지만 그것으로 죽음이 가져오는 허무와 절망을 넘어설 수는 없었다.

톨스토이는 「이반 일리치의 죽음」에서 죽음의 문턱에 서 있는 자의 공포, 고통, 번뇌를 세세히 묘사하면서 무의미하고 허무한 삶의 의미가 어디에 있는지를 탐구한다. 「이반 일리치의 죽음」은 죽음의 의식을 본격적으로 파고든 소설로는 첫 자리에 놓이는 작품이라는 평가를 받는다. 주인공인 이반 일리치는 귀족으로 태어나 순탄한 삶을 이어온 항소법원 판사이다. 그는 세속의 권위와 명예, 그리고 부를 누리며 인생의 쾌락들을 적당히 즐기며 살아온 사람이다. 그러다가 어느 날 갑자기 불치병에 걸려 석 달 동안 끔

5 황훈성, 『서양문학에 나타난 죽음』, 서울대학교출판문화원, 2013에서 재인용.

찍한 병과 절대 고독 속에서 죽음의 공포와 마주한다.

유쾌한 사교 생활과 관료주의에 안주하며 향락적인 삶을 누리던 그는 죽음에 직면해 비로소 "도저히 설명할 길이 없어! 고통과 죽음…… 도대체 왜?"라는 물음과 만난다. 이 물음은 톨스토이의 궁극적인 화두, "나를 기다리고 있는 회피 불가능성의 죽음도 감히 파괴할 수 없는 의미를 내 삶 속에서 찾을 수 있을까?"와 겹쳐진다. 이반 일리치가 깨달은 것, 그것은 어떤 삶을 살았든지 인간은 결국 죽음과 마주치게 되리라는 것이다.

> 죽은 것만 같은 공직 생활과 돈 걱정들, 그렇게 일 년이 가고
> 이 년이 가고 십 년이 가고 이십 년이 갔다. 언제나 똑같은
> 생활이었다. 하루를 살면 하루 더 죽어가는 그런 삶이었다.
> 한 걸음씩 산을 오른다고 생각했지만 사실은 한 걸음씩 산을
> 내려가고 있었던 거야. 그래, 맞다. 세상 사람들은 내가 산을
> 오른다고 보았지만 내 발밑에서는 서서히 생명이 빠져나가고
> 있었던 거야.

그리고 죽음의 공포 따위를 모르는 주변 사람들을 '바보'나 '짐승'이라고 몰아세운다.

> 내가 존재하지 않으면 뭐가 있는 거야? 아무것도 없겠지. 내가
> 더 이상 존재하지 않게 되면 나는 도대체 어디에 있을까? 이게

죽는다는 것일까? 아냐, 죽음이야. 그래 죽음이지. 저자들은 아무것도 모르면서 알고 싶어 하지도 않는군. 나에게 일말의 동정도 보여주지 않고 잘들 놀고 있군. (중략) 어차피 똑같은 거야. 그러나 그들도 곧 죽잖아. 바보 같은 것들. 내가 먼저 그리고 그들이 나중에. 그들에겐 이러나저러나 마찬가지겠지. 지금 저렇게 희희낙락하고 있다니. 짐승만도 못한 놈들.

우리는 죽음에 대해 무엇을 아는가? 오직 인간만이 죽음에 대해 생각하고, 죽음에 대한 인식을 바탕으로 삶의 의미를 따지고 찾는다. 동물은 도무지 죽음을 모르고 죽음에 대한 사유도 하지 않은 채 살아간다. 동물은 삶의 의미나 목적 따위도 필요로 하지 않는다. 그런 탓에 이반 일리치는 죽음을 제쳐놓고 희희낙락하고 있는 사람들을 두고 "짐승만도 못한 놈들"이라고 했다. 그게 바로 작가인 톨스토이의 생각이다.

이반 일리치는 임종의 순간 타인에 대한 동정과 자비심을 갖게 되면서 제 존재를 물고 늘어지던 죽음의 공포에서 홀연히 벗어난다. 아울러 삶의 목적이자 궁극인 선한 의지에서 멀어진 채 오만과 위선으로 얼룩진 삶을 사는 아내와 동료에 대한 자비와 연민의 감정을 갖는다. 가족과 친구들이 제 죽음으로 인해 고통받기를 원치 않고, 홀로 죽음을 맞으려 한다. 그 순간 통증이 사라지고 알 수 없는 환희감이 온몸을 감싼다. 죽음의 공포가 씻은 듯 사라지고 빛이 주변에 가득 찬 것을 느끼며 "죽음은 끝난 거야. 그건 더 이상 존재하지 않아"라고 낮게 외친다.

이반 일리치에게 죽음을 맞는 순간은 정신적 고양을 일으키는 계기적 각성의 순간이었다. 톨스토이는 이반 일리치를 통해 죽음이야말로 실존의 무의미함에서 영적인 구원에 이르게 하는 계기라는 성찰을 써내려간 것이다.

상갓집 개에서 성인으로

공자
孔子(B.C. 551.~B.C. 479.)

인간이란 무엇인가

발정기가 아닌데도 짝짓기를 하고, 위가 비어 있지 않은데도 뭔가를 꾸역꾸역 먹는다. 남의 것을 훔치고, 갖가지 고정관념에 사로잡혀 있으며, 망상에 쉽게 빠져 가끔 엉뚱한 짓을 하고, 더러는 세계를 온통 회색빛으로 채색하는 우울증에 잘 걸린다. 다른 한편으로 제 이익을 위해서 전쟁을 일으키고 수백만 명을 잔혹하게 살해한다. 이것이 인간이다!

다른 한편으로 인간은 자기 의지에 따라 진화를 이루고 환경의 제약을 넘어서며 자기 운명에 대한 통제권을 거머쥔 유일한 종이면서(대다수 인간들이 그렇게 믿는다), 그 권력을 남용해서 제 숙주인 지구 생태계를 가차 없이 파괴한다. 강물을 오염시키고 열대우림을 베어내며 숱한 동물 종을 멸종에 이르게 하는 유해 동물이다. 인류 번성은 지구 생태계의 처지에서 보자면 자연을 파괴하고 교란시키며 괴사壞死로 몰아넣는 재앙이다. 이것은 '파종성 영장류 질환'의 대유행이고, 절대로 두 번 겪고 싶지 않은 악몽이고 끔찍한 재난이다.

인간은 살아 있는 동안 생명 활동을 한다. 자크 모노Jacques Lucien Monod라는 분자생물학자는 생명이 사물의 본성에서 연역해낼 수 있는 요행의 결과라고 말한다. 생명은 동적 평형을 이룬 상태에서 끊임없이 변화하는데, 이 변화는 생명에 내재된 숙명이다. 생명 활동이란 얼마나 고결하고 놀라운 일인가. 시, 동화, 음악, 그림, 춤, 건축 등등 모든 '상상 예술'은 생명 활동의 일환이다.

인간은 디자인과 기능이 최적으로 결합된 완벽에 가까운 공학적 구조의 신체로 살아가는데, 이것이 놀라운 생명 활동의 도구다. 손의 근육과 골격을 보라. 손은 인대와 자잘한 뼈, 관절과 근육과 힘줄로 이루어져 있다. 이 작고 단순한 도구는 만능에 가깝다. 사람은 쥐고 펴고 깨고 자르고 쪼개고 문지르고 두드릴 수 있는 이 손으로 기도를 하고, 아기를 돌보며, 글을 쓰고, 그림을 그리며, 피아노를 연주하고, 심장 수술을 집도하며, 연인의 몸을 애무하며, 거의 모든 음식들을 조리한다.

체중을 지탱하는 뼈들은 어떤가. 뼈는 화강암보다 두 배는 더 튼튼하고 콘크리트보다는 네 배는 더 탄력이 있고, 철강보다는 다섯 배가 더 가볍다. 뼈는 건축가들이 탐낼 만한 꿈의 소재다.

인간의 몸에 탑재된 1.4킬로그램의 작은 뇌와 신경계는 초고속 정보 통신망보다 더 뛰어난 기적의 도구다. 인체는 내분비계와 면역계를 갖추고, 저와 똑같은 DNA를 가진 생명을 복제하는 완벽한 시스템이다. 사람은 기적이라고 할 수밖에 없는 이 놀라운 몸을 사용해서 일을 하고, 사랑을 나누며, 샤워를 하며 노래한다.

어디 그뿐인가. 예이츠William Butler Yeats나 월트 휘트먼Walt Whitman같이 세상의 아름다움을 예찬하는 시를 쓰고, 고흐나 에드워드 호퍼Edward Hopper같이 그림을 그리고, 바흐나 모차르트처럼 음악을 만들고, 니체와 스피노자같이 사색을 통해 인간 심연을 여는 철학을 펼친다.

한마디로 그 무엇과도 견줄 수 없는 경이로운 신의 피조물이 바로 인간이다.

시골에서 만난 공자

곤경에 처한 인생의 고빗길에 나는 시골로 거처를 옮겼다. 마흔을 갓 넘긴 시절, 살 날들은 아득하고 삶은 고삐 풀린 미친 말 같아서 고삐를 틀어쥐기가 쉽지 않았지만, 어쨌든 적막한 시골구석의 물가에 집을 짓고 들어앉았다. 시골구석에서 삶을 꾸리니, 피는 무기력하고 마음은 성난 짐승이었다. 내면에 찬 분함을 참을 수 없어서 나는 세상과 적대하며 싸우려 들었다. 날마다 토머스 홉스Thomas Hobbes의 '만인은 만인에 대해 늑대다'라는 금언을 가슴에 품고, 마음으로 전쟁을 하며 살던 시절이다. 숨 쉬는 것조차도 힘들던 그때, 가슴에 일렁이는 적대감과 분함은 어찌할 수가 없었다.

피가 곤두서는 분노를 다스리려고 무작정 노자의 『도덕경』과 『장자』를 끼고 읽었다. 그것들을 꾸역꾸역 읽어내는 일은 돈 드는 것이 아니었으니 할 만한 일이었다.

마음에 지옥과 천국을 품고 두 서책을 읽다 보니, 봄가을이 지나고 세월이 흘렀다. 금광저수지 가장자리의 버드나무는 봄에 연두색이었다가 가을에는 잎들이 퇴색하여 떨어졌다. 뜰에 심은 명

자나무와 반송盤松은 키가 높게 자라고, 자식들은 성장해서 하나
둘 내 품을 떠나갔다.

그렇게 노장을 각각 백 번쯤 읽었더니 내 존재 안에서 큰 변화
가 일어났다. 첫 번째는 마음의 변화였다. 나는 늘 충분한 것을 적
다고 생각하며 살았음을 깨달았다. 욕심을 덜어내고, 천천히 밥을
먹는 일부터 실천했다. 어리석음과 불편을 덥석 끌어안으니 시름
은 줄고 설렘은 커졌다.

두 번째는 환경의 변화였다. 유배지라고 여겼던 시골구석이야
말로 명상과 산책을 중심으로 조촐한 삶을 꾸리는 데 최적의 조
건이었다. 환경이 바뀐 게 아니라 내 마음이 달라진 것이다. 안 보
이던 다른 사람의 마음이 보이고, 혼돈이 걷히자 어느새 내 눈은
세계를 투명하게 바라보고 있었다.

노장을 끼고 사는 동안 공자는 한사코 멀리하였다. 공자라니?
이 고리타분한 것을 왜 읽어야만 하나? '공자'로 표상되는 것들,
유학의 원천 혹은 인의예지 따위 윤리의 바탕이 되는 것에 대한
필요는 내 안에 없었다. 그럼에도 어느 여름날 갑자기 뭔가에 이
끌리듯 『논어』를 손에 들었다. 내게 『논어』에서 인상적인 것은 계
속되는 배움의 강조였다.

> 나는 열다섯 살에 배움에 뜻을 두었고, 서른이 되어서는
> 자립했으며, 마흔이 되어서는 흔들리지 않았고, 쉰이 되어서는
> 천명을 알았고, 예순이 되어서는 귀가 순해졌고, 일흔이

되어서는 마음이 가는 대로 따라도 법도를 넘지 않았다.

공자는 열다섯에 배움을 인생의 큰 목표로 세웠다. 서른에 자립하고, 마흔에는 흔들리지 않았다. 서른다섯에 제나라에 가서 일자리를 찾았으나 구하지 못했다. 노나라에서도 일자리를 구하지 못해 백수건달로 지낼 수밖에 없었다. 공자는 서른다섯에서 쉰에 이르기까지 그저 빈둥거리며 서책들을 읽고 배움에 전념했다. 예를 익히고 배움에 몰입하면서, 제자들을 가르쳤다. 그렇게 쉰에 이르러서 천명을 깨닫는 경지에 도달했다고 선언한다.

쉰을 바라보는 나이에도 너무나 많은 미혹에 감싸여 있던 내게 공자의 말들이 두개골을 쪼개는 듯 우레와 같이 울려 퍼졌다. 세상 물정을 잘 모르고, 예도 모른 채 막살아왔다는 생각에 부끄러웠다. 밥 먹는 것도 부끄럽고, 남 앞에 나서는 것도 부끄러웠다. 그러나 그 부끄러움을 굳이 내치지 않고, 도리어 그것을 품고 그것을 동력으로 삼아 『논어』를 낮밤 가리지 않고 더 깊이 파고들게되었다.

열 가구 정도의 작은 마을에도 나처럼 충성스럽고 신의가
두터운 사람은 있겠지만, 나만큼 배우기를 좋아하지는 못할
것이다. (중략) 배우면서 그것을 익히는 것도 기쁘지 않은가?
친구가 먼 곳에서 찾아오는 것도 즐겁지 않은가? 사람이
알아주지 않아도 성내지 않는 것 역시 군자답지 않은가?

공자는 배우기를 좋아하는 사람이다. 배움은 어디서 시작해서 어디서 끝나는가? 모름에서 앎으로 나아가는 것, 생각과 실천에 막힘이 없는 경지로 나아가는 것, 그게 배움이다. 배움에는 끝이 없지만, 굳이 궁극을 말하자면 '군자君子'가 되는 것이다.

야합하여 태어났으니

그리스 사모스섬에서 태어난 피타고라스는 메소포타미아와 이집트를 여행하고 돌아온 뒤 그리스에 철학 학교를 세운다. 피타고라스는 '수'가 우주 만물의 본질이라는 것을 깨닫고, 이것이 만물의 궁극적인 구성 요소라고 이해했다. 음계의 속성을 밝혀내고, '비율 이론'을 제시했다. 철학 학교에서는 철학, 과학, 종교를 가르쳤는데, 이곳을 거친 무리가 피타고라스학파를 이룬다. 그 당시 사람들은 지구가 우주의 중심이라고 믿었지만, 피타고라스학파 사람들은 달랐다. 그들은 우주 중심에는 불이 있고, 지구가 그 둘레에서 원을 그리며 회전하기 때문에 낮밤의 변화가 생긴다고 확신했다.

인도의 한 왕조에서는 왕자로 태어난 젊은이가 보리수나무 아래에서 깨달음을 얻은 뒤에 대중에게 설법을 베풀기 시작했다. 그가 바로 석가모니였고, 나중에는 붓다라고 불린 사람이다.

저 중동 지역에 감수성 예민한 청년이 나타나 한 결혼식장에서 물을 포도주로 바꾸고 다른 자리에서는 주린 자들을 위해 오병이어五餅二魚의 기적을 보이고, 저를 하느님의 독생자라고 칭하며 포교를 시작한 것은 500년이나 더 지난 뒤다.

당시 중국은 금金, 진陳, 제齊, 위衛, 정鄭, 노魯, 송宋, 주邾, 진秦, 오吳 등 열 개 제후국으로 나뉘어 경쟁을 하고 있었다. 그중 노나라 수도 곡부에서 편모슬하의 가난한 소년이 책을 구해 읽으며 교양을 쌓고 인격을 단련하고 있었으니, 그가 바로 공자다. 당시 공자의 나이는 열세 살이었다.

사마천은 『사기』에서 "숙량흘과 안씨가 야합하여 공자를 낳았다"고 쓴다. 공자의 아버지 숙량흘叔梁紇은 전쟁 영웅이다. 공자를 얻었을 때 숙량흘의 나이는 예순여덟, 어머니 안징재顏徵在의 나이는 열다섯 살이었다. 상나라에는 춘제 때 하늘과 조상에게 제사를 지내고 남녀가 들에서 먹고 마시다가 교합하는 풍속이 있었다. 이 풍속은 나라의 평안과 풍년을 기원하는 의례에서 생겨난 것이다.

안징재는 니구산에서 아들 낳기를 기원하러 갔다가 숙량흘을 만나 교합을 한 뒤 공자를 얻는다. 『사기』에는 이 사실이 이렇게 기록된다.

니구산에 기원하여 공자를 얻었다. 노양공 22년에 공자가 태어났는데, 머리 가운데 움푹 팬 곳이 있어 이름을 구丘라고 지었다. 자는 중니仲尼이며, 성은 공씨다.

숙량흘은 안징재를 세 번째 아내로 취하지만 숙량흘은 공자가 세 살 나던 해 대가족을 남기고 세상을 떠난다. 숙량흘에게는 이미 둘째 아내가 있고, 딸이 아홉 명이나 있었다. 하지만 봉토는 없었고 겨우 나라의 봉록을 받아 살림을 꾸렸는데, 그가 죽고 난 뒤에는 그마저도 끊어졌다.

가장을 잃은 안징재는 망연자실하다 어린 자식을 데리고 공씨 집안을 나와 곡부로 이사한다. 안징재의 나이 겨우 열여덟이니, 두 모자의 살림이 얼마나 곤궁했는지는 짐작할 만하다. 안징재는 각종 제기를 사놓고 어린 아들에게 갖고 놀도록 하고, 자신은 생활비를 벌기 위해 궂은일을 마다하지 않았다.

공자는 열다섯 살 때 학문에 뜻을 두었다고 했다. 학문에 뜻을 둔다는 것은 자기 수련과 기초 교양을 쌓는 일을 뜻한다. 이를테면 공자는 '소육예小六藝', 즉 예禮, 악樂, 사射, 어御, 서書, 수數를 익히는 데 열심이었다. 비록 출신이 비천하고 살림은 가난하였으나 배움에 꿋꿋하였다.

공자는 노나라 상경上卿 계평자季平子 집안의 창고 보관직인 위리委吏로 발탁되어 일하다가 이듬해에는 목장 관리직인 승전乘田이 되었다. 창고를 관리하고 회계 일을 맡아볼 때는 장부에 똑똑히 기록하는 것으로 충분했으며, 목장 관리직에 있을 때는 소와 양을 튼실하게 살찌우는 것으로 충분하였다.

공자가 열일곱 살 때 모친이 세상을 떠나는데, 안징재의 나이는 서른두 살에 불과했다. 소년 공자는 어렵게 부친 숙량흘의 묘소를 찾아내 모친을 합장한다. 그 직후 노나라의 권력자 상경 계씨의 연회에 초대를 받게 된다. 상중이던 공자는 고심하다가 연회에 참석하기로 마음먹는데, 상경 계씨의 가신家臣 양화陽貨에게 문전 박대를 당한다. 양화는 공자를 가로막아 서며 "주인어른께서 연회에 초청한 사람은 사족이지 너같이 천한 사람은 아니다"라고 하며 내쳤다. 공자는 그 일에 큰 충격을 받고 노나라를 떠나 송나라로 갔다.

송나라는 선조들의 나라이고, 은나라의 높은 문화 전통을 잇고 있는 나라였다. 공자는 송나라에서 작은 관직을 얻고, 약관의 나이에 기관씨幵官氏 집안의 한 여성과 결혼을 한 후 다시 노나라로 돌아온다. 그리고 이듬해 아들 공리孔鯉를 얻는다. 공자가 아들을 얻었다는 소식을 듣고 노소공魯昭公은 잉어를 하사한다. 공자가 군주의 예물을 받은 것은 갈고 닦은 학문으로 상류층의 인정을 받았다는 징표였다.

배우려는 자를 차별하지 않다

공자가 서른네 살 때 노자는 주나라의 수도 낙읍에 머물고 있었다. 공자는 어린 제자 남궁경숙南宮敬叔에게 "내가 주나라를 방문해 노자의 가르침을 받고 싶은데, 네가 국군에게 말해줬으면 좋겠구나"라고 했다. 남궁경숙이 노소공을 만나 공자의 뜻을 전하자 노소공은 흔쾌하게 받아들이며, 말 두 마리가 끄는 마차와 시종을 내준다.

공자는 열세 살 소년인 남궁경숙과 시종을 마차에 태우고 노자를 만나러 떠난다. 공자는 주나라의 도읍지인 낙읍에 가서 왕실도서관의 관리로 일하던 노자를 만나 '예'에 대해 물었다. 그뿐 아니라 역사와 문화에 대한 제 소견을 장황하게 펼쳐 보였다.

노자는 공자보다 스무 살가량 연상이었는데, 이미 현인의 경지에 들어선 사람이다. 공자는 다소곳하게 노자의 충고를 경청하며 늘 배우는 사람의 태도를 취한다. 공자는 노자 말고도 위나라의 거백옥蘧伯玉, 제나라의 안평중晏平仲, 초나라의 노래자老萊子, 정나라의 자산子産, 노나라의 맹공작孟公綽, 그 밖에 장문중臧文仲, 유하혜柳下惠, 동제백화銅鞮伯華, 개산자연分山子恭 등에게 배움을 얻는 데 아무 거리낌이 없었다.

공자는 성실하게 제 직분을 수행하고, 학문 연마에 게으름을 피우지 않았던 터라 차츰 학식과 능력을 인정받았다. 직급이 '위리'에서 '승전'으로 높아졌고, 태묘太廟에서 제사 의례를 돕는 일을 맡았다.

이후에 공자는 관직을 내려놓고 사학私學을 열어, 사람을 두루 받아 가르쳤다. 공자의 사학 이전에는 나라에서 세운 관학이 주를 이루었다. 대표적인 관학으로 주나라 천자와 여러 제후가 세운 것들을 꼽을 만하다. 관학에서는 귀족 자제들을 받아들여 『주례周禮』, 『시경詩經』, 행정 등을 가르쳤다.

공자의 사학은 배우고자 하는 이들을 차별하지 않았다. 육포 한 묶음 이상을 가져오는 사람이면 신분을 따지지 않고 가르침을 베풀었다. 귀족 자제뿐 아니라 신흥 지주와 상인과 평민의 자식들이 공자의 사학으로 몰려들었다. 공자 사학의 번성은 일종의 교육 혁명이다. 공자 사학을 거친 제자는 3,000명에 이르고, 그중 현인이라고 일컬을 만큼 걸출한 자가 70명이 넘게 나왔다. 당시 중국 전체 인구가 1천만 명 정도였으니, 이 수는 엄청난 것이다.

거듭되는 불운 속에서

공자는 널리 구해 배우고, 고매한 것들에 대해 알기 위해 가장 단순한 것들을 파고들었다. 그리고 '인'과 '예'에 대해 깨닫고 그 바탕 위에서 제 철학을 세운다. 이름은 널리 알려졌지만 어느 군주도 그를 중용하지 않았기에, 공자는 제 뜻을 세상에 펼칠 기회를 잡지 못했다. 기원전 496년부터 491년까지 공자와 그 무리는 위, 송, 정, 진나라를 정처 없이 떠돌았다. 진나라의 한 관헌 집에서 1년 넘도록 객식구로 얹혀살기도 했고, 무리와 함께 떠도는 동안 비웃음의 대상이 되기도 했다.

어느 마을에 들렀을 때는 한 사람이 "공자는 많이 알기는 하지만 그 어떤 것의 전문가도 아니지!"라고 큰 소리로 떠들자, 공자는 "내가 무엇을 전문으로 하면 좋을지 알려주시오! 활쏘기요, 아니면 수레 끌기요?"라고 반문한다. 그를 따르는 무리는 지쳐서 입을 다물고 있었지만 공자에 대한 불만과 실망이 컸다. 공자는 『시경』에 나오는 한 구절을 인용해서 무리에게 말했다.

그들은 물소도 아니고 호랑이도 아니지만 사막을 헤매고
다니는구나!

공자의 목소리는 떨리며 나왔는데, 그 소리는 탄식에 가까웠다. 어느 날 공자는 제자 자로子路를 붙잡고 물었다.

"자로야, 내 가르침이 잘못되었다고 생각하느냐? 어쩌다 내가
이런 곤경에 처했느냐?"
"모두가 저희들 잘못입니다. 저희가 못난 탓에 군주가 저희를
기용하지 않은 것이지요."

제자 안회顔回는 자로보다 솔직했다.

스승님의 교리는 너무 고매하여 백성들이 따를 수가 없습니다.
그렇지만 스승님의 사상을 전파하는 데 애쓰십시오. 이해받지
못한다 한들 무엇이 대수겠습니까? 사람들이 그 사상을
밀쳐낸다는 것이야말로 곧 스승님이 진정한 현자임을
증명하는걸요!

공자는 원하는 자리를 얻지 못한 채 마치 상가喪家를 기웃거리는 비루먹은 개처럼 이 나라 저 나라를 떠돌고, 떠도는 동안 적어도 네 차례 이상 목숨을 잃을 위험에 처하기도 했다.

공자의 불운은 나이가 들어서도 나아지지 않았다. 공자가 이순耳順이 되던 해, 공자와 무리는 노나라에 들어가지 못한 채 진나라에서 3년을 머물렀다. 공자가 진나라에 머문다는 사실을 알고 초나라 임금이 공자를 초빙했는데, 진나라와 채나라가 군대를 보내 공자와 무리들을 황야에서 포위하고 움직이지 못하게 했다. 황야에서 오도 가도 못하는 처지에 빠진 공자와 무리는 식량이 떨어져 굶는 날이 많았다.

무리는 굶어 기진맥진했는데, 이때에도 공자는 태연하게 금琴을 타고 노래를 불렀다. 제자 자로가 분을 참지 못해 붉어진 얼굴로 스승에게 따졌다.

"군자도 곤궁한 경우가 있습니까?"
"군자라야 곤궁함을 능히 지킬 수가 있다. 소인은 곤궁해지면 못 하는 바가 없다."

군자는 곤궁하더라도 존엄과 예를 벗어나지 않지만 소인小人은 강물이 범람하는 바와 같이 된다. 곤궁에 빠진 소인은 범람하는 강물이 방향이나 원칙 없이 사방으로 흘러나가는 듯하다는 것이다.

공자는 쉰다섯에 노나라를 떠나 열국列國을 주유周遊하다 예순

여덟에 이르러 비로소 노나라에 돌아올 수 있었다. 공자가 무리와 함께 집도 없이 열국을 떠도는 열네 해 동안 부인은 노나라에 머물렀고, 아들이 생계를 떠맡았다. 공자는 원대한 꿈이 있었지만 제 정치의 이상을 펼칠 기회를 잡지 못한 채 기약 없이 이리저리 헤매 다녔다.

어느 날 제자 자공顏回이 사방으로 공자를 찾았는데, 누군가가 이렇게 말했다.

성의 동문 앞에 한 노인이 서 있는데, 혼이 나간 듯 보이는 것이
꼭 상갓집 개 같았소.

그 말을 전해 듣고 공자는 흔쾌하게 "바로 맞혔구나, 바로 맞혔구나!" 하고 감탄하였다. 그렇게 말할 수 있는 게 공자의 사람됨이었다.

상갓집 개처럼 천대받던 이는 어떻게 성인이 되었는가

공자는 기괴한 것, 폭력적인 것, 어지러운 것, 귀신에 대해 말하는 것을 꺼렸다. 제자 자로가 귀신을 어떻게 섬겨야 하는지 묻자 공자는 "사람도 제대로 섬기지 못하는데, 어떻게 귀신을 섬기겠느냐?"라고 말했다. 죽음에 대한 자로의 물음에는 "삶의 도리도 미

처 깨닫지 못했는데, 어찌 죽음을 알 수 있겠느냐?"라고 했다. 공자는 아는 것을 안다고 하고, 모르는 것을 모른다고 하는 것이 바로 아는 것이라는 태도를 취한다.

나는 태어나면서부터 안 사람은 아니다. 다만 옛것을 좋아하고, 지식을 구하는 데 민첩했을 뿐이다.

공자의 태도에는 일관성이 있었다. 공자는 오로지 인과 덕을 따랐던 스스로의 삶과 품행이 군자의 도에 충실했다고 평가하며 이렇게 말했다.

그의 행함은 공손하고, 섬김은 공경스러웠다. 백성 기르는 것을 은혜로 했으며, 백성 부리는 것을 의로움으로 했다.

어느덧 공자는 군자의 경지에 든 것이다.

지혜로운 사람은 물을 좋아하고, 어진 사람은 산을 좋아한다. 지혜로운 사람은 물같이 움직이고, 어진 사람은 산같이 고요하다. 지혜로운 사람은 즐거워하고 어진 사람은 장수한다.

공자는 항상 높은 곳에서 낮은 곳으로 흐르는 물을 좋아했다.

종종 강가에 서서 흐르는 물을 보며 "물이여, 물이여!"라고 감탄을 하며, "가는 세월이 이와 같구나! 밤낮을 가리지 않고 흘러가는구나!"라고 했다. 제자 자공이 "왜 그리 물을 좋아하십니까?"라고 묻자 공자가 말했다.

> 물은 군자의 덕에 견줄 만하다. 고루 퍼져 어느 한곳에 몰리지 않으니 덕德과 닮았다. 그 미치는 곳마다 생명을 주니 인仁과 닮았다. 그 흐름은 늘 아래로 향하고 굽이굽이 이치를 따르니 의義를 닮았다. 얕은 물은 흐르고 깊은 물은 그 안을 예측할 수 없으니 지智와 닮았다. 백 척 높이에서 떨어질 때도 망설임이 없으니 용勇과 닮았다. 면면히 미치지 않는 곳이 없으니 찰察과 닮았다. 싫어하는 것을 사양하지 않고 받아들이니 포包와 닮았다. 더러운 것을 받아들여 깨끗하게 내보내니 선화善化와 닮았다. 정해진 양에 도달하면 반드시 편평해지니 정正과 닮았다. 넘치면 더는 보태지 않으니 도度와 닮았다. 굽이가 아무리 많아도 동쪽으로 향해 가니 의意와 닮았다. 그러므로 군자는 물을 보면 반드시 비춰본다.

공자는 한결같이 '예'를 중시했는데, 예는 사람이 마땅히 따라야 할 바다. 예는 따르고 취해야 할 바로서의 질서고 조화며, 도덕적·사회적·정치적 이상이며 인격적 이상이다. 군자는 조화를 이루지만 동화되지 않고, 소인은 동화되지만 조화를 이루지 못한다.

조화를 이루려면 적당하게 타협하고 조정해야 한다.

공자는 "매사에 일일이 물어 명확히 하고, 실수를 하지 않는 게 곧 예가 요구하는 신실한 자세다"라고 말했다. '예'는 형식이고, 그 형식을 이루는 내용은 기쁨이다. 공자는 기쁨이 높은 가치라고 말했다.

> 한 가지를 아는 자는 그것을 사랑하는 자보다 못하다. 그것을
> 사랑하는 자는 그것 때문에 기뻐하는 자보다 못하다.

공자는 무뚝뚝하고 근엄한 사람이 아니라 매사에서 기쁨을 찾고 자주 웃는 사람이었다. 그는 위기와 시련 속에서도 꿋꿋했을 뿐 아니라, 마음은 물론이고 작은 행동거지 하나에도 주의했다.

무엇보다도 음식을 취하는 원칙이 삼엄했다. 첫째, 음식을 가리지 않았다. 둘째, 먹기 위해 수단과 방법을 가리지 않음을 미워했다. 상한 것은 생선이건 고기건 전혀 손대지 않았고, 색깔이 변한 것도 먹지 않았다. 냄새가 좋지 않은 것, 푹 삶아지지 않은 것, 제철이 아닌 것, 똑바로 잘리지 않은 고기도 손대지 않았다. 장醬이 없을 때도 음식에 손대지 않았다. 먹는 데도 절제가 있었는데, 식탁에 고기가 남았어도 탐식하지 않았고, 술은 두루 마셨지만 적당히 마시고 그칠 줄 알아 말과 행동이 문란해지는 법이 없었다.

공자는 교묘한 말과 아부하는 말을 멀리하라고 했다. 교묘한 말과 아부하는 것은 참된 삶에서 멀기 때문이다. 교묘한 말은 꾸며

서 하는 말, 매끄러운 말인데, 사람은 그런 말의 유혹에 쉽게 빠진다. 사람은 자신도 모르게 아부하는 행동도 자주 하지만 이것은 인이 아니다. 차라리 어눌한 것이 더 낫고, 투박한 표정이 더 낫다. 그게 진실됨이기 때문이다. 제자 증자曾子는 말한다.

나는 하루에 세 번 나 자신을 반성한다. 다른 사람을 위해 도모하는 데 성실하지 않았는가? 친구들과의 교유에서 믿음이 없었는가? 배운 것을 익히지 않았는가?

제대로 된 어른-사람이라면 남을 속이지 않아야 한다. 말로 속이지 않음에서 신의가 싹튼다. 말을 쉽게 뒤집고, 약속을 이유 없이 파기하는 건 신의가 없는 행위이다. 증자는 하루에도 세 번씩 자기 말과 행동을 돌아본다고 했다. 공자는 인의 철학자, 군자의 철학자라고 할 만하다. 공자의 '인'은 노장의 '도'와 견줄 만한 테제다.

동양 사상의 아버지

그리스 철학자 탈레스가 일식을 예언하고, 아낙시만드로스가 이오니아 지도를 제작할 당시 중국 지식인들은 제후국을 떠돌며 제후의 조언자로 활약하거나, 제후 자제들의 교육, 연설문 작성, 의식과 제례의 주재, 편년사나 정부의 자문기록 집록 등을 맡는 '지성의 용병'들로서 삶을 이어간다.

공자도 그중 한 사람이지만 거기서 머물지 않고 사람에게 필요한 덕목들의 철학을 세우며 지식의 거인으로 돌출한다. 공자 철학의 핵심은 인과 '군자 되기'다. 『논어』에 '인'이라는 단어는 109번 나오고, '군자'라는 단어는 107번 나온다. 그만큼 공자의 철학에서 핵심 개념이라는 증거다. '인'의 바탕은 효도와 우애인데, 그것은 사람을 사람으로 대하는 것이다. 그러려면 먼저 주체-사람이 되어야 한다. 그래야만 남을 사람으로 섬기고 품을 수 있을 테다.

공자는 명석한 머리를 갖고 태어나 평생 배움에 열심을 내어 군자의 덕목들, 즉 올곧음, 강직함, 온유함, 확고함, 소박함, 용기, 너그러움, 부지런함, 겸양 등을 두루 갖춘다. 그렇다면 '군자'란 어떤 사람을 가리키는가.

> 군자가 먹음에 배부름을 추구하지 않고, 거처함에 편안함을
> 추구하지 않으며, 일을 처리하는 데 신속하고 말하는 데는
> 신중하며, 도가 있는 곳에 나아가 스스로를 바로잡는다면,
> 그는 배우기를 좋아하는 사람이라고 말할 수 있을 것이다.

군자의 인격적 바탕은 인이다. 군자가 산다는 것은 '어른스럽게 처신하라'고 할 때의 '어른'으로 사는 것이다. 늘 배부름과 편안함에 이르기를 바라는 것은 어린아이의 태도다. 경솔하고 배움을 좋

아하지 않는 것도 어린아이의 특징이다.

어른은 가난하면서도 아첨하지 않고, 부유하면서도 교만하지 않다. 더 나아가서 가난하면서도 즐거워하고, 부유하면서도 예를 좋아한다. 어른 되기는 말과 행동이 일치하는 사람으로 산다는 뜻이다. 앎과 생활이 어긋난 것은 어른답지 못하다. 그러므로 어른-사람이 된다는 것은 자기 자신을 끊임없이 돌아보고 어제보다 오늘이 더 미더운 존재로 살아간다는 것이다.

공자의 삶은 불운하고 불행했다. 어려서 아버지를 잃고, 쉰다섯에 부인과 생이별한 채 14년 동안 타국의 사막과 거친 들을 떠돌다가 사별하고, 말년에는 아들을 먼저 떠나보냈다. 제자 안회마저 공자보다 앞서 세상을 떠났는데, "아, 하늘이 나를 버렸구나! 하늘이 나를 버렸구나!" 하며 몹시 슬퍼하며 탄식했다. 제자 자로가 죽었을 때는 태산이 무너지고 대들보가 주저앉는 듯한 충격에 빠져 "하늘이 나를 저주하는구나! 하늘이 나를 저주하는구나!" 하며 통곡을 했다.

공자는 자로가 죽은 뒤 7일 후인 기원전 479년 5월 11일, 일흔둘의 나이로 세상을 떴다. 공자를 비방하는 사람도 없지 않지만 동서고금을 통틀어 그 영향력이 큰 철학자 한 명을 꼽으라면 공자를 꼽아야 하리라.

공자의 가르침에 따라 세상을 보고 생각하는 방식을
근절하겠다는 불가능한 일을 감행했던 비판자들 중 아무도

그의 유산에서 벗어나는 일에 성공하지 못했다. 마오쩌둥의
사상도 유교 사상에서 파생된 상황철학의 하나일 뿐이다.[1]

생존 당시 어떤 제후국도 그를 중용하지 않았고, 겨우 노나라
행정부의 말단 관리직을 맡았을 뿐이지만, 그만큼 인류에게 영향
을 끼친 사람을 찾기는 어렵다. 공자는 아시아가 낳은 철학자, 대
지식인, 성인聖人이다. 그는 인간 존엄의 철학을 펼친 '동양 사상
의 아버지'라 할 만하다. 그 가르침은 뼈에 사무치는 바가 있다.

---

[1] 자크 아탈리, 『자크 아탈리, 등대』, 이효숙 옮김, 청림출판, 2013.

바람구두를 신고 방랑한 천재 시인

아르튀르 랭보
Jean Nicolas Arthur Rimbaud(1854. 10. 20.~1891. 11. 10.)

불행에 이끌리는 삶들

어떤 불행도 가장 나쁜 불행은 아니다. 어떤 비참도 그보다 더 나쁜 비참이 있다. 예기치 않게 나락으로 굴러떨어졌을 때 이게 바닥인가 하지만, 그게 바닥의 끝은 아니다. 인생이란 항상 더 나쁜 불행, 더 나쁜 비참, 바닥 아래 바닥이 숨어 있는 법이다.

아르튀르 랭보라는 시인의 짧은 생을 들여다보면, 어떤 인생은 불행과 비참으로 얼룩지고, 깊이를 모를 바닥을 향해 속수무책으로 전락한다는 걸 알 수 있다. 이토록 하염없는 게 인생이라니! 랭보는 「가장 높은 탑의 노래」에서 "나는 사막, 그을린 과수원들, 빛바랜 상점들, 미지근한 음료를 사랑했다. 나는 악취 나는 거리를 기운 없이 걸었고, 두 눈을 감고 불의 신 태양에 몸을 내맡겼다"[1]고 썼다. 스무 살 때 나는 랭보의 삶을 둘러싼 이러저러한 불행에 격렬하게 공감했는데, 이유는 나도 알지 못한다. 왜 그 시절 내 감수성은 불행에만 공감했을까?

나는 불행의 인력引力이 끄는 대로 한사코 신구문화사판 『세계전후문제작품선집』에 실린 다자이 오사무太宰治(다자이는 부잣집 아들로 태어났으면서도 섬약하고 퇴폐적인 작가로 살면서 네 번의 자살 기도, 폐결핵, 알코올 중독에 시달리다가 결국 자신을 간호하던 여

---

[1] 아르튀르 랭보, 「가장 높은 탑의 노래」, 『지옥에서 보낸 한철』, 김현 옮김, 민음사, 2016.

인과 함께 강물에 몸을 던져 자살하고 만다)의 「사양斜陽」과 스페인 내전 중 우익 보수주의 정당을 지지하는 민병대원들에게 끌려가 서른여덟이라는 젊은 나이로 사형당한 스페인의 페데리코 가르시아 로르카Federico Garcia Lorca(로르카의 고향 그라나다는 프랑코의 손아귀로 들어간 뒤 피비린내가 진동하는 지옥으로 변하는데, 몇 달 만에 인구 13만 명 중에서 무려 2만 3,000여 명이 학살당한다. 로르카는 프랑코의 친구이자 우익 인사인 시인 루이스 로살레스Luis Rosales Camacho의 집에 숨어 있다가 체포당한다)의 시집, 그리고 머리끝에서 발끝까지 온갖 질병을 달고 살며 결국 뇌매독으로 미쳐서 정신병원에서 외롭게 죽은 철학자 니체의 책들에만 이끌렸다.

그리고 랭보가 있다. 나는 그의 시구, "오, 계절이여 성이여!/ 흠 없는 영혼이 어디 있으랴!"(「영원」)를 주문처럼 줄곧 외우고 다녔다.

방랑의 천재

랭보는 '천재 시인'의 대명사다. 열여섯 살 때 「고아들의 새해 선물」이라는 첫 시를 쓰고, 20대 초반에 시 쓰기를 작파한 뒤 세계를 방랑한다. 이른 나이에 재능을 폭발시킨 랭보의 조숙성을 '천재'라는 말 외에는 달리 표현할 수가 없다.

랭보가 시 쓰기에 전념한 것은 불과 5년 정도이고, 시집은

1873년에 출판된 『지옥에서 보낸 한철』이 유일한데, 그것만으로도 그는 세계 문학사에서 불멸의 시인으로 등극한다. 하지만 이 조숙한 천재의 인생은 위악과 방탕으로, 실패와 파란만장한 방랑으로, 그리고 온갖 불행으로 얼룩져 있다. 그는 스스로를 불행하다고 생각했다.

그랬으니 감히 "불행은 나의 신이었다"[2]라고 썼을 것이다. 랭보는 자신의 '나쁜 혈통' 때문에 불행과 저주에 들린 삶을 살게 되었다고 생각했다. "지금은 저주받은 몸이다. 나는 조국이 무섭다. 가장 좋은 것은, 잔뜩 취해 해변 모래판에서 자는 잠이다"[3]라고 썼다. 그는 자신이 지옥에 내던져졌다고 믿었고, 끊임없이 선함과 행복을 갈구하며, 그것으로의 개종을 꿈꾸었지만 실패했다.

그는 분노의 지옥, 오만의 지옥, 여러 지옥의 음악회 속에서 허우적거렸지만, "나는 내가 지옥에 있다고 믿는다, 그러므로 나는 지옥에 있다. 이것이 교리문답의 실행이다. 나는 내 세례의 노예이다. 부모여, 당신들은 나의 불행을 초래했고 당신들의 불행도 불러왔다. 불쌍한 아이!—지옥은 이교도들을 공격할 수 없다"[4]라고 말한다.

그는 지옥에서 항상 여기 아닌 저기로 떠나기 위해 "터진 구두

---

2 아르튀르 랭보, 「서시」, 앞의 책.
3 아르튀르 랭보, 「나쁜 혈통」, 앞의 책.
4 아르튀르 랭보, 「지옥의 밤」, 앞의 책.

의 끈을 잡아당겼"⁵다. 그는 시의 천재, 그리고 방랑의 천재였던 것이다!

랭보는 프랑스 북동부 지방의 샤를빌에서 육군 대위였던 프레데릭 랭보Frédéric Rimbaud의 5남매 중 둘째 아들로 태어난다. 어머니는 소지주의 딸이었는데, 독선과 두터운 신앙심을 가진 여성이었다. 아버지는 병영을 따라 이동하는 생활을 하는 데다가 타고난 방랑 기질이 겹쳐 가족을 돌보지 않았다. 그런 상황에서 랭보의 어머니는 혼자 아이들을 키우고 살림을 꾸리느라 지쳐서 남편을 증오했다. 두 사람은 만날 때마다 싸웠다.

예민한 감성과 지적인 호기심이 강한 랭보가 불화하는 부모 사이에서 어떤 감정의 굴곡을 겪었는지는 상세하게 알려져 있지 않다. 어쩌면 랭보는 늘 싸우는 부모 사이에서 삶의 지옥을 엿보았을지도 모른다. 어쩌면 훗날 그를 사로잡은 분노, 광기, 방탕의 기질은 어린 시절에 겪은 지옥에서 비롯된 것인지도 모른다. 랭보가 일곱 살 무렵 마침내 부모는 별거를 했다.

랭보와 스승 이장바르

랭보의 내면에 갇힌 천재성은 열한 살 때부터 세계를 향해 분출

---

5 아르튀르 랭보, 「나의 방랑생활」, 앞의 책.

하듯이 나타난다. 샤를빌의 콜레주에 입학한 뒤 그리스어, 라틴어, 프랑스어 등의 어학과 역사, 그리고 고전 수업에서 탁월한 재능을 드러냈다. 그의 학업 성취는 너무 뛰어나서 불과 몇 달 만에 상급 학년으로 월반을 할 정도였다. 이 무렵 랭보는 라틴어 시를 탐독하면서 시의 세계로 빠져든다.

랭보는 열여섯 살에 발표한 첫 작품 「고아들의 새해 선물」이라는 시에서 저녁이면 몸을 기울여 재 속에 꺼진 불길을 일으키는 어머니, 나가기 전에 미안하다고 말하면서 모포나 털 이불을 잘 덮어주는 어머니가 부재하는 고아의 심정을 잘 묘사하며 달콤한 꿈을 꾸는 따뜻한 잠자리가 아니라 매서운 북풍에 얼어붙은 둥지에서 깨어나야만 하는 고아의 불운과 슬픔에 대해서 쓴다.

> 그러나 얼마나 많이 변했는가, 옛날의 집은.
> 커다란 불이 벽난로에서 밝게 탁탁 불꽃 튀며 타오르고,
> 오래된 방이 구석구석 환하게 빛났지.
> 진홍빛 불 그림자가 커다란 화덕에서 쏟아져 나와,
> 니스 칠한 가구 위에서 즐겁게 맴돌았지.[6]

열여섯 살 소년이 처음 쓴 시라고는 믿기지 않을 만큼 상징과

---

6 아르튀르 랭보, 「고아들의 새해 선물」, 『나의 방랑』, 한대균 옮김, 문학과지성사, 2014.

음악성이 잘 어우러진 꽤 긴 작품이다. 소년은 빛과 어둠, 추위와 따스함, 과거의 시간과 미래의 시간 등의 상반된 이미지들을 대비시키면서 제 안의 열망을 드러낸다.

랭보가 첫 시를 막 써낸 이 무렵, 스물두 살밖에 되지 않은 열정적인 수사학 교사 조르주 이장바르가 샤를빌 콜레주로 부임한다. 랭보는 이장바르의 권유로 빅토르 위고의 시집을 읽고, 이장바르에게서 새로운 문학의 세계로 나아갈 수 있는 문을 보았다. 그 문 너머로 문학의 신세계가 펼쳐져 있으리란 기대에 그의 재능은 갑자기 타올랐다. 랭보는 밤새 시를 써 아침 일찍 이장바르를 찾아갔고, 자유로운 진보주의자였던 이장바르는 어린 제자의 시적 재능을 알아보았다. 이장바르의 칭찬과 전폭적인 지지를 받으며 소년 랭보의 시는 하루가 다르게 발전했다.

1870년 7월 20일, 프랑스-프로이센 전쟁이 일어나고, 이 전쟁에서 프랑스는 패배했다. 랭보는 더 이상 소도시에 갇혀 살고 싶지 않았다. 아무런 지적 자극이 없는 소도시의 나른한 권태에 진절머리를 냈던 것이다. 1870년 8월 29일, 랭보는 책을 판 푼돈을 호주머니에 넣고 샤를빌의 기차역으로 나갔다. 이곳저곳을 경유해 파리역에 도착했지만 랭보는 돈을 탕진해 무일푼이었다. 굶주린 배를 채우기 위해 구걸을 하고, 기차는 무임승차하기 일쑤였다. 결국 8월 31일, 파리역에서 무임승차로 붙잡혀서 경찰에 넘겨져 유치장에 갇히는 신세가 되었다. 랭보는 좀도둑, 소매치기, 무전취식자들이 모여 있는 유치장 한 귀퉁이에서 이장바르에게 구원을 요청하는 편지를 썼다.

> 선생님께서 말리시던 일을 저지르고 말았습니다. 열차 삯
> 13프랑을 빚져서 지금 마자스 구치소에서 판결을 기다리고
> 있습니다. 도움을 주십시오. 선생님을 친형처럼 사랑합니다.
> 앞으로는 아버지처럼 사랑할 것입니다.
> 당신의 불쌍한 아르튀르 랭보 올림.

이장바르에게 편지를 보낸 뒤 랭보는 유치장에서 한 주 더 머물렀다. 그 안에서 할 수 있는 일이란 시를 쓰는 것뿐이었다. 일주일 뒤 랭보의 편지를 받은 이장바르 선생이 마자스 구치소에 도착했고 랭보는 풀려났다. 이후에도 랭보는 집으로 돌아가지 않고 이장바르의 집에서 한 달간이나 머물며 서재에 꽂힌 다양한 책들을 읽어치웠다. 랭보는 며칠 뒤 어쩔 수 없이 집으로 돌아갔지만 권태와 답답함을 견딜 수가 없었다.

그는 다시 가출을 시도하는데, 이번에는 프랑스 북부와 벨기에의 여러 지방들을 돌아다녔다. 랭보는 기자가 되어 도시에서 일하고 싶었다. 2주일 동안이나 신문사와 잡지사들을 떠돌며 직장을 구했지만, 아직 10대를 벗어나지 못한 애송이를 기자로 받아주는 곳은 어디에도 없었다.

1871년 1월 28일, 프랑스가 독일에 항복하면서 전쟁은 끝나고, 학교가 다시 문을 열었지만 랭보는 학교로 돌아가지 않았다. 랭보

는 단조로운 날들을 견디다가 손목시계를 판 돈으로 다시 파리로 달아난다. 파리에서 2주일 동안 서점을 기웃거리고 거리를 헤맸으나 결국 집으로 돌아올 수밖에 없었다. 이 무렵 랭보는 다시 이장바르 선생에게 편지를 썼다.

> 지금 저는 가능한 최대한으로 방탕하게 생활하고
> 있습니다. 왜냐고요? 시인이 되고 싶기 때문입니다. 그리고
> 투시자가 되려고 합니다. 전혀 이해하지 못하실 겁니다.
> 저도 선생님을 납득시키지 못할 것 같습니다. 그것은 모든
> 감각을 착란시킴으로써 미지에 도달하는 것입니다. 고통이
> 엄청나더라도 강해져야 하고, 시인으로 태어나야 합니다. 저는
> 제 자신을 시인으로 인식했습니다. 그것은 전혀 제 잘못이
> 아닙니다.

랭보는 "투시자"가 되는 것, 그리고 "모든 감각을 착란시킴으로써 미지에 도달하는 것"을 목표로 삼았다. 그 길을 통과해야만 "시인"이 될 수 있다고 믿었기 때문이다.

그 비슷한 시기에 이장바르 선생에게서 소개받은 젊은 작가 폴 드므니Paul Demeny에게도 시인은 '견자見者여야 한다. 견자가 되어야 한다'고 하는 문장이 담긴 편지를 썼다.

> '시인'은 모든 감각기관에 걸친 광대무변하면서 이치에 맞는

착란에 의해 견자가 됩니다. 사랑, 괴로움, 광기의 모든 형태, 그는 모든 독소를 스스로 찾아 자기 속에 흡수하여 그 정수만을 보려 합니다. 모든 신앙, 모든 초인적 힘의 도움을 필요로 하는 무서운 고문, 그것에 의해 시인은 대환자, 대죄인, 위대한 저주받은 사람—그리고 지고의 '학자'가 되는 것입니다!—미지에 도달했으므로!

랭보의 저 유명한 '견자 시론'의 일단을 엿볼 수 있는 대목이다.

파리 문단을 뒤흔든 랭보와 베를렌의 동성애

랭보는 당시 파리 문단에서 주목받는 시인 폴 베를렌Paul Marie Verlaine에게 편지를 썼다. 자신을 파리로 불러달라는 부탁의 편지였지만 베를렌에게서는 답장이 없었다. 이에 랭보는 두 번째 편지를 보냈고, 이번에는 베를렌에게서 답장을 받을 수 있었다. 그 편지에는 랭보가 파리로 오는 데에 필요한 여행 경비가 수표로 들어 있었다. 랭보는 시고詩稿들을 챙겨 파리로 올라왔다. 베를렌 또한 랭보를 만나러 역으로 나갔으나 두 사람은 길이 엇갈리고 만다. 베를렌이 집으로 돌아왔을 때 소년 랭보는 이미 그의 집에 도착해 있었다.

처음에 두 사람은 서로에 대해 실망감을 감출 수가 없었다. 베를렌의 눈에 랭보는 꾀죄죄한 애송이 어린애에 불과했고, 랭보의 눈에 비친 베를렌은 시인이 아니라 배가 나오고 머리가 벗겨진 중산층 속물에 지나지 않았다. 아직 새파랗게 젊은 랭보는 방탕과 퇴폐라곤 눈곱만큼도 모르고 자유에 대한 갈망도 없이 그저 부르주아의 인습에 젖은 채 속절없이 늙어가는 평범한 모습을 한 베를렌에게 실망한다.

그러나 두 사람은 이내 끈끈한 애정과 열정으로 맺어지는 사이가 되었다. 신혼이던 베를렌은 랭보에게 무례하게 대한 아내를 침대 밑으로 집어던지기도 했다. 그 뒤로도 몇 번 아내 구타 사태가 벌어지자 장인이 제 딸과 갓 태어난 손자를 데려가면서 베를렌은 불가피하게 아내와 별거하게 된다. 이때 베를렌과 랭보는 거의 매일 밤 붙어 지낸다. 베를렌이 랭보를 대동하고 파리 시인들의 저녁 모임에 나가면 랭보는 그 자리에서 시 「취한 배Le Bateau ivre」를 낭송했다.

랭보의 시에 대한 기성 시인들의 반응은 엇갈렸다. 한쪽에서는 천재가 틀림없다고 했고, 다른 한쪽에서는 악마 냄새가 난다고 고개를 돌렸다. 다른 시인들이 랭보를 '불량소년' 취급했지만 그의 천재성을 알아챈 베를렌은 랭보를 예술가들의 카페로 데려가서 함께 술을 마시고 만취하곤 했다. 랭보는 나이가 많은 시인들 사이에서도 주눅 들지 않고 그 특유의 분방함과 방탕함을 유감없이 발휘했다.

베를렌은 아내 구타 사건으로 처가의 신뢰를 잃었는데, 베를렌의 처가에서는 부부 불화의 원인이 랭보에게 있다고 믿고 베를렌의 집에서 기숙하던 랭보를 쫓아냈다. 베를렌의 집에서 쫓겨난 랭보는 파리의 거리와 카페, 그리고 예술가들의 골방을 떠돌았다.

당시 베를렌은 스물여덟 살에, 파리 문단에서 유명세를 얻은 상태였고 부유한 처가 덕분에 생활도 안정적이었다. 그 앞에 나타난 열여덟 살의 랭보는 질풍노도의 시기를 맞고 있었다. 베를렌은 랭보를 만나며 술과 해시시에 빠져들었다. 두 사람은 벨기에의 브뤼셀로 밀월의 도피 여행을 떠나기도 했다. 베를렌과 랭보의 연애는 파리 문단 최고의 스캔들이었다. 하지만 시의 동지이자 동성 연인으로 세계 문학사에서 가장 기이했던 두 사람의 관계는 파국을 맞는다.

1873년 7월 10일, 브뤼셀의 한 호텔에 묵고 있던 베를렌이 랭보를 향해 권총을 쏘았다. 물론 그것은 우발적인 사건이었다. 랭보가 자신을 떠나겠다고 말했을 때 충격과 배신감을 느낀 베를렌이 격분해서 맹수처럼 달려든 것이다. 베를렌이 쏜 총알 한 발이 랭보의 왼쪽 손목에 박혔다. 베를렌은 자기가 저지른 행위에 놀라 랭보를 데리고 생 장 병원으로 가서 상처를 치료하게 했다. 베를렌의 감정은 여전히 불안정했지만 자신을 떠나려는 랭보를 놓아주기로 한다. 베를렌은 랭보를 전송하려고 나간 기차역에서 다시 발작적으로 랭보를 해치려는 시도를 하다가 현장에서 경찰에 체포되어, 재판에서 징역 2년에 200프랑의 벌금형을 받는다. 베를렌이 감옥에 수감되면서 랭보는 오갈 데 없는 자신의 처지를 돌

아볼 수 있었다. 더 이상 파리에 남아 있을 이유가 없었다. 랭보는
파리를 등지고 고향으로 돌아갔다.

필생의 역작 『지옥에서 보낸 한철』을 쓰다

랭보가 파리의 문인들과 교우한 뒤 얻은 것은 지독한 환멸이었다.
혁명의 기운은 잦아들고 파리의 시인들은 소시민적 삶에 안주했
는데, 젊은 랭보의 눈에 그것은 타락에 지나지 않았다. 랭보는 기
성 시인들에게 환멸과 실망을 느끼고 파리를 떠났다. 1873년 랭
보는 고향에 머물며 환상과 상징들, 그리고 기묘한 언어 조합, 자
유로운 리듬이 춤추는 시들을 써나갔다. 랭보는 주변 사람들에게
자신의 시에 대해 "나는 혹독한 이야기를 쓰려고 해"라고 말하곤
했다. 랭보는 파리에서 겪은 일들, 베를렌과의 동성애, 사랑과 분
노와 권태, 마약과 알코올, 퇴폐와 방탕으로 얼룩진 그 시절의 삶
을 이 산문시집에 다 쏟아냈다.

　　나는 도망쳤다. 오 마녀들이여, 오 비참이여, 오 증오여,
　　　　내 보물은 바로 너희들에게 맡겨졌다.
　　나는 마침내 나의 정신 속에서 인간적 희망을 온통 사라지게
　　　　만들었다. 인간적 희망의 목을 조르는 완전한 기쁨에 겨워,
　　　　나는 사나운 짐승처럼 음험하게 날뛰었다.

나는 사형집행인들을 불러들여, 죽어 가면서, 그들의

　　총 개머리판을 물어뜯었다. 나는 재앙을 불러들였고,

　　그리하여 모래와 피로 숨이 막혔다. 불행은 나의 신이었다.

　　나는 진창 속에 길게 쓰러졌다. 나는 범죄의 공기에 몸을

　　말렸다. 그러고는 광적으로 못된 곡예를 했다.[7]

　이때 쓴 산문시들에는 분방한 리듬, 자유로운 어휘, 단어들의 기묘한 조합, 감정의 갑작스러운 변화, 놀라운 상징들이 소용돌이친다. 그렇게 나온 시집이 바로 파멸, 환각, 착란, 구원의 이미지들로 뒤섞인 『지옥에서 보낸 한철』이라는 산문시집이다. 랭보는 은둔하며 쓴 시들을 정리해서 벨기에의 한 출판사에서 출간 비용은 자기가 내는 조건으로 시집 500부를 찍어냈다. 제가 처한 운명과 구원을 탐색하는 과정을 모색한 이 시집은 랭보가 생전에 유일하게 출간한 것이다. 이 시집은 랭보가 죽고 난 뒤 한참 세월이 지난 1914년에 이르러서야 널리 알려진다.

　랭보는 이 시집이 나오면 파리 시인들이 놀라리라고 기대했지만 뜻밖에도 파리 시단에서는 아무 관심을 보이지 않았다. 랭보는 냉담한 반응에 실망했다. 게다가 대책 없이 시집을 찍기는 했으나 인쇄업자에게 돈을 줄 수 없어서 인쇄된 시집과 원고를 포기해야만 했다. 랭보는 시집 한 권을 들고 감옥에 있는 베를렌을 찾아가

　7　아르튀르 랭보, 「서시」, 『지옥에서 보낸 한철』.

간수에게 부탁해서 시집을 전달한다. 당시 랭보는 독일어를 익히기 위해 슈투트가르트의 한 가정집에서 아이의 가정교사를 하며 머물고 있었다. 그때 감옥에서 나온 베를렌이 딱 한 번 랭보를 찾아와 두 사람은 오랜만에 조우한다.

바람구두를 신고 방랑하다

한 시인은 "이렇게 살 수도 없고 이렇게 죽을 수도 없을 때/ 서른 살은 온다"고 썼지만 내게는 스무 살이 그랬다. 시인은 "피는 젤리 손톱은 톱밥 머리칼은 철사/ 끝없는 광물질의 안개를 뚫고/ 몸뚱어리 없는 그림자가 나아"[8]갔다지만, 나는 스무 살에 이미 이 세계가 내 삶에 비우호적이라는 걸 깨닫고 절망했다. 랭보의 시집 『지옥에서 보낸 한 철』을 읽고 감전되는 듯한 감동을 받았는데, 그것은 나 역시 랭보와 같은 처지로 질풍노도의 시기를 보내고 있었기 때문이었을까? 아무 희망도 없이 시립도서관과 광화문의 '르네상스', 명동의 '필하모니'와 '전원' 따위의 음악 감상실을 전전하며 책을 읽고 시를 쓰던 나는 이오시프 브로드스키Iosif Brodsky 의 얼어붙은 바다에 갇힌 '겨울 물고기'였고, 실비아 플라스Sylvia Plath의 「거상The Colossus」 속 "양의 뿔 모양을 한 당신의 왼쪽 귓속"

---

8 최승자, 「삼십세」, 『이 時代의 사랑』, 문학과지성사, 1981.

에 쪼그리고 앉은 아이였다.

여름 야청빛 저녁이면, 들길을 가리라,
밀 잎에 찔리고, 잔풀을 밟으며.
몽상가, 나는 내 발에 그 차가움을 느끼게 하네.
바람은 나의 헐벗은 머리를 씻겨주겠지.

말도 않고, 생각도 않으리.
그러나 무한한 사랑은 내 넋 속에 피어오르리니,
나는 가리라, 멀리, 저 멀리, 보헤미안처럼,
여인과 함께하듯 행복하게, 자연 속으로.[9]

랭보의 "나는 어디든 멀리 떠나가리라"라는 시구를 읽을 때 내 가슴은 뛰었다. 나는 아무도 모르는 먼 곳, 고비사막이나 남태평양의 섬 혹은 저 북극의 마을을 동경했으나 어디로도 떠나지 못했다. 랭보는 익숙한 세계를 벗어나 방랑의 길로 꿋꿋하게 나갔다.

1874년, 스무 살 이후의 랭보는 '바람구두'를 신고 거침없이 세계를 떠도는 방랑자의 행보를 보여준다. 도보로 스위스와 이탈리아를 여행했는데, 산악과 국경들을 넘어서 남유럽의 이탈리아까지 내려갔다. 그다음 네덜란드 용병으로 인도네시아 수마트라섬

---

9 아르튀르 랭보, 「감각」, 『지옥에서 보낸 한철』.

에서 석 달을 보냈다. 아마도 한 번도 가보지 못한 아시아의 이국적인 풍경들에 대한 동경이 수마트라섬까지 이끌었으리라. 하지만 랭보는 이내 엄격한 규율과 부자유한 용병 생활에 염증을 느껴 석 달 만에 탈영한다.

1876년 12월, 랭보는 유럽으로 돌아온 뒤 잠시 고향에 머물지만 그 기간은 길지 않았다. 방랑벽이 도지자 다시 독일 함부르크 곡마단을 따라 스웨덴과 덴마크를 떠돈다. 그리고 다시 걸어서 알프스를 넘어 저 멀리 북아프리카까지 흘러간다. 이때 이집트로 건너갔다가 키프로스섬의 채석장에서 한동안 노동자로 지냈으나, 장티푸스에 걸려 고생하다가 고향으로 돌아온다. 2년 뒤에는 예멘으로 건너가 커피 작업장에서 일한다. 랭보의 나이는 어느덧 스물일곱이었고, 그의 방랑은 막바지로 치달았다. 랭보는 아프리카와 아랍 지역을 무대로 무기 거래를 하는 한편, 상아와 커피와 마약 밀매에까지 손을 뻗친다. 랭보는 그렇게 시를 등진 채 아시아와 아프리카를 떠돌며 온갖 직업을 전전했다. 그는 방랑을 멈추지 않았다.

그 무렵 파리의 베를렌과는 소식이 완전히 끊긴 상태였다. 두 사람은 서로의 근황을 모른 채 각자의 길로 나아간다. 1884년 베를렌은 파리에서 간행되는 한 문학지에 「저주받은 시인들Les Poetes maudits」이라는 평론을 연재하는데, 여기에 랭보의 시에 대한 평론과 랭보의 시들을 선보인다. 그걸 계기로 파리 시단에서 잊혔던 '시인 랭보'는 부활한다. 2년 뒤 베를렌은 잡지 《라 보그La Vogue》

에 랭보가 1872년에서 1875년 사이에 쓴 시들을 '일뤼미나시옹Les illuminations'이라는 제목으로 게재한다. 전체가 42편으로 구성된 산문시집인데, 정작 랭보는 북아프리카에서 문학과 전혀 무관한 일을 하고 있었기 때문에 이 시들이 세상에 나온 사실조차 알지 못했다.

모든 예술가들은 '다른 삶'을 꿈꾼다

모든 예술가들이 그렇듯이 랭보 역시 저주받은 삶이 아닌 '다른 삶'을 꿈꾸었다.

지금은 저주받은 몸이다. 나는 조국이 무섭다. 가장 좋은 것은, 잔뜩 취해 해변 모래판에서 자는 잠이다.

아마도 잘 취한 채 해변에서 잠드는 것은 '다른 삶'의 하나였을 것이다. 랭보는 그것이 불가능함을 알았다. 그래서 "다른 삶이 있는가? 풍요 속에서 잠드는 일은 불가능하다"라고 썼을 것이다. 이어서 "나는 여러 사람을 포기했다. 내 출발 때문에 그들의 고통이 더욱 커지리니!"라고 쓴다. 불행이 자신의 숙명이라는 걸 알아채고, 자신이 난파자라는 사실을 인정한 랭보는 자신의 부모에게 "부모여, 당신들은 나의 불행을 초래했고 당신들의 불행도 불러왔다"라고 말한다. 인간이라는 나쁜 혈통 속에서 모든 불행은 세습된다. 랭보는 자신과 닮은 아이들이 태어나서 자신의 삶과 같은 불행을, 굶주림, 목마름, 비명 지르는 일들을 되풀이하고 답습하기를 원치 않았다.

진정 자신의 불행을 투시하는 자들은 아들이나 딸을 남기지 않는다. 에릭 사티, 니체, 고흐, 이상李箱, 랭보가 그렇다. 에릭 사티는 〈사라방드〉, 〈그노시엔〉, 〈짐노페디〉 같은 빼어난 작품들을, 니체는 『차라투스트라는 이렇게 말했다』, 『반시대적 고찰』, 『비극의 탄생』, 『인간적인 너무나 인간적인』 같은 철학 책들을, 고흐는 〈해바라기〉, 〈별이 빛나는 밤〉, 〈꽃 피는 아몬드나무〉, 〈까마귀가 나는 밀밭〉 등등을 남겼다. 이들에겐 책과 작품들이 자식을 대신한다. 랭보의 자식은 『지옥에서 보낸 한철』이라는 산문시집 한 권뿐이다.

1891년 4월 7일, 랭보는 오른쪽 무릎에 종양이 생긴 걸 알았다. 얼마 전부터 무릎에 통증이 있었다. 무릎을 너무 혹사한 탓에 심한 통증으로 며칠을 병상에 누워 지내며 무릎을 써서 걸었던 그 모든 길을 떠올렸다. 랭보는 유럽의 여러 나라 국경들을 넘고, 아시아와 아프리카의 땅들을 가로질렀다. 무릎의 종양은 낫지 않았다. 현지의 작은 병원에 갔지만, 의사는 무릎의 종양이 이미 심각한 상태라고 난색을 표하며 자기는 손을 댈 수가 없으니 큰 병원으로 가보라 한다.

랭보는 무릎 치료를 위해 프랑스로 돌아가기로 하고 한 달이 넘는 이송 끝에 프랑스 마르세유의 콩셉시옹 병원에 입원한다. 랭보가 무릎 종양으로 마르세유의 병원에 입원했다는 연락을 받고 어머니도 도착한다. 랭보는 사흘 뒤 오른쪽 다리를 절단하는 수술을 받았다. 그러나 다리 한쪽을 잃은 것으로 불행은 끝나지 않았다. 불행을 넘어서면 또 다른 불행이 기다렸다.

랭보는 뮤즈의 축복을 받았으나 그것으로 제 인생에 걸린 저주를 풀지는 못했다. 그의 인생은 불행과 불운, 거친 방랑의 연속이었던 것이다. 무릎 종양은 악성 종양이었고, 얼마 되지 않아 암이 온몸으로 전이되었다. 1891년 11월 10일 오전 10시, 랭보는 38세로 불행하고 짧은 생을 마치고 숨을 거뒀다.

대교약졸의 노래

노자
老子(B.C. 571?~B.C. 471?)

내 인생의 책, 『도덕경』

봄은 이미 물러나고 여름이 성큼 닥친다. 안성 집 뜨락에 작약 꽃 대들이 쑥쑥 올라와 붉은 꽃망울들을 터뜨리고, 햇빛은 소스라치 게 놀랄 만큼 뜨거워졌다. 저수지 푸른 물은 늠실늠실하고, 뽕나 무의 뽕잎들은 기름 바른 듯 반드르르 윤기가 돈다. 매운 추위에 얼어붙어 있던 꽃나무의 꽃망울들이 만개할 때 종일 우는 먼 산 의 뻐꾸기 울음소리에나 한가롭게 귀를 기울이고, 봄의 정취를 맘 껏 누리려던 게 엊그젠데, 날이 더워지면서 양陽의 기운은 천지간 에 난만하다.

양의 기운은 하지에 극을 찍고 반전을 한다. 음陰의 기운은 동 지에 닿을 때까지 천지간에서 차오르고 뻗친다. 청산은 스스로 푸 르러 녹음을 이루고, 텃밭 채소들은 파릇하게 올라와 무럭무럭 자 라난다.

어제는 서운산을 다녀오고 오늘은 미리내성지를 돌아보고 왔 다. 눈이 시리도록 어여쁜 신록의 자연 속에서 고요한 가운데 하 루를 보내고 나니 어리석음 많은 자의 메마른 가슴은 벅차고 마 음에는 기쁨과 보람이 차오른다. 사람은 누더기 옷을 입어보아야 가죽옷의 아름다움을 알고, 바쁘게 지낸 다음에야 한가로움의 감 미로움을 비로소 아는 존재인가.

더디게 왔던 봄이 모란과 작약꽃들이 지는 것을 끝으로 서둘러 돌아가는 이즈막, 내가 좋아하는 남도 시인 김영랑은 모란꽃 뚝뚝지면 봄을 여윈 설움에 잠기리라고 했는데, 지금은 봄을 전별하고 새 계절을 맞기에 좋은 때다.

오월 어느 날 그 하루 무덥던 날
떨어져 누운 꽃잎마저 시들어 버리고는
천지에 모란은 자취도 없어지고
뻗쳐오르던 내 보람 서운케 무너졌느니
모란이 지고 말면 그뿐 내 한 해는 다 가고 말아
삼백예순 날 하냥 섭섭해 우옵네다
(김영랑,「모란이 피기까지는」)

남도 시인은 모란 작약 진 뒤 삶의 보람을 잃어 한 해가 하냥 섭섭하다 했지만, 시골에 묻혀 사는 이의 소박한 보람과 가느다란 기쁨마저 아주 없지는 않다.

누가 무인도에 갈 때 가져갈 책 한 권을 꼽으라면 나는 주저하지 않고 노자의 책을 꼽겠다. 『도덕경』은 우주의 본질을 밝히고 생명 원리에 대해 통찰한 지혜를 들려준다. 생명을 으뜸으로 예찬하고, '도'를 좇으며 '무위'에 따라 살라고 권면한 노자는 부드러움을 귀하게 여기며 약함을 숭상한 사람이다.

노자는 '약弱'이라는 단어를 자주 언급하는데, 이 '약'은 오늘날 우리가 아는 '유약幼弱'과는 뜻이 멀다. 이 단어는 나약이 아니라 부드러움의 속성을 더 함축한다. 노자가 '약'을 내세운 것은 부드러움이 생명의 속성이요, 가장 어진 통치의 이념이라고 여겼기 때문이다. 노자가 말한바 허虛, 정靜, 비卑, 하下, 곡曲, 왕枉, 비牝, 색嗇, 퇴退와 같은 어휘들은 이 '약'의 뜻과 같거나 그 뜻을 넓히는 말들이다.

처음 『도덕경』을 펼쳐 읽던 어느 밤 '대교약졸大巧若拙'과 '대변약눌大辯若訥'을 대하고 전두엽에 우레가 내리치는 듯한 충격을 받았다. 뛰어난 솜씨는 서툰 듯하고, 빼어난 언변은 더듬는 듯하다. 똑바른 직선은 굽은 듯 보이고, 정말 큰 지혜는 어리석은 듯하다.

노자 철학은 깊이를 헤아릴 수 없을 만큼 심오해서 동서양을 가리지 않고 많은 지성을 감화시키고 영향을 끼쳤다. 1891년 러시아 상트페테르부르크의 한 출판업자가 대문호 톨스토이에게 물었다. "당신에게 가장 영향을 끼친 단 한 권의 책은 무엇입니까?" 톨스토이는 이렇게 대답한다.

중국의 공자와 맹자에게서 큰 영향을 받았어요. 하지만
노자에게서 받은 영향은 실로 거대합니다.

일찍이 톨스토이는 노자의 위대함을 꿰뚫어 보고 큰 감화를 받아 결국 이 책을 러시아 말로 번역해내기에 이른다.

톨스토이뿐만이 아니다. 헤겔은 노자 철학을 높이 평가해서 "서양 철학이 태동할 시기의 모습과 닮았다"라고 했다. 노자 철학과 그리스 철학에서 다 같이 인류의 정신사에 깊은 영향을 끼친 철학의 시원始原을 보았다. 하이데거 역시 노자 사상을 접한 뒤 영혼을 뒤흔드는 감명을 받고 다른 사람과 함께 노자 번역을 시작했다. 1920년대 독일에는 이미 『도덕경』 번역본이 60여 종에 이를 정도로 널리 읽혀지고 있었다. 오늘날 노자는 동서와 고금의 경계를 넘어 인류의 '등대'로 우뚝 선 인물이다.

소박하게 살아야 하는 이유

인간은 인간에게 늑대인가. 절박한 생존 경쟁에 내몰릴 때 인간은 제 안의 악마성을 날것으로 드러낸다. 도덕과 윤리라는 껍질을 벗은 인간은 야수에 지나지 않을지도 모른다. 벌거벗은 인간은 남을 희생시켜가며 제 어리석은 욕구를 채우고, 남들의 노동을 대가 없이 착취한다. 또한 힘없는 타자를 성적으로 유린하고 남들이 애써 모은 재화를 부당한 방식으로 빼앗아 제 부를 쌓는다. 뻔뻔한 악행을 저지른 자들은 도무지 제 행위의 부끄러움을 모른다. 어쩌다가 현실이 이토록 각박하고 살벌해졌는가?

뇌성마비 철학자 알렉상드르 졸리앵Alexandre Jollien의 이름을 안 것은 우연히 그가 쓴 책 『인간이라는 직업 Le Metier d'homme』을 읽으면서다. 그는 1975년 스위스 사비에스에서 트럭 운전수 아버지와 가정부 어머니 사이에서 태어났다. 탯줄이 목에 걸린 채 태어나는 바람에 질식사 직전에 의사들의 조치를 받고 극적으로 살아났으나 그 후유증으로 뇌성마비라는 중증의 장애를 평생 안고 살 수밖에 없게 되었다.

그는 장애로 말이 어눌하고 행동은 굼뜨다. 건강한 이라면 쉽게 얻을 수 있는 것조차 필사적인 노력을 해야만 겨우 손에 넣을 수 있다는 뜻이다. 세 살부터 17년 간 요양 시설에서 생활하며 다른 장애를 안고 있는 아이들 틈에서 성장기를 겪는다. 대학에 들어가서는 인문학과 고대 그리스어를 전공하고 철학 저술 활동에 뛰어든다. 그는 2013년 아내와 아이들을 끌고 아예 서울에 와서 2016년까지 선禪 수행자이자 가톨릭 신부인 스승 아래서 공부를 계속했다.

『인간이라는 직업』에서 그는 "실존은 투쟁에서 나온다는 것"이라고 못 박는다. 인간으로 살아간다는 것은 투쟁, 곧 타자들의 지평이라는 전장에 내던져진 자들이 치르는 전투다.

일찍부터, 내게 실존은 그러니까 하나의 전투처럼 예고되었다.
삶에서 최초의 몇 해 전부를 나는 짐승을 길들이는 일에,
뻣뻣한 몸으로 일상에 적응하는 일에 바쳤다.

장애를 안고 산다는 것은 일상이 전투로 변질된다는 뜻이다. 그것은 특별한 것을 원하기 때문이 아니다. 단지 남들 곁에서 함께 살아가려면 그때마다 전투를 해야 한다는 의미다. 몸은 실존의 도구이자 기회이고, 그 자체로 기쁨과 행복의 원천이다. 그런데 어

떤 사람은 내구성이 강하고 튼튼한 몸을 갖고 태어나고, 다른 사람은 장애와 결손을 가진 부실한 몸, 장애에 갇힌 몸, 살아가는 데 짐이 되어버리는 몸, 뻣뻣하고 뒤틀리고 정상적으로 움직이지 않는 팔다리를 갖고 선천적으로 약한 존재로 태어난다. 이 '다름'은 순전히 우연에 의해서 결정되는 일이다.

삶은 많은 경우 우연에 의해 만들어지고 결정되어버린다. 하필 그때 그 시각 그 장소에 있었기 때문에 생과 사가 엇갈린 사람들의 경우를 생각해보라. 명백한 인과적 연결이 없으면서도 어떤 사건들이 돌발적으로 일어날 때 우리는 우연이라는 말을 쓴다. '우연'이라는 말은 불확실성, 무작위성, 운수, 요행, 예측 불가능성, 무지, 카오스 따위의 요소들을 두루 품는다. 불가사의한 우연들이 겹치고 쌓여서 개별자들의 운명을 만든다.

어쨌든 알 수 없는 우연의 결과로 장애를 가진 몸을 얻고 평생 불편한 몸으로 살아야 하는 존재가 되어버린 졸리앵은 누구보다도 더 몸에 대한 적극적인 사유를 펼쳐낸다. 그는 "아무리 결손이 있다 해도 한 사람 한 사람의 몸은 늘 투쟁하는 가운데서 진보를 지향하는 하나의 의식에 속해 있으며, 기쁜 전투를 무사히 수행할 힘의 원천"이라고 말한다.

졸리앵은 우리가 '지옥'이라고 여기는 인구 천만이 북적거리는 서울에서 누구보다도 삶을 즐기고 행복해한다. 왜 같은 현실에 살면서 누구는 지옥을 느끼고 누구는 천국을 보는가? 이 장애를 가진 철학자는 비록 부실한 몸이지만 누구보다도 더 '인간이라는 직업'을 성실하게 수행하고, 무엇보다도 소박한 삶을 꾸린다. 내가 감동을 받은 것은 소박함 속에서 충만함을 찾는 태도 때문이다. 그는 기쁨과 선의를 모아 좌절과 고통을 이겨낼 동력으로 삼으며 날마다 고단한 삶을 끌고 더 나은 삶으로 나아간다. 그 앞에 다른 선택의 경우는 없다.

실패를 겪고 또 만회해가며, 폐허에 건물을 다시 지어가며,
그렇게 해나가는 것이다.

어디 그뿐인가! 자신의 눈길을 '고통의 동맹자들', 즉 장애인, 노숙자, 극빈자, 노인 등에게 돌리면서 인간이란 최저의 조건 속에서도 "날마다 전투를 벌이고, 안 죽고 살아남아, 좀 더 나아지려고 노력하는" 존재임을 적시한다.

노자는 『도덕경』 제33장에서 "남을 아는 사람은 지혜롭지만, 자신을 아는 사람은 현명하다. 남을 이기는 사람은 힘이 있지만, 자신을 이기는 사람은 강하다"라고 하는데, 졸리앵은 누구보다 더 자신을 아는 사람이고, 자신을 이기는 사람이다. 그는 '지옥'마저 '천국'으로 뒤바꿀 만큼 현명하고 강한 사람이다.

나는 졸리앵을 생각하며 '하늘의 도'에 대해 말하는 노자의 어록을 되새긴다. 높아지면 눌러주고 낮아지면 들어주고, 남는 게 있으면 덜어내고 부족한 게 있으면 보태주는 게 하늘의 도다. 반면 많이 가진 자가 적게 가진 자의 것을 빼앗아 제 배를 불리고,

제 소유를 키우는 건 사람의 도다. 부족한 것을 덜어내어 남음이 있는 편을 봉양하는 사람의 도는 몰염치하고 뻔뻔하다. 이 몰염치하고 뻔뻔한 일들이 많아질수록 세상은 횡액이 난무하는 팍팍하고 살벌한 곳으로 변질된다.

며칠 동안 불안으로 심사가 불편했는데, 『도덕경』을 다시 꺼내 읽으니 얽히고설키며 요동치는 마음이 고요하고 가지런해진다. 노자는 말한다.

누가 없음으로 머리를 삼고, 삶으로 척추를 삼고, 죽음으로 꽁무니를 삼을 수 있을까? 누가 죽음과 삶, 있음과 없음이 모두 한 몸이라는 것을 알 수 있을까?

'하면 된다'고 성취 지향 일변도로 사는 것은 무지몽매함의 한 사례다. 지금 이 시대는 '해도 되는 것과 안 되는 것'에 대한 분별을 새로운 지혜로 삼아야 할 때다. 오늘 이 시대, 세상 안에 살지만 세상 밖에서 노니는 듯 느리고 비운 채 소박하게 사는데, 그 '등대'가 될 만한 현자는 누구일까. 바로 2,500여 년 전 우리보다 앞서서 살았던 동양의 현자, 노자다!

노자를 만나 다시 살다

시골에 집 짓고 내려와 살며 노자가 덕德과 도道에 대해 말한 어록집 『도덕경』을 읽은 것은 '나를 살린' 선택이었다. 날마다 노자의 어록집을 끼고 살며 이것을 반추하는 것을 나날의 보람과 기쁨으로 삼았다.

그 무렵 나는 세상에서 내쳐진 자와 같은 낙담을 안고 의기소침해 있던 참이다. 한때 잘나가던 출판사를 접은 뒤 겨우 기원으로 출근해 바둑을 두는 것으로 소일하며, 쓸개즙같이 쓰디쓴 삶의 맛에 진저리를 쳐야만 했다. 스무 해 전 살던 집이 경매로 넘어가는 소동을 겪는 가운데 사람들은 멀어지고, 나는 저녁마다 혼자 소주잔을 기울이며 환멸을 뼛속까지 시리도록 겪어냈다. 아직 어린 딸은 아무것도 모른 채 재잘댔는데, 오직 어린 딸의 기쁨만이 내 기쁨의 전부였다. 한동안 철학자 졸리앙처럼 "인간이란 이 망할 직업!"이라고 중얼댔는데, 그때 나는 정말 웃음을 완전히 잃은 사람이었다.

몇 해 뒤 은행 빚을 내서 경기도 안성의 한 저수지 가에 있던 고추밭을 밀고 소박한 집을 지었다. 피도 눈물도 없는 이 약탈적 자본주의 사회에서 밑바닥으로 굴러떨어지며 날마다 절망을 밥 삼아 씹어 먹던 시절, 인연 속에서 만난 노자의 활구活句들이 심장에 화살인 듯 박혔다. 봄날에 나무 시장에 나가 모란과 작약을 사다 뜰에 심고, 연못을 판 뒤 수련을 기르며, 죽기보다 사는 게 더 좋겠다는 생각을 굳히며 비로소 다시 살아보기로 했다.

사마천의 『사기史記』에 노자에 대한 짧은 언급이 있다. "노자는 초나라 고현 여향의 곡인리 사람이다. 성은 이李씨, 이름은 이耳, 자는 백양伯陽, 시호는 담聃이다. 그는 주나라의 장서를 관리하는 사관"이라는 기록이다. 이름이 '이耳'가 된 것은 태어났을 때 귀가 유난히 컸던 탓이다. 노자의 직책은 주나라의 국립도서관에서 장서를 관리하는 사관史官이다. 그러니까 국립도서관과 국가서류보관소의 관장 직무를 수행하던 사람이었던 것이다. 그가 맡고 있는 직무상 그가 왕조와 정권의 중심지 안에 머물렀을 것이라는 추측은 자연스럽다. 노자를 노담老聃이라고도 하고, 노래자老萊子 혹은 태사담太史聃이라고도 하는 등 여러 설이 있지만 확실하지는 않다.

『도덕경』은 여러 판본이 존재한다. 1973년 중국 창사시에 있는 마왕퇴 3호 한묘漢墓에서 두 질의 백서 『도덕경』 필사본이 발굴된다. 이 두 질을 각각 '갑본'과 '을본'이라고 하는데, '덕경'이 '도경'에 앞서서 나온다. 우리가 읽는 『도덕경』과는 그 내용이 사뭇 다른 판본이다.

1993년에는 후베이성 징먼시 궈뎬촌 일각의 동주 시대 귀족의 묘에서 『도덕경』 죽간본竹簡本이 발굴되었다. 이 판본은 갑, 을, 병세 부분으로 나뉘어 있다. 학자에 따라서는 이 판본이 『도덕경』의 본디 내용과 가장 닮았을 것이라고 주장하기도 한다. 현재의 『도덕경』은 전국시대 중기 이후에 정리되고 편찬된 것이다.

노자의 출생과 활동 시기, 죽음은 신화와 전설로 부풀려진 바

있다. 그의 출생에 대해 『사기정의史記正義』에서는 이렇게 쓴다.

노자의 어미가 노자를 회임한 지 81년 만에 자두나무 아래를
거닐다가 왼쪽 옆구리를 가르고 노자를 낳았다.

노자는 태어났을 때 흰 눈썹과 흰 수염을 가지고 있었다. 제 어
미 배 속에서 81년간을 살았으니 태어날 때부터 노련하고 노숙
한 사람이었으니 주변에서 그를 '노자'라고 부른 것은 매우 자연
스러운 일이다. '노자'는 이름이 아니라 그의 아호雅號인 셈이다.
일부에서는 '노老'를 '생각하다'는 뜻을 가진 '고考'로 받아들이고,
'자子'를 '낳다'라는 뜻을 가진 '자孳'로 이해한다. 이렇듯 노자는
이름과 삶이 잘 어울리는 사람이다. 『사기정의』에서는 노자에 대
해 이렇게 쓴다.

뭇 이치를 잘 궁구하여 성인의 경지에 오르고, 온갖 이치를
끊임없이 이끌어내고 교화를 훌륭히 베풀어 남김없이 사람을
구원하였다.

그랬건만 노자는 자기의 지식과 지혜를 널리 펼치기보다는 스
스로 숨고 이름이 드러나지 않는 데 힘썼다.

공자가 노자에게 예를 묻다

노자는 춘추시대 말기의 사람으로 공자보다 20년 정도 앞서서 활동을 시작한다. 공자가 서른쯤 되어 세상에 이름이 알려지기 시작할 무렵 이미 노자의 명성은 세상에 자자하였다. 공자가 노자에게 찾아가 예에 대해 질문을 던졌다는 기록이 있다.

공자는 노나라 산둥성 취푸시에서 출발해 노자가 머무는 주나라 수도까지 모래바람을 뒤집어쓰고 갔다. 오늘날 뤄양시 둥관다제(東關大街) 북측에 작은 정자가 서 있고, 그 안에 비석이 있는데, 그 비석에는 '공자가 주나라에 들어와 예를 물은 곳'이라고 쓰여 있다. 후대 사람들이 이 일을 기리며 비석을 세워놓은 것이다. 공자가 노자를 찾았을 때 마침 노자는 머리를 감고 있었다. 공자가 노자의 집 문안으로 들어섰을 때 한 노인이 눈을 감은 채 바람과 마주 서서 긴 머리카락을 말리며 서 있는 광경을 보았다.

공자가 단박에 그 노인이 노자임을 직감했을 때 "아아, 저분이 당대의 대사상가이자 명망 높은 대학자인 노자라는 분이구나!"라는 탄성이 흘러나왔다. 공자는 노자가 머리를 다 말릴 때까지 고요히 기다렸다. 그리고 노자 앞에 나아가 머리를 숙여 예를 표하며 "선생님, 제 눈이 제대로 보고 있는 걸까요? 방금 본 선생님 모습이 일체를 초탈한 한 그루 고목과 같아 보였습니다"라고 말했다.

노자는 바람에 머리를 말리는 동안 고요와 허무의 경계를 넘어서서 도의 세계에 빠져 있었노라고 대답했다. 또 노자가 말하길 "도가 하나를 낳고, 하나가 둘을 낳고, 둘이 셋을 낳는다오"라고 했다. 공자가 "그 경계는 어떤 것입니까?"라고 묻자 노자가 말하길 "이 경계는 가장 아름답고, 가장 큰 기쁨을 주는 것이지요. 이런 아름다움과 기쁨을 누리는 사람이라면 이미 가장 높은 도의 경지에 오른 사람이라고 할 수 있다오"라고 했다. 공자는 노자의 말 한 마디 한 마디에서 영혼이 감화되는 느낌을 받았다.

공자는 현자를 만난다는 생각에 들떠 있었던지 평소보다 말이 장황했다. 노자는 그런 혈기 방장方壯한 젊은 공자를 지켜보다가 면박을 주었다. 노자가 공자에게 말했다.

당신이 말하는 성현들은 이미 뼈가 다 썩어 없어지고 오직 그 말만이 남아 있을 뿐이오. 또 군자는 때를 만나면 관리가 되지만, 때를 만나지 못하면 바람에 이리저리 날리는 다북쑥처럼 떠돌이 신세가 되오. 내가 듣건대 훌륭한 상인은 물건을 깊숙이 숨겨두어 아무것도 없는 것처럼 보이게 하고, 군자는 아름다운 덕을 지니고 있지만 모양새는 어리석은 것처럼 보인다고 하였소. 그대는 교만과 지나친 욕망, 위선적인 표정과 끝없는 야심을 버리시오. 이러한 것들은 그대에게 아무런 도움도 되지 않소. 내가 그대에게 할 말은 다만 이것뿐이오.

공자는 노자를 만나고 온 뒤 기이하게도 한동안 말을 잃었다.

제자들이 그 까닭을 물으니, 그때 공자가 입을 열어 말했다.

노자는 정말 위대하신 분이야! 노자는 사람 중의 용이라고나
할까! 그분이 용이라면 나는 그저 항아리에 갇힌 한 마리의
나방에 불과할 따름이지.

공자는 널리 구해서 많이 알고 여러 제자를 길러낸 사람이지만
거들먹거리지 않았다. 공자는 노자에게 면박을 받고 돌아와서 "용
같은 존재"를 보았다고 말했다. 제자들은 공자가 노자를 왜 용이
라고 말하는지 궁금해했다. 공자는 제자들에게 이렇게 말했다.

만약에 내가 새라면 잘 난다는 것을 알고, 물고기라면 헤엄을
잘 친다는 것을 알며, 짐승이라면 잘 달린다는 것을 알았겠지.
달리는 짐승은 그물을 쳐서 잡을 수 있고, 헤엄치는 물고기는
낚시를 드리워 낚을 수 있고, 나는 새는 화살을 쏘아 잡을
수 있겠지. 그러나 용이 어떻게 바람과 구름을 타고 광활한
허공을 누비며 다니는지를 나는 알 수 없다네. 나는 노자를
만났는데 그분은 마치 용 같은 존재였네.

노자에 대해 그만큼 후한 평가를 한 것에서 공자의 됨됨이가 매
우 넉넉했을 것이라는 짐작을 해볼 수 있다. 공자는 젊었지만 저
를 까뭉갠 노자에게 앙심을 품고 불평과 독설로 현자를 폄훼할

소인이 아니었다.

관령 윤희가 노자에게 지혜를 구하다

주나라 왕실의 권력이 약화되고 나라가 쇠락하자, 노자는 공직에서 물러나 사람들이 알지 못할 곳으로 떠날 채비를 했다. 노자는 진나라를 지나 서역으로 가고자 했는데, 그러려면 반드시 한구관(函谷關)을 지나야만 했다. 이곳 지형은 산 두 개가 마주하고 있는 모양이고, 그 사이로 작은 길이 지나갔다. 이 관문을 지키는 수령이 윤희尹喜인데, 사람들은 그를 관령關令 윤희라고 불렀다. 어느 날 윤희가 관문 위에서 골짜기로 난 길을 지켜보고 있는데, 예사롭지 않은 한 줄기 자색 기운이 동쪽에서 다가오는 것을 느꼈다. 윤희는 푸른 소를 타고 관문으로 다가오는 노인에게서 나오는 범상치 않은 기운에 제 영혼 깊은 곳에서 떨림을 느꼈다.

관령 윤희는 보통 사람이 아니었다. 천문과 별자리를 짚어보고, 천지 기운의 변화를 감지할 만한 능력을 가진 사람이었다. 노자는 어딘가로 이동할 때 주로 푸른 소를 타고 다녀서, 사람들은 그를 가리켜 '푸른 소를 타고 다니는 노인'이라고 칭했다. 윤희는 누구도 대동하지 않은 채 홀로 푸른 소를 타고 온 노인이 당대의 대학자 노자임을 문득 알아보았다. 노인은 머리가 백발이었지만 눈은 형형하게 빛났다.

윤희는 노자에게 '세상 사람들을 위한 지혜의 노래'를 써달라고 간곡하게 부탁했다. 노자는 점잖게 거절했다. 윤희는 노자가 세상을 기피하여 다시는 나타나지 않을 것임을 직감하고 제 뜻을 굽히지 않았다. 윤희의 간곡함과 더불어 사람됨의 기이함을 알아보고 노자는 마음을 굽혀 그 부탁을 수락했다. 노자는 며칠 동안 한구관에 머물며 두문불출하더니 죽간竹簡에 한 글자 한 글자 적어내려가 5,000여 자로 이루어진 책 한 벌을 지어냈다.

도라고 말할 수 있는 도는 변하지 않는 도가 아니고, 이름 부를수 있는 이름은 변하지 않는 이름이 아니라고 했다. 도는 하나를 낳고, 하나는 둘을 낳고, 셋은 만물을 낳는다. 만물은 음을 지고 양을 품고, 요동치는 기氣로 조화를 이루며 도는 항상 이름이 없고 질박하다고 했다. 천하는 신묘한 그릇이니, 일부러 꾸밀 수 없다. 따라서 일부러 꾸미면 실패하고, 잡으려면 잃어버린다고 했다. 일부러 하려는 자는 실패하고, 붙잡아두려는 자는 잃어버린다. 그래서 성인은 일부러 하지 않음으로 실패하지 않고, 붙잡지 않음으로 잃어버림이 없다고 했다. 노자는 경구와 격언들로 수놓이고, 대구對句와 압운으로 노래의 형식으로 된 지혜의 책을 써낸 것이다. 이 책은 '덕경'과 '도경'으로 이루어져 총 81장으로 된, 노자의 처음이자 마지막인 저작물이다.

노자에게서 죽간본을 받아 집에 돌아간 윤희는 밤새 읽은 뒤 이튿날 아침 일찍 노자 앞에 나와 머리를 조아렸다.

간밤에 선생님 책을 다 읽고 난 뒤 더는 변경의 관리로
살고 싶은 생각이 사라졌습니다. 선생님 가시는 길을 저도
따라가겠습니다. 부디 물리치지 마시고 데려가주십시오.

노자와 관령 윤희는 한구관을 지나 서역을 향해 떠났다. 그 뒤
두 사람이 어디로 갔는지 그 종적은 일체 알려진 바가 없다. 노자
는 160세까지 살았다고 하고, 다른 한편에서는 200세를 넘겨 살
았다고 한다.

물처럼 살라!

『도덕경』에서 인구에 회자되는 구절 중 하나는 제8장 '상선약수'
다. 그것을 읽지 않은 사람조차 그 말이 『도덕경』에서 나왔음을
안다. 그 장의 전문은 이렇다.

최고의 선은 물과 같다. 물은 만물을 이롭게 하면서 다투지
않고, 모든 사람이 싫어하는 곳에 머문다. 그러므로 도에
가깝다.

물보다 더 약하고 부드러운 것을 찾아보기는 힘들다. 물은 그
저 높은 곳에서 낮은 곳을 향해 흐를 뿐 아니라 '유약'한 것이면서

도 자연의 스스로 그러함을 가장 잘 드러낸다. 물은 어떤 인위의 작용도 품지 않은 무위자연의 모습 그대로이다. 무위자연에 처한 것은 오래가지만 인위로 도모되는 것은 오래가지 못한다. 제24장에서는 "발돋움하여 서 있는 사람은 오래 서 있을 수 없고, 다리를 벌려 걷는 사람은 오래 걸을 수 없다"라고 했다. 그 행위들이 스스로 그러한 것에 속하지 않고 무엇인가를 하고자 함, 즉 인위를 앞세우기 때문이다. 무위야말로 '상선'이고 '상덕上德'에 속한 까닭에 노자는 끊임없이 무위에 처할 것을 권면한다.

노자는 우주의 본질에서 인생의 지혜에 이르기까지 사람이 알아야 할 모든 것을 다룬다. 그가 펼쳐낸 지식 중에서 핵심적인 것을 꼽자면 '도'와 '덕', 자연과 무위, 그리고 인생의 지침이다. 제48장에서는 "함이 없으나 하지 못함이 없다"고 했는데, 이게 바로 무위다. 도는 삼라만상의 근원이고, 그것이 움직이고 변화하는 원리 그 자체다. 자연은 그 도의 구체적 실상이다.

노자는 『도덕경』의 제1장에서 "도라고 부르는 것은 이미 항상 그러한 도가 아니고, 이름으로 부르는 이름은 이미 항상 그러한 이름이 아니다"라고 언명했다. 도는 형체가 없으니 딱히 이것을 도라고 말할 수가 없다. 제51장에서는 "도에서 만물이 나오고 이것을 기르는 것은 덕이다"라고 했다. 만물은 도의 분화 형태이고, 만물에 스스로가 품은 덕에 의지해 자라난다.

노자는 덕에 대해 제55장에서 이렇게 말한다.

덕을 품음이 두터운 자는 갓난아이와 같다. 독충이 쏘지
않고, 맹수도 덮치지 않으며, 독수리도 채어가지 않는다. 뼈는
약하고 근육은 부드러우나 움켜쥠은 굳세다. 암수의 교합은
몰라도 자지가 일어나니 이는 정기의 지극함이요, 종일 울어도
목이 쉬지 않으니, 이는 화기의 지극함이다. 조화를 아는 것은
항상됨이라고 하고, 항상됨을 아는 것을 밝다고 한다. 더
잘 사는 것을 상서롭다고 하고, 마음으로 기를 부리는 것을
강하다고 한다. 사물은 장대해지면 노쇠해지는 법, 이는 도가
못 된다. 도가 못 되면 일찍 끝난다.

갓난아이는 생명의 원형질 그 자체다. "정기의 지극함"으로 이
루어진 존재인 갓난아이는 가장 약한 존재이자 그 생명의 부드러
움과 생기발랄함, 그리고 정기의 지극함으로 피로를 물리치니 강
한 존재다. 종일 울어도 목이 쉬지 않는 것은 갓난아이뿐이다. 사
람은 단단하고 강해지면서 죽음에 가까워지고, 부드럽고 유약해
지면서 생명에 오래 머문다. 그리하여 제36장에서는 "부드럽고
약한 것이 억세고 강한 것을 이긴다"라고 했다.

시골에 사는 동안 프톨레마이오스 2세와 같이 날마다 새벽에
깨어나 『도덕경』을 읽었는데, 내 안의 어리석음과 무지에 대해 자
각하는 계기가 되었다. 나는 무지를 무지로써 견디고자 했다. 지
난 10년 동안을 한결같이 소박하게 먹고 단순함에 머물려고 애쓴
것도 그런 무지의 자각 위에 세운 삶의 견고한 태도에서 비롯된

것이다.

마음이 어지러울 때마다 나는 『도덕경』을 찾아 읽었다. 『도덕경』은 그윽하고 미묘한 도와 덕을 탐구하고 기리는 경전이다. 또한 대교약졸의 노래, 도법자연道法自然의 활구, 생명 예찬의 시, 지혜의 총서 중 으뜸가는 열매다. 이것이 세상으로 퍼져나가 어둠을 밝히는 빛이 되고, 곤궁한 것들을 기르고 살리는 자양분이 되었다.

리얼리스트가 되자!

체 게바라
Ché Guevara(1928. 6. 14.~1967. 10. 9.)

혁명의 아이콘, 체 게바라

여기 한 사내가 있다. 사자 갈기같이 함부로 자라난 거칠고 긴 머리칼, 텁수룩하게 덮은 수염, 비쩍 마른 얼굴, 때로는 부드럽고 때로는 형형하게 빛나는 눈매, 그리고 별이 하나 그려진 베레모를 눌러 쓴 그를 가리켜 사람들은 '20세기 혁명의 아이콘' 혹은 '전사 그리스도'라고도 했다.

1967년 10월 9일, 볼리비아의 차코 지역에 위치한 라이게라라는 마을의 작은 학교에서 볼리비아 특수부대 군인의 총에 맞아 죽은 이 사내는 '에르네스토 게바라 데 라 세르나Ernesto Guevara de La Serna'라는 긴 이름을 갖고 있었다. 사람들은 긴 이름을 줄여서 그를 '체'라고 다정하게 불렀다.

체 게바라는 아르헨티나에서 태어나 어린 시절을 보낸 뒤 의사, 혁명 전사, 게릴라 전술가, 쿠바 국립은행 총재, 재무 장관, 외교관으로 살다가 돌연 안데스 산악 지대에서 벌어진 게릴라전에서 볼리비아 특수부대 군인들에게 붙잡혀 죽음을 맞는다. 쿠바혁명의 지도자 피델 카스트로Fidel Alejandro Castro Ruz는 체의 사람됨을 두고 활달함과 호의적인 태도, 균형 잡힌 인격, 창의성과 기발함을 두루 갖춘 사람으로 누구나 사랑하지 않을 수 없었다고 회고한다. 프랑스 철학자 사르트르Jean Paul Sartre는 체를 지성과 저항 정신을 두루 갖춘 '완전한' 사람이라고 평가하고, 미국 시사 주간지 《타임》은 그를 20세기를 움직인 100인 가운데 하나로 꼽는다.

우리나라 대학가에 체 게바라 붐이 인 것은 소련과 동구권 공산주의가 무너지고 난 뒤다. 체가 죽은 지 40년 뒤 국내 한 출판사에서 장 코르미에Jean Cormier의 『체 게바라 평전Che Guevara, Compagnon de la Revolution』 번역본이 나오고 베스트셀러가 된 게 그 시발점이다. 대학가에서 체 게바라 평전 읽기 열풍이 거세지면서 체의 초상이 프린트된 티셔츠를 포함해서 여러 상품들이 쏟아져 나왔다. 심지어는 대학가 술집 벽면에 베레모를 쓰고 시가를 문 체의 초상이 나타난다.

　체는 쿠바와 볼리비아에서, 그리고 아프리카에서 게릴라전을 치르는 동안에도 제3세계에서 미래에 건설할 사회주의에 맞는 이론을 개발하기 위해 끊임없이 철학과 다른 공부를 이어간다. 그는 "혁명의 극기, 희생정신, 혁명적인 노동의 중요성"을 몸으로 보여주고, "마르크스·레닌주의 이념을 가장 신선하고, 순수하고, 혁명적인 방식으로 실천"한다.

　피델 카스트로의 말대로 그는 "순결하고, 용감하고, 모든 것에 초연하고, 욕심 없는, 인류 역사상 가장 훌륭한 인물"이었다. 카스트로가 이끄는 쿠바 혁명정부의 각료 회의는 남미의 인민 해방을 위해 싸우다가 전사한 체를 위해 다음과 같이 결정한다.

　첫째, 30일 동안 조기를 게양하고, 오늘 자정부터 3일 동안
　공적인 모든 행사를 연기한다.
　둘째, 전투를 하다 영웅적으로 숨진 날을 국경일로 정하고,

이를 위해 10월 8일을 '게릴라 영웅의 날'로 정한다.

셋째, 후세에 그의 모범적인 삶이 길이 기억되도록 여러 가지 운동을 전개할 것이다.

쿠바 아바나에 다녀오다

우연히 짐을 정리하던 중 10여 년 전 노트에서 멕시코를 거쳐 쿠바를 여행하고 돌아와 썼던 기록을 찾아냈다. 2005년 2월, 나는 멕시코 과달라하라 대학에서 열린 한국문예창작협회의 교수들과 멕시코 문학인과의 교류, 심포지엄, 낭독회에 참가한 뒤 쿠바 아바나로 날아갔다. 미지의 나라 쿠바에 간다는 설렘과 함께 그곳에서 작가 헤밍웨이와 '강철 영혼'의 혁명가 체 게바라가 남긴 흔적을 만날 거란 기대로 심장박동은 빨라지고 마음은 한껏 부풀었다. 나는 이 혁명가가 남긴 말을 되새겼다.

우리 모두는 리얼리스트가 되자. 그러나 가슴속에는 불가능한 꿈을 간직하자!

그 여행에서 돌아온 뒤 누군가에게 편지를 썼던가, 기억이 분명치는 않다. 노트에 적힌 그 여행기의 일부는 아래와 같다.

먼 여행을 다녀왔다. 멕시코의 수도인 멕시코시티와 제2의 도시인 과달라하라, 그리고 쿠바의 수도 아바나와 휴양지 바라데로였지만, 도쿄와 로스앤젤레스를 거쳐서 갔다가 돌아올 때는 샌프란시스코와 도쿄를 경유하는 길고 지루한 여정이다. 멕시코에서는 사라진 마야와 잉카 제국의 흔적을 더듬어보았다. 달의 피라미드와 태양의 피라미드, 프리다 칼로와 1968년 민중 항쟁이 있었던 삼문화광장에서는 눈물이 솟구쳐 올랐다. 체 게바라와 헤밍웨이의 흔적을 찾아서 쿠바 혁명기념관과 국립미술관을 거쳤다. 데킬라와 인디오·스페인계 백인 간의 혼혈들, 평양의 김일성종합대학을 나와 북한 억양이 짙은 한국말을 구사하는 쿠바인 여행 가이드 청년, 흥청거리는 밤의 카페들, 살사 댄스, 대서양의 수정 같은 바다, 희고 고운 해변의 모래들, 헤밍웨이가 말년 한때를 보낸 아바나의 집…… 열흘 동안 비행기만 열 번을 갈아타는 고된 여정이다. 바라데로 해변에서 종일 바다에 몸을 담그고 수영을 했다. 그새 얼굴과 팔다리가 강렬한 태양빛에 그을려 까맣게 변했다.

쇄빙선처럼 두꺼운 얼음을 깨고 먼 바다로 나아갔다 돌아오니, 집은 여전히 안전한 장소로 나를 맞았다. 나는 익숙한 것들이 주는 안도감으로 한밤중 잠입한 밀항자와 같은 서먹함을 희석해본다. 개는 그새 여섯 마리의 새끼를 낳아 거실을 차지하고 있고, 서

울의 한 대학에 편입학 시험을 본 딸아이는 웃으며 합격 소식을 전한다.

익숙함을 떨치고 나아가는 여행은 내 안에 없는, 저 부재에 대한 경계의 확장, 우리 의식 안에 침잠해 있는 익숙한 것, 낡은 것을 낯선 것, 새로운 것으로 교환하는 일 혹은 생의 새로운 가능성에 대한 탐색이다. 풍경의 자명성을 해체하고 난 뒤 드러나는 넓이와 깊이는 그걸 바라보는 주체의 내면의 깊이에 상응한다. 보는 자만이 풍경을 지배한다. 지배한다는 것은 저 바깥을 자기 안으로 끌어당긴다는 뜻이다. 낯선 것이 발명되는 찰나다. 그때 안과 바깥은 상호삼투相互滲透하면서 빛이 넘치는 하늘과 땅, 강과 숲은 비로소 풍경의 실존을 허락한다.

쿠바의 수도 아바나는 공산주의 국가의 폐쇄성으로 숨 막힐 줄 알았는데 뜻밖에도 사람들은 활달하고 분위기는 자유로웠다. 아바나 공항의 텔레비전은 모두 한국 제품이고, 여행 가방 따위를 나르는 카트에도 전자제품을 만드는 한국 유명 기업의 로고가 붙어 있었다. 아바나에 머물며 이곳저곳을 돌아다니는 동안, 도심에서는 쿠바 소년들이 관광객들에게 "원 달러! 원 달러!" 하고 외치며 달라붙었다. 소년들은 손에 들고 있는 체 게바라의 초상이 새겨진 쿠바 동전을 보여주었다. 미국 달러와 쿠바 동전을 맞교환하자는 것인데, 나는 그렇게 체의 초상이 든 쿠바 동전 몇 개를 손에 넣었다. 혁명가의 초상은 동전뿐 아니라 우표, 담배, 맥주 상표에도 자리하고 있고, 아바나시의 중심인 혁명광장 건물 외벽에도 철로 된 그의 거대한 초상이 장식되어 있다. 체는 죽은 뒤에도 관광객을 끌어모으고 여러 상품들의 브랜드가 되어 쿠바 경제의 부흥에 일조하고 있는 셈이다.

천식을 앓는 아이

체 게바라는 앞서 말한 대로 아르헨티나 출신이다. 1928년 6월 14일, 체의 어머니는 남편과 함께 만삭의 몸으로 배를 타고 부에노스아이레스로 가는 도중 예정보다 일찍 진통이 오자 서둘러 배에서 내려 가까운 친척 집에서 출산을 한다. 아이는 천식을 앓았다. 체의 부모는 그런 아이를 잃을까 두려워 여기저기로 옮겨 다녔다.

어린 체는 가난한 광부나 호텔 노동자의 자식들인 동네 아이들과 어울려 놀았는데, 공화파와 프랑코파로 편을 갈라 전쟁놀이를 하곤 했다. 마누엘베를라노 학교에 입학을 할 즈음 체는 칠레 시인 파블로 네루다Pablo Neruda의 시를 곧잘 암송했다. 체는 학교에 입학한 뒤에도 천식 발작을 일으키곤 했는데, 장 코르미에는 『체 게바라 평전』에서 이렇게 쓴다.

이렇듯 '어린 체'는 일찌감치 인디오 친구들과 나누며 사는
법을 배우며 자라고 있었다. 두 번에 걸쳐 찾아왔던 심한

천식 발작 때문에 할 수 없이 학교를 쉬어야 했던 기간 동안 그는 프랑스 문학에 조예가 깊었던 어머니가 빌려주신 책을 비롯하여 아버지의 서재에서 가져온 책들을 닥치는 대로 읽었다. 어느새 그는 소포클레스부터 로빈슨 크루소, 프로이트, 그리고 삼총사까지 닥치는 대로 섭렵한 게걸스러운 독서광이 되었다.[1]

1946년 아르헨티나는 후안 페론Juan Domingo Perón이 권부를 장악하고 통치하던 시절이다. 체는 열여덟 살이고, 데안 푸네스 대학에 들어간다. 대학에서는 토목 분야를 전공할 생각을 굳히고 있었다. 대학에 들어가기 전 몇 달 동안 체는 돈을 벌기 위해 교량과 도로를 건설하는 회사에 임시직으로 들어가 서류 정리 일을 했던 영향 탓이다.

이듬해 체는 마음을 바꿔 부에노스아이레스의 의과대학에 진학한다. 체는 전공 분야의 공부에 열을 올리면서도 럭비, 축구, 수영 따위의 운동을 하며 신체 단련에도 힘을 썼다. 체가 스무 살이 되었을 때 그의 형은 이미 의학 박사가 되어 산프란시스 코데차나르 나癩병원에서 일하고 있었다. 형이 체에게 방학 동안 자신이 있는 병원에 와서 일을 해보라는 제안을 하자 체는 850킬로미터나 떨어진 먼 곳까지 자전거를 타고 간다. 그가 챙긴 것은 옷 몇

---

[1] 장 코르미에, 『체 게바라 평전』, 김미선 옮김, 실천문학, 2005.

기지와 네루Jawaharlal Nehru가 쓴 『인도의 발견The Discovery of India』 한 권이 전부였다.

체는 방학이 끝나자 다시 자전거를 타고 부에노스아이레스로 돌아온다. 체에게 그 왕복 여행은 아르헨티나의 농부들과 떠돌이 노동자 같은 기층 민중들이 어떻게 살아가는지를 생생하게 관찰할 수 있는 좋은 기회였다.

체는 여전히 천식 발작을 일으켰고, 그 때문에 고통스러워했다. 하지만 공부와 운동을 게을리하지 않았으며, 여러 계층의 친구들을 폭넓게 사귀었다. 도서관 사서나 사무실의 업무 보조, 그리고 배에 승선해 선원 일 따위를 하며 돈벌이도 했다.

그 와중에도 뜨거운 독서열은 식지 않아서 주변에 있던 책들을 왕성하게 읽어치웠다. 책을 읽느라 밤을 새우는 일도 자주 있었다. 이 습관은 나중에 게릴라 생활을 할 때도 이어졌다. 다른 사람들이 지쳐 깊은 잠에 곯아떨어질 때도 체는 혼자 깨어 책 읽기에 몰두하곤 했다. 1951년 말에는 의과대학 기말 시험을 통과했다.

라틴아메리카를 횡단하다

체는 의과대학을 졸업한 뒤 친구 알베르토와 함께 칠레까지 이어지는 긴 여행 계획을 세운다. 그 여행은 아르헨티나 중부의 코르도바에서 시작해 체가 태어난 로사리오를 거치고 부에노스아이레스에 들렀다가 해안 지대인 마르델플라타, 미라마르, 네코체아를 거쳐 다시 내륙의 길을 따라 안데스 산악 지방으로 들어가는 꽤 길고도 험한 여정이었다.

1951년 12월 29일, 두 사람은 구형 중고 오토바이에 텐트, 침낭, 도로 지도 등을 마대 자루에 담아 싣고 출발하는데, 그들이 칠레의 수도 산티아고에 도착한 것은 여행을 떠난 지 두 달이 지나서였다. 1952년 3월 2일, 두 사람은 여행 내내 여러 군데에 고장을 일으키며 속을 썩인 오토바이의 장례식을 치른다.

그 뒤 체는 구리를 채굴하는 광산촌인 추키카마타를 방문하는데, 이곳은 '에르네스토 게바라 데 라 세르나'가 '체'로 다시 태어나는 계기를 준 운명의 장소다. 체는 광부들이 열악한 노동 환경 속에서 저임금에 시달릴 때 광산업자는 떼돈을 벌어들인다는 사실을 알았다. 그 구리 광산은 노동 착취의 현장이었던 것이다.

칠레 구리 광산에 대한 연구서에서 오캄포는 이곳의 생산성이 얼마나 대단했는지를 보여주는 증거로 최초의 투자액을 단 나흘 만에 회수할 수 있을 정도라고 분석했다. 에르네스토는 맨 처음 그 글을 읽었을 때 다소 과장이 실려 있으리라 여겼다. 하지만 막상 이곳의 현실을 직접 목격해보니 계산이 틀리지 않다는 걸 깨달았다. 새로운 힘으로 무장한 에르네스토는 다시금 대지로 내려왔다. 정의로운 인술을 펼치는 의사가 되겠다던 젊은 이상주의자는 다른 사람들을 위해, 무엇보다

가난한 사람들을 위해 행동하겠다는 신념을 굳히고 있었다.[2]

체는 1953년 원하던 의학 박사 학위를 얻었다. 무엇보다도 여행을 떠나기 전 어머니와 했던 약속을 지킨 걸 뿌듯해했다. 그해 7월 7일, 체는 친척인 카를로스 페레르와 함께 여행을 떠난다. 1953년 7월 26일, 쿠바에서는 피델 카스트로라는 젊은 혁명가가 이끄는 학생들이 쿠바 동부의 산티아고에 있는 병영을 습격했고, 볼리비아는 혁명의 격동기를 지나고 있었다.

체는 혁명 수뇌부가 취한 정책에 실망하고 인디오들이 소외되는 것을 목도하며 이 혁명이 기층 민중을 위한 것이 아님을 깨닫는다. 그리고 절망에 차서 어머니에게 편지를 쓴다.

> 비록 볼리비아에는 무서운 기세로 자유의 바람이 몰아치고
> 있기는 하지만 제가 보고 있는 이 혁명의 미래는 암울하기만
> 합니다. 권력을 쥔 자들은 인디오들의 머리 위로 살충제를
> 마구 뿌려대지만 이런 식으로는 끊임없이 증식하는 해충들을
> 퇴치할 근본적인 해결책을 얻을 수 없습니다.

이 무렵 체는 첫 번째 아내가 될 페루 리마 출신의 일다 가데아 아코스타Hilda Gadea Acosta를 만난다. 1953년 12월 20일, 체는 일다

---

2 장 코르미에, 앞의 책.

를 처음 만나고 그 활달함과 솔직 담백함에 단박에 반한다. 두 사람은 서로가 러시아의 작가들인 톨스토이와 고리키, 도스토옙스키의 작품들을 즐겨 읽었다는 사실에 기뻐했다. 일다는 체에게 크로포트킨Pyotr Alekseyevich Kropotkin의 『한 혁명가의 회상Memoirs of a Revolutionist』과 마오쩌둥의 『새로운 중국』을 빌려주었다.

두 사람은 만날 때마다 읽은 책들에 대한 소감을 나누고, 자본주의의 종말과 세계의 미래에 대해 의견을 주고받았다. 일다는 페루 출신의 망명객들에게 체를 소개하고, 쿠바인들과도 연결해주었다. 그전까지 '에르네스토'라고 불리던 그를 사람들은 '체'라는 이름으로 부르기를 더 좋아했다.

피델 카스트로와의 운명적 만남

1955년 7월 9일 밤 10시경, 체는 멕시코의 한 작은 아파트에서 피델 카스트로와 만난다. 피델은 체가 마음에 들고, 체 역시 피델을 좋아했다. 체는 피델의 첫인상을 다음과 같이 전한다.

피델은 위대한 정치 지도자입니다. 그는 자신이 어디를 가야 하는지를 알고 있고, 강인함으로 무장했으면서도 완전히 새롭고 온화한 스타일의 소유자이죠.

두 사람은 많은 얘기를 나누지 않았지만 거대 자본과 군사력을 앞세운 제국주의의 침탈과 억압에서 라틴아메리카를 지켜야 한다는 필요성에 공감한다. 피델은 정기적으로 체와 일다의 집을 찾아와 식사를 했다. 그들은 비밀경찰의 눈을 피해 늦은 밤 시간에 만나는 일이 잦았다. 이후 피델은 뉴욕의 한 호텔에서 자금 모금을 위해 미국 내 쿠바 반정부 단체들의 모임을 열고, "1956년, 우리는 자유를 얻거나 순교자가 될 겁니다"라고 선언한다. 체는 이 전쟁에 뛰어들기로 마음을 굳히고 곧바로 실행에 옮긴다.

1956년 12월 5일, 피델과 그란마호를 탄 선발대가 오리엔테주의 지방 자치구인 알레그리아 델 피오에서 군대의 습격을 받았다. 이 습격으로 전투를 치르는 과정에서 대원의 일부가 죽고, 살아남은 자들은 바닷물과 진흙이 섞인 땅을 몇 시간이나 걸어서 기진맥진한 채 돌아왔다.

체는 중위 계급을 달고 의무 대장으로 참전한 이 첫 전투에서 부상을 입었다. 반란 부대가 치른 첫 전투를 두고 체는 '전쟁의 첫 경험'이라고 술회한다.

조직력이나 규율 등으로 보아 처음으로 나는 우리가 성공할지 모른다는 느낌을 가졌다. 혁명군의 대장인 카스트로에 이끌려 이 일에 몸담은 뒤 지금까지도 강한 회의를 떨쳐버리지 못했던 건 사실이다. 그러나 나는 마치 모험소설 속에서나 읽을 법한 우정과 그처럼 순수한 이상을 위해 타국의 해변에서 죽어도

좋다는 확신을 그들과 함께 나누고 있는 것이다.[3]

쿠바혁명의 최전선에 서다

체가 게릴라전에서 거둔 영웅적 승리는 전설로 바뀌어 차츰 쿠바 구석구석으로 퍼져나간다. 혁명군의 비밀 라디오 방송이 날마다 체가 전투에서 세운 공적들을 내보낸 탓이다. 반면 정부 방송과 매체들은 연일 체를 공산주의자로 낙인찍고 그를 체포하기 위해 거리마다 수배 전단으로 도배된 사실을 보도한다.

체는 잠잘 시간뿐 아니라 밥을 먹거나 씻을 여유조차 없는 전투 중에도 쉴 틈이 있으면 아무데나 주저앉아 배낭에서 녹색 노트를 끄집어냈다. 체는 정부군과 전투를 치르느라 초주검이 된 상태에 서도 시를 읽었다.

영원한 목마름, 어두운 수로들,
끊임없는 피로, 가없는 고통이여.[4]

오늘, 아무도 날 찾아오지 않았습니다.

---

3 장 코르미에, 앞의 책.
4 파블로 네루다, 「첫 번째 사랑의 시」, 『체의 녹색 노트』, 구광렬 엮고 옮김, 문학동네, 2011.

이 오후, 난 너무 조금밖에 죽지 못했습니다.[5]

황혼 속에서 늘 지니고 있던 책이 떨어져버렸고,
상처 입은 한 마리 개처럼 내 망토는 내 발 아래로
  굴러내렸다.[6]

언제일까,
영원한 아침의 언저리에서
우리 모두 함께 아침식사를 하게 될 그날은
결코 데려와달라고 하지 않은 이 눈물의 계곡에
언제까지 머물러야 하는 걸까.[7]

체는 배낭을 베개 삼아 머리를 뉜 채 시를 읽으며 어떤 구절들
은 마음에 새겼다. 체에게 시는 기초 교양 그 이상의 의미였다. 시
는 정신의 양식이고, 생명을 약동하게 하며 그 존엄을 지키는 원
동력이었다. 체는 니콜라스 기옌Nicolás Guillén이 「성姓―가족적 비
가」에서 다음과 같이 노래했듯 공기처럼 자유롭게 살 머언 날들
의 생을 꿈꾸었다.

5 세사르 바예호, 「아가페」, 『체의 녹색 노트』.
6 파블로 네루다, 「열 번째 사랑의 시」, 『체의 녹색 노트』.
7 세사르 바예호, 「비참한 저녁식사」, 『체의 녹색 노트』.

오, 친구들이여 이리 와 내 이름을 보시구려!
멀고 자유로운 내 이름, 공기처럼 자유롭고 머언……[8]

쿠바 독재 정권의 정부군과 반군의 전쟁은 계속되었고, 체는 반군을 이끌고 어둠을 틈타 강을 건너고 산을 넘어 도시 전역으로 이동하며 전투를 벌였다.

게릴라는 밤의 전사이다. 따라서 그는 야행성 존재가 되기
위한 모든 감각을 소유해야 한다.

이것이 체의 지론이다. 어둠을 틈탄 밤의 전투에 숙련된 체와 반군들은 도처에서 승리한다. 당시 체의 모습을 평전은 다음과 같이 묘사한다.

거의 광기에 가까운 신념과 헌신, 승리에 대한 기대감으로
부풀어 있던 그 며칠 동안 체는 거의 잠을 이룰 수가 없었다.
지프에서 잠깐 눈을 붙이거나 하면서 마테 차는 제쳐두고
엄청난 양의 커피를 마셨다. 그는 누군지도 모르는 사람들이
건네주는 대로 음식을 받아먹었다. 그 열흘 동안의 전적은
믿기지 않았다. 피델 측은 정부군 초소 열두 곳, 지방 수비대와

8 니콜라스 기옌, 「성姓—가족적 비가」, 『체의 녹색 노트』.

경찰서, 여덟 군데의 도시와 마을들, 여섯 곳의 주둔지를 포기하게 하고 800명의 포로와 1,000점 이상의 무기를 습득했다. 아바나에서는 대통령 바티스타가 미국 언론을 의식하며 산타클라라에서 반군을 산산조각 내버리겠다고 장담하면서 체면을 세우기에 급급했다.[9]

체가 여러 게릴라 전투에서 상당한 성과를 올리면서 여러 도시들이 반군의 손으로 넘어왔다. 도시가 반군에 함락되었다는 승리 소식에 성당의 종들이 일제히 울리고, 군중은 거리로 뛰쳐나와 '자유 쿠바 만세!'를 외쳤다.

국립은행 총재에 임명되다

전쟁은 반군의 승리로 끝났다. 쿠바는 피델 카스트로의 혁명군 수중에 들어간다. 피델 카스트로는 새 정부를 꾸리면서 체를 국립은행 총재로 임명한다. 피델은 쿠바의 얼굴이자 목소리이며 정신이었다. 동생 라울 카스트로Raul Castro Ruz는 혁명을 위해 헌신하는 뛰어난 조력자였다.

그리고 체는 피델이 이끄는 혁명정부의 두뇌로 "놀라운 능력과

9 장 코르미에, 앞의 책.

지성, 그리고 세련된 유머"를 가진 "이 삼두마차에서 가장 매력적이면서도 동시에 가장 위험한 인물"이었다. "여자들을 홀리기에 딱 좋은, 우수가 묻어나는 미소를 입꼬리에 홀리면서 체 게바라는 냉정하고도 치밀한 방식으로 쿠바를 이끌고 있다"는 것이 당시 《타임》지의 평가였다. 체가 명민한 머리로 쿠바 혁명정부의 한 축을 떠맡고 있음을 보여준다.

1961년 2월 24일, 피델은 체를 산업부 장관으로 임명한다. 체는 혁명정부의 일로 분주했지만 어느 정도 생활이 안정되자 집안에 서재를 꾸린다. 2,000여 권의 장서를 벽면을 따라 길게 늘어선 5단 서가에 정리한다. 맨 위에는 마르크스, 레닌, 스탈린의 책들과 함께 쿠바 역사를 다룬 책들을, 그 아래 칸에는 트로츠키와 로제 가로디Roger Garaudy, 마오쩌둥과 중국, 19세기 쿠바혁명을 다룬 책들을 꽂았다.

그 아래에는 물리학과 수학 계통의 책들, 다양한 문학 작품들과 로맹 롤랑과 막스 폴 푸셰Max Pol Fouchet의 『프랑스 시선』, 마젤란Ferdinand Magellan, 에라스뮈스, 루이 14세, 시몬 볼리바르Simon Bolivar의 전기들을 꽂았다. 흰색 소파에는 허버트 마르쿠제의 책과 파블로 네루다의 두꺼운 시선집이 놓여 있었다.

체는 마르크스와 레닌의 책들과 함께 프로이트의 저작물들, 그리고 키르케고르, 하이데거, 카뮈 같은 실존주의 철학자들의 책에 이르기까지 인류학, 사회학, 심리학, 철학, 문학 등 분야를 가리지 않고 왕성하게 읽어냈다. 그 덕에 시몬 드 보부아르와 사르트르가 아바나를 방문했을 때 밤을 새워 대화를 나누며 폭넓은 독서로 다져진 교양과 지성을 뽐낼 수 있었다.

볼리비아 해방전선에 뛰어들다

체는 편안한 현실에 안주하지 않았다. 체는 볼리비아 해방전선에 뛰어들어 다시 게릴라전을 벌인다. 그때의 상황과 체의 심경은 전선에서 틈틈이 쓴 일기에 고스란히 나타난다. 그러나 체의 일기는 1967년 10월 7일에서 더는 이어지지 않고 끝난다.

10월 8일 아침은 날씨가 추웠다. 사람들은 다 점퍼를 꺼내 입었다. 체가 이끄는 게릴라 부대가 주둔하던 안데스의 한 계곡은 2주 전부터 볼리비아군 병력에 포위되어 있었다. 체와 게릴라 대원들은 거세게 저항하며 그 전선을 뚫고 나가려고 지옥 같은 행군을 계속했다. 그러다가 체와 그 부대원들이 볼리비아군의 기관총 진지의 조준선 안에 들어가게 되어 일제사격을 당한다. 체의 부대원들 여럿이 죽었다. 체 역시 오른쪽 장딴지 아래에 총을 맞았다. 연발 권총을 빼들었지만 총알이 남아 있지 않았다. 체는 볼리비아 특수부대원들에게 체포되었다.

밤 9시경 한 특수부대 장교가 체를 향해 욕설을 퍼붓고 구타하며 한 줌이나 되는 수염을 잡아 뽑았다. 아직 잡히지 않은 게릴라에 대한 정보를 캐내고자 했지만 체가 저항하며 협조를 거절했기 때문이다. 체는 묶인 두 손으로 자신을 모욕한 장교의 뺨을 후려쳤다. 심문하던 군인들이 체의 손목을 꼼짝할 수 없도록 뒤로 묶었다. 심문은 더 진행되었지만 장교들은 아무 소득도 얻지 못했다.

밤 11시경 정부군 세 명이 뒤늦게 도착해서 체와 그 동료에게서 빼앗은 노획물을 가로챘는데, 그들이 빼돌린 물품은 롤렉스 시계, 단검, 독일제 권총, 미국 달러와 볼리비아 페소 따위다. 군인 셋 중 하나인 셀리차라는 자가 체의 가방을 차지했다. 체가 등에 매고 다니던 홀쭉한 배낭 속에는 필름과 비망록 두 권과 녹색의 작은 노트가 들어 있었다.

녹색 노트에는 베껴놓은 칠레 시인 파블로 네루다의 서사시 「모두의 노래」에서 뽑은 몇 편, 세사르 바예호의 시들, 쿠바의 니콜라스 기옌의 「오르노스의 돌」 같은 시들이 들어 있었다. 체의 사망 이후 비망록은 『체 게바라의 볼리비아 일기』라는 제목으로 출간되었지만, 녹색 노트는 40여 년 동안 베일에 가려진 채 있었다. 그 녹색 노트엔 체가 필사하고 애송하던 시 69편이 빼곡하게 들어 있었다.

오래전부터 미국 정부와 CIA는 이미 피델, 라울, 체를 제거하려는 '쿠바 작전'을 계획했었다. 그리고 체가 체포되자 그를 죽이라는 명령이 떨어진다. 10월 9일 10시경 현장 군인들에게 그 명령이 하달되었다. 13시 10분에 볼리비아 장교들과 CIA 요원들이 정부군 소속인 마리오 테란에게 임무를 수행하라고 재촉하지만 그는 감히 체를 쏘지 못했다. 한참을 망설이던 그가 눈을 질끈 감은 채 벨기에제 UZI 기관단총의 방아쇠를 당겼다.

체는 지퍼 달린 윗옷에 황록색 옷을 입은 채 쓰러졌다. 사제가 들어와 체의 감지 못한 눈을 감겨주었다. 사체는 들것에 실려 볼리비아군의 헬리콥터가 있는 곳으로 옮겨졌다. 체가 즐겨 읽던 세사르 바예호의 「검은 사자들」 첫 구절은 "삶엔 고통이 있지, 너무나 힘든…… 하지만 난 몰라!"로 시작한다. 그 시구와 같이 죽은 체의 얼굴은 삶의 고통 따위는 전혀 모른다는 듯 평온했다.

> 육체가 있는 내 어머니가 나타나시고 내 머리를 어머니의
> 무릎에 누인다. 어머니가 내게 건조하고 충만한 사랑으로 '내
> 늙은 아이'라고 말하며 내 머리를 쓰다듬어줄 때 나는 그녀의
> 가죽 같은 투박한 손놀림을 느끼고 그녀의 눈에서 목소리에서
> 흘러넘치는 사랑을 느낀다.

체는 마지막 순간 환각 속에서 어머니가 나지막이 부르는 '내 늙은 아이'라는 소리를 듣는다. 그리고 어머니의 품에 안겨 투박한 손길로 자신을 쓰다듬는 걸 느끼며 편안하게 눈을 감고 생을 마감한다.

자기 자신을 출산한 여자

프리다 칼로

Frida Kahlo(1907. 7. 6.~1954. 7. 13.)

한 세기 분량의 고통

프리다 칼로, "나는 붕괴 그 자체"라고 말할 수밖에 없었던 압도적인 불운과 절망을 생명에의 열광과 의욕으로 바꾼 여자. "한 세기 분량의 고통이 지속되었다, 거의 이성을 잃을 정도로"라고 쓸 수밖에 없었던 삶을 피의 격렬함으로 채우며, 죽음이 드리워진 삶을 불꽃같이 연소하며 산 여자.

프리다 칼로는 생전 파란의 기억들을 드러내는 수많은 그림들과 쉰다섯 점의 자화상을 남긴 멕시코의 천재 화가다. 그녀는 가녀린 몸으로 서른두 번의 외과 수술을 감당하고, 스물한 살 때 스물한 살 연상의 남자와 사랑에 빠져 결혼했다. 세 번 임신하고 세 번 유산을 겪었다. 남편 디에고 리베라Diego Rivera가 자신의 여동생과 바람을 피우는 것을 보고 이혼을 했다가 재결합하기를 되풀이한다.

사람들은 저마다의 방식으로 자기가 처한 비극과 불행을 치러낸다. 대개는 그것 앞에 무릎을 꿇고 비참한 생을 살다 가지만 프리다의 날개는 꺾이지 않는다. 프리다는 "비극은 사람이 가진 가장 우스꽝스러운 것이다"라고 말하며, 파도처럼 연이어 닥쳐오는 불운과 불행에 맞서 아마존의 여전사같이 싸운다. 그녀는 쇠막대가 뼈들을 으깨고 자궁을 뚫고 지나가도 불행의 바닥에 거꾸러진 제 삶을 기어코 일으켜 세웠다.

멕시코가 내놓은 걸출한 여성 화가로, 끈질긴 불행과 끔찍한 육

제의 고통을 사랑과 행복의 에너지로 바꾸며 자신만의 길로 나아
간 프리다의 삶은 한마디로 피의 여로旅路, 태양을 향한 춤, 고통
의 축제였다!

프리다 칼로의 자화상들 중에서 내가 좋아하는 작품은 1926년
에 내놓은 〈벨벳 드레스를 입은 자화상〉이다. 하얀 이마와 안면
을 가르는 경계선, 새가 날개를 펼친 것 같은 굵고 검은 눈썹(눈썹
은 그 형태의 완강함으로 차라리 검은 날개를 양쪽으로 활짝 펼친 새
같다)과 그 아래 형형하게 번득이는 검은 눈동자, 기이할 정도로
긴 목, 자주색 벨벳 옷에 감싸인 상체가 이 모든 것들을 떠받친다.
무심히 내려뜨린 왼팔을 놓쳐서는 안 된다. 왼팔은 팔꿈치에서
90도로 꺾여 상반신을 수평으로 가로지른 채 손가락을 활짝 펼친
왼쪽 손등이 오른쪽 가슴 아래께에 놓인다. 다른 그림과 마찬가지
로 이 작품 역시 프리다의 자전적 경험을 바탕에 두고 있다.

프리다가 즐겨 그린 것은 '희생자 여성'이다. 프리다는 열세 살
때 멕시코 청년 공산당에 입당해 활동하는데, 이런 정치적 신념은
프리다가 죽을 때까지 이어진다. 여성성과 남성성이 배합된 중성
적인 인간인 프리다는 불운과 불행들에 유린당했지만 이 자화상
에서는 불행을 관조하며 그것들을 의연하게 버텨낸 자의 평온을
보여준다.

프리다는 여러 작품뿐 아니라 일기장도 남겼다. 빨강, 파랑, 노
랑의 잉크들로 쓰인 단어들, 짧은 문구, 그림, 여러 색의 잉크로
휘갈긴 낙서, 콜라주들이 어지럽게 펼쳐진 일기장. 1947년 11월

7일, 러시아의 볼셰비키 혁명 기념일의 일기에 적힌 "디에고, 나는 혼자예요"라는 고백. 몇 년이 흐른 1953년 3월 일기에는 "나는 디에고를 사랑한다"고 적었다.

일기장에는 잉크, 연필, 크레용으로 그린 그림들, 수채화, 구아슈 스케치 등 74점이 실려 있는데, 그때그때 즉흥적인 자기감정의 표출로 얼룩져 있다. 더러는 무의식의 흐름을 보여주고, 더러는 자동기술법을 이용한 글쓰기가 맥락 없이 산만하게 이어진다. 프리다에게 일기장은 고통을 노래하는 덧칠한 밭, 검은 수의, 감정의 맥동들이 날뛰는 캔버스, 춤추는 실루엣들을 위한 원형 광장이다. 일기의 많은 부분이 단속적인 어절들, 맥락 없이 이어지는 시, 능란한 이야기들로 채워지는데, 이것을 읽다 보면 그녀가 매우 뛰어난 직관과 언어 감각을 가진 시인이었음을 알 수 있다. 자, 범인凡人들은 상상조차 할 수 없는 프리다의 곡절 많은 생애를 천천히 더듬어보기로 하자.

프리다 칼로의 복잡한 가족 관계

프리다 칼로는 멕시코 혁명기인 1907년 7월 6일 멕시코시티 교외 지역인 코요아칸의 아옌데가街와 런던가 사이의 방에서 태어났다. 그의 가계도는 꽤나 복잡하다. 조부모는 헝가리 출신이고, 결혼 뒤 독일로 이주했다. 독일의 바덴바덴에서 여러 자녀들이 태어났는데, 그중 하나가 아버지 기예르모 칼로Guillermo Kahlo이다. 프리다 칼로의 아버지는 1872년 바덴바덴에서 태어나 1891년 멕시코로 이주한 유대계 독일인으로, 멕시코로 이민을 와서 여생을 보낸 그는 그곳에서 멕시코 여자와 결혼을 했다. 본처가 죽자 다른 멕시코 미초아칸Michoacán 원주민의 혈통으로 독실한 가톨릭 신자인 마틸데 칼데론 곤살레스Matilde Calderon y Gonzalez와 결혼해서 프리다 칼로를 얻는다.

> 아버지는 본처가 젊은 나이에 죽자 내 어머니, 마틸데 칼데론 곤살레스와 결혼했다. 그녀는 12명의 형제 중 한 명이었다. 내 외조부 안토니오 칼데론은 멕시코 미초아칸 원주민의 혈통이며, 나의 외조모 이사벨 곤살레스는 스페인 장교의 딸이었다.

아버지는 은판 사진기로 작업을 하는 사진작가였다. 1936년 작품 〈나의 조부모, 부모, 그리고 나〉는 프리다의 여러 혈통이 복잡하게 뒤얽힌 가계도를 잘 보여준다. 화면 정중앙에 결혼 예복을 입은 부모를 배치하고, 그 앞에 벌거벗은 여자아이가 서 있다. 여자아이의 손에는 부모의 양옆으로 외조부모와 친조부모의 초상이 연결된 탯줄을 상징하는 붉은색 리본이 쥐여져 있다.

프리다는 여섯 살 때 척추성 소아마비를 앓으며, 아홉 달 동안이나 병상에 누워 있었다. 오른쪽 다리가 소아마비의 후유증으로 더디게 자라났다. 병약한 오른쪽 다리는 건강한 왼쪽 다리와는 달리 가늘고 쇠약해졌다.

본래 명랑한 소녀이던 프리다는 질병의 영향 탓에 자주 우울증을 보이며 안으로 웅크리는 폐쇄성 성격으로 바뀐다. 이 무렵 어린 프리다는 가상의 소녀와 강렬한 우정을 경험한다.

당시 내 방의 유리창은 아옌데가를 향해 나 있었고, 첫 번째 창문에는 김이 서렸다. 거기에 나는 손가락으로 문을 하나 그렸다. 그리고 그 문을 통해 상상 속으로 들어갔다.

프리다는 상상의 세계에서 한 쾌활한 소녀를 만난다. 이 쾌활한 소녀는 소리도 내지 않고 날렵하게 움직이고, 때로는 무게가 전혀 없는 것처럼 춤을 추었다. 프리다는 그 상상 속의 소녀를 졸졸 따라다녔고, 그녀가 춤을 추는 동안 자신의 비밀스러운 문제들을 털어놓았다. 그 기억은 오래갔다. 34년이 지난 뒤 프리다는 그 시절을 이렇게 회고했다.

그녀와 얼마나 함께 있었느냐고? 아주 잠깐 동안, 혹은 몇천 년 동안이었을지도…… 나는 행복했다.

의사에서 화가로 꿈을 바꾸다

프리다는 열다섯 살 때 의사가 되려고 멕시코 국립예비학교에 들어갔다. 이 국립예비학교 전교생은 2,000명에 이르렀는데, 그중 여학생은 35명에 불과했다. 프리다는 국립예비학교에서 남자 친구 아리아스를 사귀었다. 남자 친구가 독서광인 탓에 프리다는 그에게서 좋은 영향을 받았다.

1925년 9월 17일, 돌연 프리다는 끔찍한 사고를 당한다. 이 사고로 평생 육체라는 짐을 짊어진 채 삶의 지평을 가로지르는 고통의 족쇄에 채워지고 말았던 것이다. 스페인과의 독립 전쟁 기념일이던 그날 오후, 프리다는 남자 친구와 함께 버스를 타고 집으로 돌아오다가 전차와 충돌하는 사고를 당하고 만다. 압도적인 불운이 한 소녀의 몸을 덮쳐 한순간에 삼켜버렸다. 전차 내부의 철제 막대가 부러져 튕겨 나오며 그 반동으로 프리다의 옆구리를 뚫고 골반을 관통한 뒤 자궁으로 빠져나왔다. 프리다는 고통을 느끼지도 못하고 몸에서 분수처럼 솟구치는 피를 뒤집어쓴 채 정신을 잃고 쓰러졌다. 손써볼 새도 없이 커다란 불행이 프리다를 덮쳤지만, 그나마 목숨을 부지할 수는 있었다.

사고의 결과는 참혹했다. 프리다의 골반 뼈는 세 동강이 나고, 요추 세 곳, 쇄골과 갈비뼈가 부서졌다. 왼쪽 다리에는 골절이 열한 군데, 오른발은 탈구된 채 으깨어졌다. 프리다는 온몸의 살점들이 찢겨 너덜거리고 뼈들은 부서지고 으깨지는 중상을 입은 채

병원에 후송되었다. 그리고 그 뒤로 수많은 외과 수술을 받아야 했지만 프리다는 소름 끼치는 통증을 초인적 인내심으로 참아냈다. 1년여 동안 병원에 머물며 척추 교정용 코르셋을 착용한 채 회복을 기다리며 시간을 보낸 프리다는 이 사고로 의사의 꿈을 접고 화가가 되기로 한다. 몸을 전혀 쓸 수 없는 상태였기 때문에 어머니는 병상에 부착 가능한 특수 이젤을 만들고 침대 위에 거울을 달아주었다. 프리다는 병상에 부착된 이젤에 캔버스를 올려놓고 거울에 비친 제 모습을 캔버스에 담으며 지루한 시간을 보냈다.

디에고, 나의 수천 년의 사랑

프리다는 "나는 평생에 걸쳐 두 번 큰 사고를 당했다. 첫 번째는 어린 시절에 버스를 타고 가다가 겪은 교통사고이고, 두 번째는 디에고와의 만남이다"라고 회고한다. 그만큼 화가 디에고와의 만남은 불행한 운명을 결정짓는 '사고'였다. 화가 디에고를 만나면서 프리다는 사랑에 빠진다. 프리다는 멕시코 교육부 청사 벽화 작업을 하던 디에고를 찾아가는데, 그 당시 그녀의 나이 열여덟이었다. 프리다는 민족주의 성향이 강한 화가 디에고에게 자신의 그림 석 점을 보여주며 이렇게 말한다.

여보세요, 잠깐 사다리에서 내려와보세요. 나는 놀러온 게
아니에요. 나는 먹고살기 위해 일해야 해요. 그림의 전문가인
당신의 의견을 듣고 싶어요. 허영심으로 그림을 그릴 시간은
없어요. 내가 좋은 화가가 될 가능성이 있는지 없는지를
살펴봐주세요.

디에고는 프리다의 열정과 재능을 알아보고 그림을 계속 그려
보라고 권유했다. 프리다는 디에고의 요청으로 교육부 청사의 벽
화 〈프롤레타리아 혁명의 노래〉 시리즈 중 하나인 '반란'에서 사
람들에게 무기를 나눠주는 여성 혁명 전사의 모델이 되었다.

두 사람은 첫눈에 반해 사랑에 빠졌고, 1929년 8월 21일, 프리
다가 스물한 살 때 결혼한다. 이때 디에고의 나이는 프리다보다
스물한 살이나 더 많은 마흔 두 살이었다. 이렇게 프리다는 디에
고의 세 번째 아내가 되었다.

프리다는 디에고에 대해 이렇게 썼다.

매 순간, 그는 나의 아이이다. 날 때부터 내 아이, 매 순간,
매일, 나의 것이다.

디에고가 태양이라면 프리다는 그 태양을 바라보고 자라는 나
무였다.

당신이 태양인 나무를 목마른 채로 두지 말아요. 당신의
씨앗을 품었던 나무를. '디에고', 사랑의 이름이여.

디에고는 프리다를 사랑하면서도 끝없이 달아난다. 프리다는 결혼한 이듬해 임신을 하지만 골반 기형으로 유산을 하고 만다. 하지만 디에고를 향한 프리다의 사랑은 항상 뜨겁게 타올랐다. 프리다는 디에고의 열정을, 디에고의 손과 발, 배가 불룩하게 튀어나온 뚱뚱한 몸을, 디에고의 풍부한 상상력과 즉흥적인 행위들을, 디에고가 가진 모든 것을 아무 조건 없이 사랑했다.

그 어떤 것도 당신의 손과 비교할 수 없어요. 그 무엇도 당신의 녹색 눈빛과 비교할 수는 없죠. 내 육체는 매일 당신으로 인해 충만합니다. 당신은 밤의 거울, 맹렬한 섬광, 비옥한 땅입니다. 당신의 품은 나의 쉼터이지요. 내 손끝은 당신의 피를 만집니다. 당신이라는 원천으로부터 움트는 생명을 느끼는 것은 나의 더할 나위 없는 즐거움입니다. 그것은 당신으로 채워진 내 모든 신경의 길목에 핀 꽃입니다.

프리다의 사랑은 거침이 없고, 그 열정은 마를 줄을 몰랐다. 두 사람이 결혼한 지 18년째 되던 해인 1947년 1월 22일 수요일의 일기에 프리다는 다음과 같이 적었다.

당신은 나의 비—나는 당신의 하늘. 당신은 섬세함, 어린
시절, 삶—아이—노인—어머니와 중심—파란색—부드러움—
당신께 나의 우주를 드립니다. 그리고 당신은 내 속에 살아요.
내가 오늘 사랑하는 사람은 당신입니다. 모든 사랑으로
당신을 사랑합니다. 당신께 숲을 드립니다. 그 숲에는 제가
가진 것 중 가장 좋은 것들이 있는 별장이 있습니다. 당신이
만족하기를 바랍니다. 나는 당신이 만족스럽게 살기를
원합니다. 비록 나는 늘 당신에게 터무니없는 외로움과
다채롭지 못한 사랑만을 주지만……

프리다는 제 영혼 속에 디에고를 품었다. 그랬기 때문에 이런
문장을 쓸 수 있었던 것이리라.

나는 배아이자 어린 싹이며, 그것을 낳은 첫 번째—잠재적인—
세포다. 나는 가장 오랜 태초부터 '그〔디에고〕'다. 그리고 가장
오래된 세포이다.

1931년 작품 〈프리다와 디에고 리베라〉라는 작품은 디에고와
프리다가 나란히 선 광경을 보여준다. 왼쪽의 디에고 리베라는 넉
넉한 풍채인데, 푸른색 셔츠에 정장 차림이고, 그의 왼손에는 팔
레트와 붓이 쥐여져 있다. 오른쪽은 디에고에 견줘 상대적으로 자
그마해 보이는 프리다가 서 있다. 프리다는 두 줄로 된 목걸이를

한 채 발까지 내려오는 녹색의 긴 원피스를 입고 있다. 어깨 전체를 감싸고 허리 아래까지 흘러내린 붉은 스카프가 강렬한 인상이다. 디에고와 프리다는 손을 꼭 잡고 있다.

프리다는 자신에게 건강이 있다면 그에게 모두 주고 싶다고 썼다. 아울러 제 젊음도 모두 그에게 주고 싶다고 썼다. 디에고를 향해 뻗어가는 프리다의 사랑은 그 무엇으로도 말릴 수가 없는 압도적인 열정과 격렬함으로 채워진 사랑이었다. 프리다는 디에고와 함께 살면서 그에게서 예술적 영감을 빨아들이고 정치적으로도 영향을 받았다. 당시에 프리다는 이미 '공산주의 청년동맹'에 가입한 상태였지만, 디에고를 만난 후 정치와 공산주의에 더 깊숙이 관여했다. 침대맡에 마르크스, 레닌, 스탈린의 초상 사진들을 붙여놓고 날마다 그것을 들여다보았다.

프리다의 진짜 자아는 광기라는 커튼 뒤에 숨어 있다. 고요한 삶을 꿈꾸면서도 동시에 번개, 고통, 태양을 품은 프리다가 하고 싶은 일들은 꽃 다듬기, 그림 그리기, 디에고와 침대에서 종일 사랑 나누기, 제 어리석음의 넓이를 비웃기 따위다. 주체할 수 없는 성욕과 끔찍한 고통이 프리다의 허리를 뱀 두 마리처럼 휘감고 있었다. 프리다는 1951년 11월 9일 일기에 이렇게 적는다.

소년—사랑. 정밀과학. 계속 삶을 인내하면서, 진정한 기쁨 속에서 살고 싶다. 무한한 감사의 마음. 손 안의 눈과 시선의 촉감. 청결함과 사랑스러운 싱싱함. 전全 인류 체계를 지탱하는 기대한 척추. 이제 우리는 목도할 것이다, 이제 우리는 배울 것이다. 항상 새로운 것이 있다는 것을. 항상 과거와 연결되어 있다는 것을. 날개가 있는 나의—디에고, 나의 수천 년의 사랑.

디에고의 외도와 프리다의 고통

1933년 디에고와 함께 뉴욕으로 이주했다 4년간의 미국 생활을 청산하고 멕시코로 돌아올 무렵, 프리다는 여동생 크리스티나와 디에고가 불륜에 빠진 사실을 알게 된다. 그 일로 프리다는 크게 상처를 받고 낙담했으며, 그림마저도 손에서 놓아버렸다.

1940년대로 접어들면서 다시 그림을 시작한 프리다는 여러 전시회에 작품을 출품하고, 화가로서 명성을 얻는다. 다른 한편으로 개인적 삶은 고통의 연속이었다. 1941년 프리다는 아버지의 죽음으로 비통한 슬픔에 잠긴 가운데 미국 보스턴에서 열린 현대 멕시코 화가전에 작품을 보낸다. 이 시기에 그린 작품들, 1943년 〈뿌리〉, 1944년 〈부러진 척추〉, 1946년 〈작은 사슴〉 등등을 통해 슬픔에 짓눌린 프리다의 내면을 엿볼 수 있다.

〈뿌리〉는 멕시코의 거칠고 광활한 대지 위에 비스듬히 누운 여자를 묘사한다. 대지 위로 흘러내리는 검고 탐스러운 머리카락이 인상적인 이 여자는 프리다 자신이다. 여자의 심장이 있는 가슴 부분이 열린 채 녹색 식물이 여자의 몸과 대지를 휘감으며 줄기를 뻗었다. 그 줄기 끝에는 잎사귀들이 무성하다. 대지를 덮은 짙은 녹색의 잎사귀를 보면 잎맥들에서 뻗친 붉은 실핏줄들이 대지에 뿌리를 내리고 있음을 알 수 있다. 이 그림으로 프리다는 제 존재의 근원이 멕시코의 대지와 연결되어 있음을 암시한다.

〈부러진 척추〉는 프리다가 겪은 끔찍한 사고의 기억을 떠올리게 한다. 프리다는 벌거벗은 상반신을, 목에서 하반신까지 갈라진 그 내부를 고스란히 드러낸다. 그 절개된 틈으로 여기저기 부서진 이오니아식 기둥이 몸을 수직으로 떠받치고 있는 걸 보여준다. 척추가 망가진 몸은 정형외과용 코르셋으로 조여진 채 지탱하고 있고, 얼굴과 몸통에는 작은 못들이 무수히 박혀 있다. 눈에서는 하얀 눈물이 점점이 흐르고 있다.

〈작은 사슴〉에서는 좌우 양쪽에 회랑의 열주같이 아름드리 나무들이 서 있고 그 중심에 쫓기는 사슴 한 마리가 모습을 드러낸다. 몸통은 사슴의 형상이고, 얼굴은 프리다의 것이다. 이 작은 사슴의 목과 등에는 화살 아홉 개가 박혀 있다. 프리다는 그림을 통해 제 몸에 새겨진 상처들과 생이 감당하는 고통의 실상을 드러낸다. 그리고 산다는 것은 그 상처와 고통에서 벗어나려는 지난한 제의였음을 암시한다.

1949년 디에고는 또다시 바람을 피워 프리다를 낙담에 빠뜨린다. 이번 외도의 상대는 프리다의 친구이자 디에고의 작품에서 모델이 되었던 마리아 펠릭스Maria Felix라는 영화배우였다. 디에고는 마리아와 외도를 하고 미국으로 밀월여행을 다녀오기도 한다.

이 무렵에 그린 1949년 작품 〈디에고와 나〉는 디에고의 외도로 말미암은 절망과 슬픔을 보여준다. 이 자화상의 특이점은 검은 갈매기가 양 날개를 펼친 듯한 프리다의 검은 눈썹 위 미간에 디에고의 초상을 그려 넣은 점이다. 디에고의 이마 한가운데에는 눈동자 하나가 더 있다. 프리다의 표정은 디에고를 향한 분노와 상심으로 웃음 한 점 없이 경직되어 있다. 프리다의 커다란 양쪽 눈에서는 눈물 두어 방울이 떨어지고 있다.

디에고의 외도에 대한 분노가 프리다의 방황으로 나타나는 가운데, 프리다는 제 본성 깊이 숨어 있던 양성애적 성향을 자각한다. 여자들과 염문을 뿌리며 외도를 일삼는 디에고에 맞서 프리다도 정부를 여럿 두는데, 남성들보다 여성들과 더 자주 사랑에 빠졌다. 프리다와 동성애 관계를 거친 여성들로 일본계 미국인 조각가 이사무 노구치野口勇, 스페인의 공화주의자였던 익명의 여성 화가를 꼽을 수 있다.

1937년 레온 트로츠키Leon Trotsky 부부가 오랜 망명 생활 끝에 멕시코에 도착했을 때 디에고는 이들 부부를 자신의 푸른 집에 머물게 했다. 이때 프리다는 트로츠키와 짧은 연애를 나누고, 그에게 〈레온 트로츠키에게 헌정하는 자화상〉을 그려 선물했다. 이 그림에서 프리다는 공단 드레스를 입고 어깨에는 숄을 걸치고 있는데, 트로츠키에게 바치는 편지와 꽃다발을 들고 있는 것으로 트로츠키를 향한 프리다의 마음을 살짝 엿보게 한다.

프리다는 디에고의 외도와 불성실함에 낙담하고 이혼을 결심한다. 이때 프리다는 "우리의 이혼에는 어떤 감정이나 경제적인 것, 예술적인 갈등 따위는 없다"라고 했다. 우울증에 사로잡혀 날마다 술을 마시지 않고는 잠을 잘 수가 없었던 프리다는 주로 코냑을 마셨는데, 날마다 마시는 코냑이 한 병에서 두 병으로 늘어난다. 그림을 향한 열망은 더 커졌지만, 잦은 음주와 불규칙한 생활로 건강은 더욱 나빠졌다.

디에고와 이혼하고 여섯 달 동안 긴 여행을 마치고 푸른 집으로 돌아온 그즈음 트로츠키가 피살당했다는 비보가 날아든다. 쇠약해진 몸에 트로츠키의 피살 소식으로 프리다는 최악의 상태에 이르러 병원에 입원한다.

이후 프리다는 재결합을 원하는 디에고의 요구를 받아들여 다시 함께 살게 되는데, 그전에 디에고에게 재결합을 위해 두 가지 조건을 내건다. 하나는 재정적 독립이고, 다른 하나는 성관계를 하지 않는다는 것이다. 두 사람은 디에고의 생일이 있는 12월에 재결합을 하고 새로운 출발을 위한 결혼식을 올린다.

발이 왜 필요하지? 내게는 날개가 있는데

1950년대로 접어들면서 프리다는 또 다른 불행에 직면한다. 1953년 프리다의 오른발에 회저懷疽병이 생긴 것이다. 그녀는 서서히 죽음에 가까이 다가가고 있었다. 1953년 4월 프리다의 건강 상태가 심각해지자 멕시코 미술협회는 서둘러 프리다의 회고 전시회를 기획한다. 프리다는 거동을 할 수 없어서 구급차를 타고 침대에 누운 채 전시회에 참석한다. 이 전시회는 멕시코에서 크게 화제를 모았다. 전시장에는 관람자들의 발길이 끊이지 않았고, 언론들은 전시회를 크게 소개했다.

전시가 끝난 뒤 얼마 지나지 않은 7월 27일, 프리다는 영국 병원에 입원해 오른쪽 다리를 무릎까지 절단하는 수술을 받는다. 그 절단 수술 뒤 그녀는 의사가 권한 심리 치료의 일환으로 자신의 발을 그린다. 그때 그린 그림 속 발은 피가 위로 솟구치고, 엄지발가락 일부는 절단되어 있는 걸 볼 수 있다. 화면 전체에 발의 모습과 함께 보행자, 발레리나, 건강한 평화, 혁명, 스탈린 만세, 디에고 만세 따위의 글자들이 거친 필체로 적혀 있다. 프리다는 발가락 절단 수술뿐 아니라, 골수이식 수술을 받다가 세균 감염으로 재수술을 받기까지 한다.

나는 일 년을 앓았다. 일곱 번의 척추 수술. 파릴 박사가
나를 살렸다. 그는 나에게 삶의 기쁨을 되돌려주었다.
아직 휠체어에 앉아 있다. 언제 다시 걸을 수 있을지는
모르겠다. 나는 석고로 된 코르셋을 가지고 있다. 그것은 나를
무시무시한 양철 깡통으로 만들지만, 척추를 지탱하는 데
도움을 준다. 통증은 없다. 단지 만취한 듯한 피로가, 그리고
당연하게도 매우 자주 절망이 찾아온다. 절망은 그 어떤

단어로도 정의할 수 없다. 그럼에도 불구하고 나는 살고 싶다. 벌써 그림을 그리기 시작했다. 그것은 파릴 박사에게 선물할 작은 그림이며, 그를 위해, 모든 정성을 담아 그리고 있다. 나는 내 그림에 욕심이 많다. 무엇보다도 내 그림을 공산주의 혁명에 쓸모 있는 무언가로 바꾸고 싶다. 하지만 지금까지 나는 내 모습을 정직하게 그린 적이 없다. 내 그림이 당에 이바지한 바도 없다. 내게 허락된 건강상의 긍정적인 요소 하나하나까지 혁명에 기여할 수 있도록 전력을 다해 싸워야만 한다. 살아야 할 진짜 이유.

프리다는 디에고를 사랑하고, 마르크스, 엥겔스, 레닌, 스탈린 그리고 마오쩌둥의 유물론적 변증법을 신봉했다. 프리다는 자신이 공산주의 사회라는 새로운 세계에 대한 전망을 하나의 이상으로 품었으며, 공산주의 혁명운동의 무조건적 동맹이라는 사실을 잊지 않고 있었다.

프리다는 한쪽 다리를 절단한 뒤에도 일기장에 "발이 왜 필요하지? 내게는 날아다닐 날개가 있는데"라고 적을 만큼 꿋꿋하고 의연하게 고통과 불행에 맞서며 버텨내고 있었다. 1954년으로 접어들며 상태는 더욱 나빠졌다. 프리다는 더 이상 그림을 그릴 수가 없을 정도로 종일 끔찍한 통증에 시달리다가 다량의 약물을 삼켜야만 했다. 이때 이 괴로움을 끝낼 수만 있다면 무엇이든지 할 수 있을 것이라는 생각을 한다.

1954년 4월, 프리다는 모든 고통과 불행에서 벗어나기 위해 자살을 기도한다. 하지만 결국 실패로 끝난다. 그리고 석 달이 지난 1954년 7월 13일, 프리다는 집에서 조용히 눈을 감는다. 47년 동안 불행으로 얼룩진 생애를 끝낸 것이다. 프리다는 죽기 전날 디에고와의 결혼 25주년을 기념해 사둔 반지를 남편에게 주었다. 이것은 이들이 치른 일종의 작별 의식이었다. 프리다는 디에고를 사랑이 가득 담긴 눈으로 바라보았다.

나 때문에 울지 말아요! 그래요, 당신 때문에 울어요!

프리다는 일기장의 마지막에 "행복한 퇴장이 되기를 바란다. 그리고 다시는 돌아오지 않기를 바란다"라고 썼다. 프리다가 누운 관은 뚜껑 없이 별과 낫, 망치가 그려진 붉은 기로 덮여 있었다. 관이 화장장으로 옮겨지고, 디에고는 그 장례 절차를 침울한 가운데 지켜봤다.

니체라는 낯선 정신

프리드리히 니체
Friedrich Wilhelm Nietzsche(1844. 10. 15.~1900. 8. 25.)

학대당하는 말을 안고 울부짖는 철학자

1889년 1월 3일 아침, 이탈리아 북부 도시 토리노에 머물던 철학자는 산책을 하려고 하숙집을 나선다. 카를로 알베르토 광장 건너편 마부 대기소에서 한 마부가 말에 채찍질을 해대고 있었다. 철학자는 느닷없이 비명을 지르며 광장을 가로질러 채찍질을 당하는 말에게 달려들어 목을 감싼다. 철학자는 말의 목을 부둥켜안은 채 울부짖다가 압도적인 흥분 상태에서 정신을 잃고 바닥에 쓰러진다. 정신착란이 철학자를 덮친 뒤 사람들이 몰려드는데, 하숙집 주인도 광장으로 나왔다가 발광한 철학자를 발견하고 집으로 옮긴다.

학대당하는 말에 자신을 투사하며 울부짖은 철학자가 바로 프리드리히 니체다. "그만 채찍질을 거둬라!" 니체는 말의 목을 끌어안으며 외친다. 이와 닮은 장면이 도스토옙스키의 『죄와 벌』에 나오는데, 라스콜니코프는 술 취한 농부들이 말에게 채찍질을 해대는 악몽을 꾼다. 라스콜니코프는 이 꿈속에서 죽은 말의 목을 끌어안고 입을 맞춘다. 니체가 『죄와 벌』을 읽었을 개연성은 매우 높다. 불쌍한 말에 대한 라스콜니코프의 연민이 니체의 무의식에 전이되어 숨어 있었던 것은 아닐까? 학대당하는 말을 본 순간 이 연민이 무의식을 찢고 격렬하게 분출한 것은 아닐까?

니체는 의식을 되찾지만 이전의 건강한 상태로 돌아갈 수는 없었다. 그의 동공은 풀리고, 의식은 혼미했다. 그는 정신이상 증세를 보였다. 하숙집에서 피아노를 두드리면서 광란의 몸짓을 하며 노래를 부르고 소동을 일으켰다. 아무도 말릴 수가 없자 하숙집 주인이 경찰을 불렀다. 그 소동이 가라앉은 뒤, 니체는 소파 구석에 웅크린 채 출판사에서 보낸 『니체 대 바그너 Nietzsche contra Wagner』의 교정쇄를 들여다보았다.

운명애, 생을 향한 무한 긍정

눈부신 빛 속에 서서 어둠을 떠올리기는 쉽지 않다. 눈부신 일광이 어둠을 집어삼키기 때문이다. 약동하는 삶의 중심에 서서 죽음을 상상하는 일도 어렵다. 삶의 약동은 죽음을 삼켜버린다. 죽음은 미래의 것, 아직 일어나지 않은 사건, 미래의 가능성으로만 있다. 죽음은 알 수 없음이고 수수께끼다. 레비나스 Emmanuel Levinas가 말했듯이 죽음은 "주체가 그 주인이 될 수 없는 사건"[1]이다. 에피쿠로스 철학에 따르면, 죽음이 여기에 있을 때 당신은 여기 없다. 또한 죽은 뒤에는 의식이 없으므로 죽음을 의식하지 못한다. 그래서 한 주체가 삶과 죽음을 동시적 사건으로 경험할 수 없다.

　실존적 사건으로서의 죽음, 존재를 무화하는 죽음. 사람은 이런 죽음을 경험할 수 없다. 죽는 순간 우리는 멈춤 없이 삶에서 죽

　1　엠마누엘 레비나스, 『시간과 타자』, 강영안 옮김, 문예출판사, 1996.

음으로 넘어간다. 그럼에도 우리는 죽음에 불안과 공포를 느낀다. 죽음이 존재의 파괴이기 때문이 아니다. 죽음은 알 수 없음, 미지 그 자체이다.

니체는 죽음을 어떻게 생각했을까? 니체는 살아 있음을 기뻐하고 생을 사랑한 사람이다. 그는 생명을 쇠잔으로 이끄는 것들을 거부하고 삶을 긍정하며 "매사에, 큰일에서나 작은 일에서나, 언젠가 때가 되면 나는 단지 긍정하는 자가 되고자 한다"라면서, 그리고 운명애Amor fati, "이것이 삶이더냐? 좋다. 그렇다면 다시 한번!"을 외치면서 생을 기꺼이 끌어안았다.

니체의 철학을 한 줄도 읽지 않은 사람조차 니체를 신이 죽었다고 선언한 철학자로 기억한다. 니체 철학에서 신은 죽어야 하고, 그 죽음은 인간에 의한 살해 형식으로 이루어진다. 신의 죽음과 함께 신적인 것을 중심축으로 구축된 유럽의 가치 체계는 무너진다. 신의 죽음이 돌이킬 수 없게 되면서 유럽 문명에 황혼이 닥친다. 황혼은 긴 어둠을 예고한다. 가치 체계의 전도와 함께 허무주의의 그림자가 유럽을 뒤덮는다. 니체 역시 그 그림자를 밟고 서 있게 될 것임을 알았다. 오래된 신이 죽었다는 소문이 퍼졌을 때 니체는 아침놀이 밝아오는 예감을 온몸으로 받아들인다. 허무주의가 빗장을 열고 들어와 인간을 덮치자 예언자 니체는 허무주의의 그림자, 그 어둠이 잉태한 새로운 날의 여명을 기다린다.

니체는 삶을 꿰뚫고 비극적 조건을 응시한다. 아우구스투스 황제가 죽는 순간, 자신의 삶이 "가면을 쓴 희극에 지나지 않았다"

라고 고백할 때, 네로 황제가 아우구스투스를 흉내 내며 "나는 배우로서 죽는다!"라고 했을 때, 니체는 그것들이 배우의 허영을 보여준 것에 지나지 않는다고 낮춰 본다. 반면에 죽음 앞에서 침묵을 지킨 티베리우스 황제를 앞서의 인물들과 달리 높이 평가한다. 니체는 그가 감춘 말이 "삶이란 긴 죽음에 불과하다"이리라 유추한다. 『비극의 탄생』에 미다스 왕이 현자 살레노스에게 인간이 추구할 수 있는 최상의 것은 무엇인지 묻는다.

> 태어나지 말았어야 한다는 것, 존재하지 말았어야 한다는
> 것이다. 이미 태어났다면 어서 빨리 죽어버리는 일이다.

신은 죽었지만, 삶은 되돌아온다. 존재는 유한한 시간을 사는데, 찰나가 곧 영원이다. 시간은 시작도 없고 끝도 없이 원환圓環을 돌며 끝없이 반복한다. 현재는 흘러 지나가는 순간이 아니라 영원 그 자체다. 삶은 영원히 반복되는 궤도 위에 놓인다. 만물은 영원히 회귀하며, 우리도 회귀한다.

> 모든 순간은 바로 앞서 지나간 순간을 삼켜버리며, 모든
> 탄생은 헤아릴 수 없는 존재들의 죽음이다.

니체는 생명이 앞선 존재들의 죽음을 통해서 가능하다는 사실을 알고 있었다. 신의 죽음과 모든 가치의 전도를 시도한, 망치를

들고 무수한 우상을 깨며 '영원회귀의 철학'을 펼친 이 놀라운 철학자는 어떻게 죽음을 맞았을까?

루 살로메와의 사랑

니체가 생애 전체에 걸쳐 사랑한 여자는 루 살로메가 유일하다. 살로메는 프랑스에서 러시아의 상트페테르부르크로 이주한 유대계 귀족의 6남매 중 막내딸로 태어나는데, 1880년 아버지가 죽고 혼자가 된 어머니와 함께 이주해서 스위스 취리히 대학에 입학한다. 니체와 살로메는 1882년 5월경에 만난다. 니체는 이탈리아 북서부의 오르타 호숫가에서 파울 레Paul Rée, 살로메와 그녀의 어머니 루이제 등과 함께 며칠을 지낸다. 니체는 살로메를 처음 본 순간 첫눈에 사랑을 느낀다.

그해 여름, 살로메는 니체의 초대로 그의 별장에 한 달간 머물었는데, 이때 니체는 즉흥적으로 청혼을 한다. 니체는 살로메의 지성과 육체의 매력에 찬탄하며, "우리가 어느 별에서 내려와 이렇게 만나게 된 것은 운명이다"라고 말한다. 이때 니체의 나이는 서른여덟, 살로메는 스물하나였다.

살로메에게 사랑 고백을 한 사람이 니체만은 아니다. 바그너Wilhelm Richard Wagner, 릴케, 마르틴 부버Martin Buber, 하웁트만Gerhart Hauptmann, 스트린드베리Johan August Strindberg, 베데킨트Frank Wedekind,

프로이트 등 유럽의 지성들도 살로메에게 매혹당했다. H. F. 페터스는 루 살로메의 전기에서 "루가 방 안에 들어서면 마치 태양이 떠오르는 것 같다"[2]고 쓴다.

살로메는 대학에서 비교종교학과 예술학을 전공한 작가로 재능과 빼어난 미모를 가진 보기 드문 여성이었다. 남자라면 누구나 한번 보면 사랑에 빠질 만한 여성이었다. 살로메는 열여덟 살 때 자신에게 지적 세례를 퍼부은 아버지뻘인 마흔세 살의 기혼자 헨드릭 길로트Hendrik Gillot에게 빠진다. 아직 앳된 소녀였던 살로메는 막 피어나는 여성의 생동감으로 스승에게 다가간다. 살로메는 스승의 서재에서 그의 무릎에 앉아 넘쳐흐르는 사랑을 퍼붓지만, 길로트가 청혼하자 냉정하게 거절하고 떠난다.

> 그의 방에서 일하던 어느 날 그는 갑자기 그녀를 포옹하면서
> 사랑을 고백하고 아내가 되어달라고 속삭였다. 루는 깜짝
> 놀랐다. 다시금 한 세계가, 이성과 정신의 세계가 무너졌다.
> 한 신神이 또다시 쓰려졌다. 모든 것이 변했고, 그녀의 애정은
> 순박성을 잃었다.

살로메는 니체와 만나기 석 달 전에 니체의 제자이자 친구인 파울 레에게 청혼을 받지만 거절하고, 니체의 청혼마저도 거절한다.

2　H. F. 페터스, 『나의 누이여, 나의 신부여』, 김성겸 옮김, 청년사, 1977.

살로메는 누구에게도 속박되는 걸 원치 않았다. 살로메는 파울 레의 청혼을 거절하면서 대신 '두 남자와 한 여자의 관계'를 제안한다. 파울 레는 니체를 떠올리고, 곧바로 살로메를 니체에게 소개한 것이다.

어느 사진관에서 세 사람이 마차를 사이에 두고 찍은 사진이 남아 있는데, 살로메는 두 남자의 뒤에 채찍을 들고 서 있다. 이 사진은 매우 상징적이다. 마차 앞의 두 남자는 '말'로, 마차 뒤에 선 살로메는 채찍을 들고 말을 조련하는 '조련사'로 연출된 사진이다. 이런 구도를 연출한 것은 니체다.

세 사람의 기묘한 삼각관계는 베를린으로 돌아간 살로메가 파울 레와 동거를 시작하면서 깨지고 만다. 살로메와 파울 레의 동거 소식은 니체에게 큰 충격을 주었다. 그러나 살로메는 동거하는 중에 마흔한 살 된 카를 안드레아스라는 동양언어학자의 청혼을 받아들여 전격적으로 결혼한다. 안드레아스는 "결혼해주지 않으면 자살하겠다"고 협박을 하고 자살 소동을 벌인 끝에 허락을 받아낸다. 살로메는 '부부 간 섹스는 하지 않고, 다른 남자와의 교제를 허락한다'는 조건으로 안드레아스와 결혼했는데, 이때 살로메는 스물여섯 살이었다. 파울 레는 이 충격과 슬픔을 이기지 못하고 4년 만에 바닷가 절벽에서 뛰어내려 자살을 택한다. 알려진 바로는 살로메는 동거인이나 결혼 상태에 있는 이들과는 육체관계를 갖지 않았다고 한다.

니체와 살로메의 사랑은 '우주적 사랑'이다. 니체는 "광란하는 미치광이의 제정신으로, 즉 저주받은 자의 전형적 광기로" 사랑에 빠져들었다고 쓴다. 알다시피 니체의 사랑은 무참하게 거절당한다. 사랑이 컸던 만큼 니체의 실망도 엄청났다. 니체는 구원久遠의 연인을 잃고 이듬해 살로메에게 받은 영감을 바탕으로 필생의 저작인 『차라투스트라는 이렇게 말했다』를 쓰고, 그 책 1부와 2부를 세상에 내놓는다.

6년이 지난 1889년 1월 3일, 니체가 토리노 거리 6번가 광장에서 마부가 말에 채찍을 휘두르는 광경을 보고 발작을 일으킨 것은 채찍을 든 여성 살로메와 관련이 없는 것일까? 살로메를 조련사로, 자신을 말로 투사한 니체의 무의식이 그 찰나 폭발한 것은 아니었을까? 니체는 그 뒤로 "어머니 저는 바보였어요"라는 말을 남기고 쓰러져 정신병원을 드나들며 여생을 마친다.

철학자, 정신병원에 가다

1월 8일 오후, 니체가 정신착란을 일으켰다는 소식을 들은 친구 오버베크Franz Overbeck가 토리노의 하숙집에 도착한다. 그는 하숙집의 소파에 의기소침해서 웅크린 니체를 보고 단박에 정상이 아니란 걸 알았다. 안색은 창백하고 눈동자는 초점이 없었다. 니체는 정신착란 직후에 자신을 '디오니소스'라거나 '십자가에 못 박힌 자'라고 서명한 편지들을 잇달아 써서 지인들에게 보냈다. 니체의 편지를 받은 부르크하르트Jacob Burckhardt는 오버베크를 찾아가 그 편지들을 보여주었다.

> 친애하는 교수님, 결국 나는 신보다는 바젤의 교수로 더 살고 싶었습니다만, 신의 일인 세계 창조를 소홀히 할 정도로 내 개인적 이기주의를 그렇게 심하게 밀고 나갈 수는 없었습니다. 아시겠지만, 사람은 어디에서 어떻게 살든지 희생할 줄 알아야 합니다. 하지만 나는 나 자신에게 카리냐노궁(거기서 나는 비토리오 에마누엘레 2세로 태어났습니다)의 맞은편에 있는 작은 학생 방을 허락했습니다.

이 편지에는 '추신'도 붙어 있다.

> 나는 학생용 외투를 입고 산책하며 여기저기에서 만나는 사람마다 어깨를 두드리며 말합니다. '우리는 행복합니까? 나는 신입니다. 이 캐리커처를 내가 만들었지요……' 내일은 내 아들 움베르토와 매력적인 마르게리타가 올 겁니다. (중략) 나는 가야파를 사슬에 묶었습니다. 나 자신도 작년에 독일 의사들에 의해 완강한 힘으로 십자가에 묶였습니다. 빌헬름, 비스마르크, 그리고 모든 반유대주의자들은 제거되었습니다. 1889년 1월 5일.

오버베크는 바젤의 정신과 의사에게 이 편지 두 통을 보여주는
데, 의사는 빨리 정신병원에 입원시키라고 충고한다. 오버베크는
서둘러 바젤에서 토리노로 떠난다. 니체는 방으로 들어서는 오버
베크를 보자 격렬하게 끌어안는다. 니체는 온몸을 부들부들 떨다
가 소파에 쓰러지듯 앉는다. 피아노를 두드리고 괴성을 지르며 괴
이한 춤과 몸짓을 보이던 니체는 의기소침한 채 소파에 얌전히
앉아 있었다.

니체는 음산한 어조로 자기가 '신의 후계자'라고 가만히 중얼거
린다. 오버베크는 이런 니체의 중얼거림에 놀란다. 이튿날 오버베
크는 간병인의 도움을 받아 니체를 데리고 기차역으로 나가지만
니체는 기차에 타지 않으려 한다. 오버베크가 간신히 설득한 끝에
니체는 예나행 기차에 오른다.

니체는 바젤에 도착하자마자 정신병원에 입원한다. 병원에서
여러 차례 두통과 발작을 일으키고, 두통과 발작이 지나가면 유쾌
하고 의기양양한 태도를 보인 니체의 증상을 의사는 '진행성 마
비'라고 진단하고, 소견서에 "노상에서 아무나 포옹하고 키스하며
담벽을 기어오르는 것을 가장 즐겼다고 진술함"이라고 쓴다. 1월
17일, 니체는 예나 대학 정신병원으로 옮겨졌다. 니체는 시도 때
도 없이 먹을 것과 여자를 내놓으라며 울부짖고 난동을 부리는데,
의사는 전형적인 조광증躁狂症의 증세라고 진단한다. 그 정신병원
에서 1년 동안 머문 니체는 그 뒤로 10년을 더 살다 1900년 8월
25일 정오경 죽음을 맞이한다. 하지만 철학자 니체는 토리노 광장

에서 정신착란을 일으켰을 때 이미 사망한 것이나 마찬가지였다.

1888년, 니체의 위대한 해

니체가 토리노에 도착한 것은 1888년 4월 5일이다. 프랑스 남부 도시 니스에서 겨울을 나고 토리노로 왔던 것이다. 광장 근처에 하숙집을 얻어 두 달을 머문 뒤 스위스 실스마리아로 가서 여름을 나고, 9월 21일에 다시 토리노 하숙집으로 돌아온다. 토리노에서의 마지막 가을을 맞은 니체는 뇌를 덮친 뇌경색과 비극적 파국에 대해 아무것도 모른 채 처음이자 마지막인 자서전 『이 사람을 보라』에 착수한다.

토리노의 가을은 음울하면서도 황홀하다. 니체는 오버베크에게 쓴 편지에서 가을을 "위대한 추수의 계절이다. 모든 게 순조롭고 잘될 것"이란 낙관적 예측을 적어 넣는다. 이따금 니체는 거울을 보며 자신 안에 있는 반신과 괴물을 응시하는데, 그것은 그가 "환상과 편파성과 열정으로 가열"된 사람이라는 증거다. 그 가열은 결국 망상을 낳는다. 1888년 2월 12일에 니체가 라인하르트 폰 자이틀리츠에게 보낸 편지에 쓰인 '과대망상적 자기 판단'을 보자.

우리끼리 얘기지만 내가 이 시대의 제1의 철학자라고 해도 전혀 근거 없는 소리는 아닐 걸세. 아니, 어쩌면 그보다 더한 존재여서, 나는 지난 천년과 앞으로 올 천년 사이에 존재하는 결정적이고 운명적인 사건일 것이네.

니체는 수중에 돈이 떨어지면서 울증과 조증을 번갈아 겪는다. 파울 도이센Paul Jakob Deussen과 메타 폰 잘리스Meta von Salis와 같은 친구들이 돈을 보내줘서 겨우 하숙비를 치르고 최저 생계비로 삶을 꾸리면서도 자신이 "이 시대의 제1의 철학자"라는 자긍심, 더 나아가 "지난 천년과 앞으로 올 천년 사이" 최고의 철학자라는 확신은 굳건했다. 1888년 10월 15일, 마흔네 번째 생일을 토리노의 하숙집 3층 방에서 맞는다. 이 무렵 『이 사람을 보라』를 시작해서 11월 4일에 초고를 마친다.

1888년은 니체의 생애에서 가장 '위대한 해'였다. 그의 창조적 능력은 최대치로 고양되고, 그런 늠름함 속에서 『우상의 황혼』, 『바그너의 경우』, 『안티크리스트』, 『이 사람을 보라』를 잇달아 써낸다. 그러나 니체의 건강 상태는 불안정했다. 병의 징후들은 숨어 있어서 겉보기에만 멀쩡했고 아직 정신착란의 전조는 없었지만, 그건 태풍 전야의 고요였다. 정신의 불안정을 누른 채 12월 8일에 『이 사람을 보라』의 원고를 끝내고 라이프치히의 나우만 출판사로 보낸다. 울적함과 의기소침, 지독한 외로움을 잘 견뎌낸 덕분에 일상은 대체로 평온했다. 이때 니체는 루이스 야콜리오가 번역한 『마누 법전』을 읽고 서평을 썼는데, 고대 인도의 베다 경전에 따른 카스트 제도의 도덕적 법률을 다룬 이 책의 잔인함에 열광한다.

니체는 장마기에 어두운 구름장 사이로 반짝하고 햇빛이 비치듯, 건강을 그럭저럭 유지하며 일상의 나날들을 즐겼다. 토리노의 음식들을 즐기고, 길가 의자에 앉아 한가롭게 사람들을 바라보며 커피 마시는 일을 좋아했다. 그는 옷맵시에도 신경을 쓰는 편이었다. 옷들은 항상 토리노의 평판 좋은 재단사에게 맡겼다. 1888년 11월 13일 편지에서 니체는 좋은 옷을 입고, 좋은 음식점을 드나들면서 "신분 높은 외국인으로 환대받는" 즐거움을 누리는데, 음식점이나 상점에서 사람들이 문을 열어주는 것에서도 "다른 어느 곳에서도 본 적이 없는 방식"이라며 특별함을 느꼈다. 1888년 12월 29일에는 메타 폰 잘리스에게 이런 편지를 쓴다.

> 이곳 토리노의 가장 특이한 점은 내가 이곳의 모든 가판대에서
> 느끼는 완벽한 매력이다. 나는 눈빛으로도 마치 귀족과
> 같은 대우를 받는다―사람들은 문을 열어주고 식탁을 미리
> 준비해놓는 행동을 지극히 존중하는 투로 한다. 내가 큰
> 상점에 들어가면 그들의 인상은 금방 변한다.

사람들의 호의와 친절이 자신의 매력 때문이라는 것이다. 니체는 항상 사람들이 자신을 어떻게 보는지를 흥미 있어 했다. 제 눈빛이 매력적이고, 그것만으로도 호감을 산다고 생각했다. 시장의 부인들이 과일을 권하고, 행인들이 인사를 한다. 니체는 귀족 대

접을 받고 있다는 느낌과 날마다 먹는 음식들에서 즐거움을 만끽하며, 하루하루 만족해했다. 이때야말로 니체가 인생에서 풍요와 완전함을 누린 시기가 아니었을까. 1888년 10월 30일 편지에서는 이렇게 말한다.

여기에서는 하루하루가 한결같이 끝없는 완전함과 풍요로운 태양 속에서 밝아오네.

니체는 명랑성에 사로잡혀 오후의 춤추는 빛과 색을 즐겼다. 가끔 바보 같은 행동들을 떠올리며 반 시간 넘게 웃기도 했다. 『이 사람을 보라』를 끝내고 지인에게 보낸 편지에서 "내가 왜 『이 사람을 보라』로 시작하는 내 삶의 비극적 파국을 서둘러야 하는지에 대한 이유를 지금 나는 알 수가 없다"라고 쓴다. 이 편지는 니체가 발광하기 직전에 쓴 것이다. 니체는 과연 자기 앞에 기다리는 비극적 파국의 운명을 알았을까? 한 해가 저물고, 비극적 파국의 운명이 되는 1889년 새해가 밝는다. 니체는 새해가 시작된 지 불과 사흘 만에 정신착란 발작을 일으킨다.

'신은 죽었다'라는 말의 함의

니체가 미쳤다는 소식은 금세 퍼진다. 출판업자 C. C. 나우만은 니체의 책들이 장사가 될 거라고 예견한다. 1890년 절판한 니체의 책들을 서둘러 다시 찍는데, 장사꾼의 예견대로 책들이 불티나게 팔렸다. 철학자뿐 아니라 일반인에게까지 니체의 발광 소식은 홍미를 돋우었다. 『즐거운 학문』에서 신이 죽었다고 선언한 것은 미친 사람인데, 바로 그 저자가 미친 것이다. 사람들은 그 점을 홍미로워했다. 1882년에 세상에 나온 『즐거운 학문』은 니체가 『이 사람을 보라』에서 "영원을 위한 어떤 운명을 최초로 정식화했던 3편의 말미에 있는 화강암처럼 견고한 문장"이라고 했던 그 책이다.

니체는 미친 사람Der tolle Mensch의 입을 빌어 "신은 죽었다!"고 선언한다. 신을 살해한 것은 우리라고 말한다. "누가 우리에게서 이 피를 씻어줄 것인가? 어떤 물로 우리를 정화시킬 것인가? 어떤 속죄의 제의와 성스러운 제전을 고안해내야 할 것인가?" 신의 죽음에 따르는 정화, 속죄의 제의와 성스러운 제전을 누가, 어떻게 만들 것인가가 우리의 의무다. 신은 정신적 토대를 이루는 최고의 가치이자 모든 생명과 물질의 제1 원인이다. "신은 죽었다!"라는 선언은 가치의 전도顚倒, 가치의 영도零度를 선언하는 것이다. 니체는 미쳐버림으로써 그 자신이 바로 '신의 죽음'을 외친 미친 사람임을 입증한 것이다.

이 교회가 신의 무덤과 묘비가 아니라면 도대체 무엇이란 말인가?

신은 죽었으므로 신에게 경배를 드린다는 교회는 신의 무덤이고 묘비가 서 있는 곳이다.

> 우리가 신을 죽였다!—너희들과 내가! 우리 모두가 신을 죽인 살인자다!

이러한 선언에 대해 철학자 하이데거는 다음과 같은 해석을 내놓는다.

> 강조된 이 두 문장은 "신은 죽었다"는 말에 대한 해석을 제공하고 있다. 그 말은 '신은 전혀 존재하지 않는다'는 단적인 부정이나 혹은 저질스러운 증오심에서 말해지는 듯하지만, 사실은 그런 뜻이 아니다. 그 말은 '신이 살해되었다'는 노여움을 뜻한다. 이렇게 노함으로써 비로소 결정적인 사상이 두드러지게 나타난다. 하지만 그 반면에 이해하기는 더욱 힘들어진다. 왜냐하면 '신은 죽었다'라는 그 말은 오히려 '신 자신이 스스로 자신의 생생한 현존의 상태로부터 멀어져갔음'을 암시하는 의미로 이해될 수 있기 때문이다. 그러나 신이 다른 것에 의하여, 특히 인간에 의하여 살해되었을 것이라고는 도저히 생각할 수 없다. 니체 자신도 이러한 생각에는 사뭇 놀란다. 바로 이런 이유에서 그는 "우리가 그를 죽였다. 너희들과 내가! 우리는 모두가 신의

살해자이다!"라는 결정적인 말을 한 다음에 곧바로 미친
사람으로 하여금 "그러나 우리는 어떻게 하여 이런 일을
저질러버렸을까?"라고 묻게 하였던 것이다.[3]

미친 사람은 신을 살해하려는 의도가 없다. 신을 살해한 건 신
의 권능을 믿지 않는 인간들이다. 그들은 신을 살해하고도 그 사
실조차 깨닫지 못한다. 미친 사람은 "그들은 이와 같이 끔찍한 일
을 저질러버린 것이다!"라고 외친다. 신을 살해한 자는 '더없이
추악한 자들' 혹은 병약한 자들이다. 기존의 진리와 가치에 대한
부정은 필연적으로 니힐리즘에 닿는다. 신이 부재하는 자리는 부
득이 인간이 대신해야만 한다. 그는 '위대한 건강'을 지닌 인간,
인간의 조건을 넘어선 인간, 자기 극복을 체현한 존재가 아니면
안 된다. "모든 신은 죽었다. 이제 위버멘슈가 등장하기를 우리는
바란다. 이것이 언젠가 위대한 정오를 맞이하여 갖게 될 최후의
의지가 되기를!" 신이 죽었다는 것은 실로 어마어마한 사건이다.

광인―그대들은 밝은 대낮에 등불을 켜고 시장을 달려가며
끊임없이 "나는 신을 찾고 있노라! 나는 신을 찾고
있노라!"라고 외치는 광인에 대해 들어본 일이 있는가?
그곳에 신을 믿지 않는 많은 사람들이 모여 있었기 때문에

3 마르틴 하이데거, 「"신은 죽었다"는 니체의 말」, 『숲길』, 신상희 옮김, 나남, 2008.

그는 큰 웃음거리가 되었다. 신을 잃어버렸는가? 그들 중 한
사람이 이렇게 물었다. 신이 아이처럼 길을 잃었는가? 다른 한
사람이 말했다. 신이 숨어버렸는가? 신이 우리를 두려워하고
있는가? 신이 배를 타고 떠났는가? 이민을 떠났는가? 이렇게
그들은 웃으며 떠들썩하게 소리쳤다. 광인은 그들 한가운데로
뛰어들어 꿰뚫는 듯한 눈길로 그들을 바라보며 소리쳤다.
"신이 어디로 갔느냐고? 너희에게 그것을 말해주겠노라!
우리가 신을 죽였다!—너희들과 내가! 우리 모두가 신을 죽인
살인자다! 하지만 어떻게 우리가 이런 일을 저질렀을까?
어떻게 우리가 대양을 마셔 말라버리게 할 수 있었을까?
누가 우리에게 지평선 전체를 지워버릴 수 있는 지우개를
주었을까? 지구를 태양으로부터 풀어놓았을 때 우리는 무슨
짓을 한 것일까? 이제 지구는 어디를 향해 가고 있는 것일까?
우리는 어디를 향해 가고 있는 것일까? 모든 태양으로부터
떨어져 나온 지금? 우리는 끊임없이 추락하고 있는 것이
아닐까? 뒤로 옆으로 앞으로 모든 방향으로 추락하고
있는 것이 아닐까? 아직도 위와 아래가 있는 것일까?
허공이 우리에게 한숨을 내쉬고 있는 것은 아닐까? 한파가
몰아닥치고 있는 것이 아닐까? 밤과 밤이 연이어서 다가오고
있는 것이 아닐까? 대낮에 등불을 켜야 하는 것이 아닐까?
신을 매장하는 자들의 시끄러운 소리가 들리지 않는가? 신의
시체가 부패하는 냄새가 나지 않는가? 신들도 부패한다!

신은 죽었다! 신은 죽어버렸다! 우리가 신을 죽인 것이다! 살인자 중의 살인자인 우리는 이제 어디에서 위로를 얻을 것인가? 지금까지 세계에 존재한 가장 성스럽고 강력한 자가 지금 우리의 칼을 맞고 피를 흘리고 있다. 누가 우리에게서 이 피를 씻어줄 것인가? 어떤 물로 우리를 정화시킬 것인가? 어떤 속죄의 제의와 성스러운 제전을 고안해내야 할 것인가? 이 행위의 위대성이 우리가 담당하기에는 너무 컸던 것이 아닐까? 그런 행위를 할 자격이 있으려면 우리 스스로가 신이 되어야 하는 것이 아닐까? 이보다 더 위대한 행위는 없었다. 우리 이후에 태어난 자는 이 행위 때문에 지금까지의 어떤 역사보다도 더 높은 역사에 속하게 될 것이다!" 여기에서 광인은 입을 다물고 청중들을 다시 바라보았다. 청중들도 입을 다물고, 의아한 눈초리로 그를 쳐다보았다. 마침내 그는 등불을 땅바닥에 내던졌다. 등불은 산산조각이 나고 불은 꺼져버렸다. 그가 말했다. "나는 너무 일찍 세상에 나왔다. 나의 때는 아직 오지 않았다. 이 엄청난 사건은 아직도 진행 중이며 방황 중이다. 이 사건은 아직 사람들의 귀에 들어가지 못했다. 천둥과 번개는 시간이 필요하다. 별빛은 시간이 필요하다. 행위는 그것이 행해진 후에도 보고 듣게 되기까지 시간이 필요하다. 사람들에게 이 행위는 아직까지 가장 멀리 있는 별보다도 더 멀리 떨어져 있다. 하지만 바로 그들이 이 짓을 저지른 것이다!" 사람들이 이야기하기를 그날 그

광인은 여러 교회에 뛰어들어 신의 영원 진혼곡을 불렀다고
한다. 밖으로 끌려나와 심문을 받았을 때 그는 이 대답만
되풀이했다고 한다. "이 교회가 신의 무덤과 묘비가 아니라면
도대체 무엇이란 말인가?"[4]

세계는 낡고, 공중에 떠 있던 태양이 지자 땅은 날마다 황혼에
물든다. 오래된 것들에 대한 믿음은 의심으로 바뀌고, 세계는 더
믿을 수 없이 낡아간다. 이 사건의 전모를 알지 못한 채 사람들은
붕괴, 파괴, 몰락, 전복을 받아들인다. 신의 죽음은 등불이 꺼진
것에 견줄 수 있다. 등불이던 기독교와 그 계율들이 사라지자 세
상은 어둠으로 덮인다. 아직 새로운 진리, 전망, 가치 체계가 만들
어지지 않았기 때문이다.

이제 사람들은 제 앞의 어둠을 스스로 밝혀야 하는데, 이 어둠
이 니힐리즘이다. 니힐nihil은 존재의 가치가 탕진된 상태, 즉 아무
것도 아님에 이른 것을 뜻한다. 하이데거는 "존재는 그 자신의 고
유한 본질의 빛에 이르지 못한다. 존재자가 존재자로서 나타남에
서 존재 자체는 밖에—머무르게 된다. 존재의 진리는 빠져나가
고, 그것은 망각된 상태로 머물게 된다"[5]고 말한다.

4 프리드리히 니체, 『즐거운 학문 · 메시나에서의 전원시 · 유고(1881년 봄~1882년
   여름)』, 안성찬 · 홍사현 옮김, 책세상, 2005.
5 마르틴 하이데거, 앞의 책.

웃음과 춤을 아는 자, 위버멘슈

이 공포와 어둠, 증식하는 환영들과 거짓들, "이 어두운 일식의 예언자"는 차라투스트라다. 신의 죽음 이후 세계는 허무주의, 원한, 노예 도덕과 같은 검은 구름들로 뒤덮인다. 사람들은 초자연적인 가치들이 아니라 삶에의 긍정과 생성 의지로 초극해야 할 숭고한 의무를 갖게 된다. 니체는 신이 죽은 뒤 새로운 가치의 근거, 스스로 진리가 되어야 할 자로 차라투스트라를 빚어낸다. 인간을 넘어선 인간, "번갯불이며 광기"의 존재가 예고되는데, 바로 자기 연민, 허무주의, 원한 따위의 부정적인 것들을 넘어서서 영원회귀라는 최고의 긍정 형식을 찾아낸 자, 위버멘슈Übermensch다. 사람들은 신의 죽음을 모른 채 신을 경배하고 하늘나라를 욕망한다.

> 그런 자들은 생명을 경멸하는 자들이요, 소멸해가고 있는 자들이며 이미 독에 중독된 자들인바 이 대지는 그런 자들에게 지쳐 있다. 그러니 아예 저 하늘나라로 떠나도록 저들을 버려두어라!

차라투스트라는 군중에게 자기가 위버멘슈를 알리기 위해 온 자라고 소개한다.

> 실로, 사람은 더러운 강물과도 같다. 몸을 더럽히지 않고

더러운 강물을 모두 받아들이려면 사람은 먼저 바다가 되어야 하리라. 보라, 나 너희들에게 위버멘슈를 가르치노라. 이 위버멘슈가 바로 너희들의 크나큰 경멸이 그 속에 가라앉아 몰락할 수 있는 그런 바다다.

위버멘슈는 어둠에 빠진 무리에게 놀라운 선물이요 복음이다. 사람이 극복되어야 할 무엇이라면, 위버멘슈는 그 자기 초극의 결과다. 위버멘슈는 자기 원한과 우매함을 넘어서 영원회귀라는 최고의 긍정 형식 속에서 찬연하게 나타난다. 그는 웃음과 춤을 아는 자, 세계에 위대한 정오라는 선물을 마련한 자다. 그는 미래의 인간, 예언자, 자유정신Der freie Geist의 창조자다. 차라투스트라는 위버멘슈를 예고하려고 일찍 왔다. 하지만 군중은 그를 몰랐고, 그를 이해하려면 시간이 필요했다. 그가 신의 죽음을 선포했을 때 사람들이 미친 사람 취급한 것도 이해할 만하다. 차라투스트라는 먼저 온 자, "미래라고 하는 나무에 보금자리를 마련한" 자다. 미래는 오지 않은 시간이 아니라 이미 와 있는데, 널리 고르게 퍼지지 않은 비균질성으로 미처 알아보지 못하고 있는 시간이다. 오직 눈 밝은 자들만이 현재 속에 이미 와 있는 미래를 본다.

영혼을 넘어 신체로

무엇보다도 위버멘슈는 신체로서 발견된다. 정신과 신체가 하나다. 니체는 『선악의 저편』에서 "실제로 정신이 가장 닮은 것은 위胃다"라고 썼다. 서구에서는 신체가 이성이나 영혼보다 열등한 그 무엇이라고 여겨왔지만 니체는 신체를 열등하다고 깔보는 생각을 뒤집는다.

> 지난날에는 영혼이 신체를 경멸하여 깔보았다. 그때만 해도 그런 경멸이 가장 가치 있는 것으로 받아들여졌다. 영혼은 신체가 야위고 몰골이 말이 아니기를, 그리고 허기져 있기를 바랐다. 이렇게 함으로써 그는 신체와 이 대지에서 벗어날 수 있다고 생각했던 것이다.

신체는 이성이나 영혼에 부속된 도구가 아니다. 그것은 대지와 인간을 연결하는 교량이다. 니체는 이렇게 말한다.

> 그러나 깨어난 자, 깨우친 자는 이렇게까지 말한다. '나는 전적으로 신체일 뿐, 그 밖의 것은 아무것도 아니며, 영혼이란 것도 신체 속에 있는 그 어떤 것에 붙인 말에 불과하다'고. 신체는 커다란 이성이며, 하나의 의미를 지닌 다양성이고, 전쟁이자 평화, 가축 떼이자 목자이다. 형제여, 네가

'정신'이라고 부르는 그 작은 이성, 그것 또한 너의 신체의
도구, 이를테면 너의 커다란 이성의 작은 도구이자 놀잇감에
불과하다.

니체는 이성의 부속물로 전락해 있던 신체를 복권시키며, 그 의
미를 새롭게 새긴다. 신체가 이성의 도구가 아니라 이성이 신체의
도구라고! 자아라는 것도 신체가 드러내는 실물로서의 구체성에
견준다면 하나의 유령일 뿐이다. 나, 유일성의 존재 근거라고 받
아들여지는 이것은 하나의 허상, 일종의 문법적 가설이다.

우리의 개체적 동일성을 구성하는 것으로 간주되는 우리의
자아는 실상 잡다한 작용들의 집합일 뿐이다. 열렬히 애써서
얻어진 모방의 결과일 뿐이란 말이다. 우리 안에 본래적이며
개인적으로 존재하는 것이라고 믿는 것은 사실 우리의
할아버지들과 아버지들이 느끼고, 바라고, 생각했던 것의
창백한 반영일 뿐이다.[6]

삶의 생성적 주체는 자아가 아니라 신체다!

6 야니스 콩스탕티니데스·다미앙 막도날드, 『유럽의 붓다, 니체』, 강희경 옮김, 열린
책들, 2012.

신체에 대해 보다 많은 것을 알게 되면서 나는 정신이라는
것이 그저 그렇게 보이는 것에 지나지 않으며, '불멸의 것'이란
것도 한낱 비유에 불과하다는 것을 알게 되었다.

신체란 무엇인가? 질 들뢰즈는 "신체는 항상 니체적 의미에서
우연의 산물이고, 가장 '놀라운' 것, 사실상 의식과 정신보다 훨씬
더 놀라운 것으로 보인다"[7]고 했다. 또한 신체가 형태화된 인간의
총체를 가리키는데, 그것은 "환원될 수 없는 다수의 힘들로 구성"
되어 있다고 말한다. 생명들은 예외 없이 힘에의 의지를 갖는다.
신체는 힘들의 의지라는 위계의 복합성으로 이루어진다. 따라서
'자유정신'이 발현하고 작용하는 원점도 바로 신체다. 이 자유정
신은 무엇에 예속됨 없이 스스로의 세계를 창조함으로써 그것을
획득한다는 의미가 들어 있다. 새로운 것의 창조는 새로운 가치
평가요, 아울러 몰락과 파괴를 수반한다. 그러므로 자유정신을 가
진 자는 "가치의 변천, 곧 창조하는 자들의 변천"을 타고 넘어간다.

차라투스트라와 위버멘슈, 그리고 니체

차라투스트라가 숲에서 나와 도시에 들어서며 군중과 만난다.

---

7 질 들뢰즈, 『니체와 철학』, 이경신 옮김, 민음사, 2001.

나 너희들에게 위버멘슈를 가르치노라. 사람은 극복되어야
할 그 무엇이다. 너희들은 너희 자신을 극복하기 위해 무엇을
했는가?

한때 벌레이고 한때 원숭이였던 존재들, 지혜로운 사람도 "식
물과 유령의 불화이자 튀기"에 불과하다. 차라투스트라는 이 비
천한 무리에게 삶을 향한 긍정과 타고난 기쁨, 천부적 본성으로서
의 의지를 심어주려고 한다. 사람은 짐승과 위버멘슈 사이에 걸친
밧줄이다.

나는 번갯불이 내려질 것임을 예고하는 자요, 구름에서
떨어지는 무거운 물방울이다. 번갯불, 그것이 곧 위버멘슈다.

위버멘슈는 먹구름을 뚫고 내리치는 번갯불이다. 니체는 신의
죽음 이후 허무주의를 넘어설 건강과 자기 초극의 의지, 새로운
가치를 창조할 수 있는 자유정신이 필요하다고 보았다. 위버멘슈
는 그런 자유정신의 주체가 될 만한 존재였다.
　자신을 "지난 천년과 앞으로 올 천년 사이에 존재하는 결정적
이고 운명적인 사건"이라고 했던 철학자! 음식을 까다롭게 가려
먹고, 금욕주의자로 살았던 철학자는 무시무시한 광기 속에서 탐
식하고 여자를 구해다 달라고 울부짖었다. 대학에서 고전 문헌학
을 가르치던 교양인이 괴물로 변신한 것에 다들 경악한다. 니체

는 생애의 마지막 10여 년 동안 그런 퇴행과 광기 속에서 정신병원을 들락거리다가 눈을 감는다. 그렇게 위대한 철학자는 죽었다. 그의 시신은 사흘 뒤 고향 뢰켄에 있는 부모의 무덤 곁에 묻힌다.

누구에게나 죽음은 불확정적이다. 어떤 사람은 일찍 죽고, 또 어떤 사람은 늦게 죽는다. 어느 시기에 죽느냐보다 더 중요한 것은 죽음을 맞이하는 법을 배우는 것이다. 죽음은 삶의 실패나 결핍이 아니라 완성이다. 잘 산다는 것과 잘 죽는다는 것은 하나다. 죽음을 축제로 만드는 것이야말로 삶의 완성이다. 무엇보다도 자유정신을 갖고 살 것, 사는 동안 웃음과 춤을 배울 것! 삶을 긍정한다면 죽음이라는 아름다운 축제에 대해 더 많이 배울 것!

충만하고 조화로운 삶

스콧 니어링
Scott Nearing(1883. 8. 6.~1983. 8. 24.)

우리는 '세계 극장'의 배우들

우리는 '세계 극장'에서 각자 맡은 배역에 따라 살아간다. 우리는 누군가의 딸, 누군가의 아들, 누군가의 형, 누군가의 동생 혹은 누군가의 어머니, 누군가의 아버지로 살아간다. 우리가 수행하는 대학생, 대학교수, 전업주부, 회사원, 노조원, 자영업자, 관료, 예술가라는 직업도 각자가 맡은 배역이다. 우리 내면의 인격과 개성 역시 우리가 어떤 무대에서 어떤 배역을 맡았는가를 드러내는 요소다. 세계 극장에서 받은 배역은 타자와 맺는 관계에서 비롯하는 것이다.

이렇듯 인간은 저마다 페르소나persona라는 가면을 쓰고 이 세계 극장에 기투企投되어 자기 배역을 연기하며 살아간다. 우리가 늙어서 죽음에 이를 때 이 세계 극장에서의 배역은 끝난다. 죽음이라는 막이 내리고, 우리는 이 세계 극장의 무대에서 퇴장하는 것이다.

세계 극장의 배역에 머물러 있는 한 우리는 진정으로 자유롭지 않다. 우리 삶이 그 배역의 속박 속에 있기 때문이다. 하지만 이런 배역 인식이나 가면 정하기는 우리 스스로 결정하는 것이 아니다. 이것은 타인과 맺는 상호적 관계 안에서 타인의 눈에 비친 대상화된 자기일 뿐이다. 개별자는 항상 배역 이상의 존재다. 이 말은 인생이란 세계가 우리에게 정해준 배역대로만 흘러가지 않는다는 뜻이다. 우리는 다양한 욕망과 자유의지를 가진 존재이기 때문에 어느 날 갑자기 세계 극장 내에서의 배역을 반납하고 스스로 무대에서 내려올 수도 있다.

위대함의 조건들

한 인간의 위대함은 어디에서 비롯되는 것일까. 세계 극장에서 단지 주어진 배역에 충실한 것만으로는 모자란다. 사회라는 커다란 속박에서 벗어나 자유의지를 유지하고, 자기가 속한 사회와 세계를 더 낫게 바꾸려는 노력, 다시 말해 남다른 꿈을 갖고 실천과 투쟁에 나서야 한다.

나는 그런 한 사람을 알고 있다. 스콧 니어링은 미국에서 태어나 저술가, 농부, 사회운동가로 일생을 산 사람이다.

> 니어링은 어떤 일의 가치는 그것의 난이도나 성패 가능성에
> 있는 것이 아니라, 목적을 달성하려는 비전과 계획, 결의, 인내,
> 노력, 투쟁에 있다는 것, 삶은 획득이나 축적보다는 꿈과
> 노력으로 풍요로워진다는 것을 알고 있었다.[1]

그는 평생을 다해 탐욕과 이기주의로 얼룩진 추한 자본주의와

---

1 존 살트마시, 『스콧 니어링 평전』, 김종락 옮김, 보리, 2004.

물질문명을 비판하고 시골에 내려가 자급자족 경제를 일구며 자연과의 조화로운 삶을 추구하는 데 삶을 바친 사람이다.

스콧 니어링은 어린이의 노동 착취, 불평등한 노동 조건, 국가들의 전쟁 도발에 반대하며 미국 주류 사회에서 소수자의 올곧은 소리를 낸다. 그게 빌미가 되어 두 번이나 교수직에서 쫓겨나고 간첩으로 몰려 재판을 받기도 했다. 그는 사회에서 내쳐지고 냉대를 받았지만 결코 자신의 이상과 뜻을 굽히지 않았다. 결국 반려자 헬렌 니어링Helen Nearing과 함께 자본주의 경제에서 벗어난 자연 속에서의 조화로운 삶을 펼쳐보였다. 그는 시골 생활을 하며 많은 사람들에게 자신의 위대한 철학과 사상을 펼쳐낸다.

하지만 스콧의 위대함은 근본주의를 실천하는 자로서 자신의 윤리와 철학을 온몸으로 보여준 점에서 돋보인다. 그의 삶과 사상은 사회 구원, 초월주의, 실용주의, 자연주의, 유토피아주의, 19세기 사회주의, 20세기 공산주의 등으로 복잡하게 얽혀 있다.

사회와 불화하며 교수직에서 쫓겨나다

스콧은 1883년 미국의 탄광 지역 펜실베이니아주의 사업가 집안에서 태어났다. 할아버지는 1864년에 가족을 데리고 펜실베이니아주에 정착한 뒤 광산 회사를 운영했는데, 스콧은 그런 환경 속에서 살면서 자연스럽게 광산 노동자들의 삶이 어떤가를 지켜보면서 자란다. 아버지 역시 사업가로 활동하고, 어머니는 교양과 기품을 두루 갖춘 분이었다. 어린 스콧은 자애로우면서 활동적인 어머니의 영향으로 일찍부터 자연, 책, 예술에 관심을 갖는다.

그는 1905년에 대학을 마치고 1909년에 박사 학위를 받은 뒤 펜실베이니아 대학에서 경제학을 가르치며 자본의 분배 문제를 연구하고 저술과 강연 활동에 나선다. 누가 보더라도 그의 인생 배역은 전망이 꽤나 밝은 대학교수와 저술가로 고착될 듯이 보였지만 스콧은 아동의 노동력 착취에 관심을 갖고 그에 반대하는 사회운동을 펼치다 대학 수뇌부의 눈 밖에 나면서 대학교수직에서 해직되었다.

그의 진보 사상은 거기까지가 끝이 아니었다. 그는 반전사상을 적극 피력하는 글을 쓰고 강연을 했다. 그게 빌미가 되어 톨레도 대학 당국과도 마찰을 빚고 교수직에서 해직되었다. 1917년 반전 논문을 내놓은 뒤 기소되어 1919년 연방 법정에 재판을 받았는데, 배심원들은 고심 끝에 그에게 무죄 판결을 내렸지만 고립무원의 처지를 피할 수는 없었다.

스콧은 1917년 7월 1일 사회당에 가입하는데, 그것은 그의 정치적 실천의 일환이었을 것이다. 스콧은 톨스토이의 사상에 두루 영향을 받았다. 톨스토이의 부와 기득권을 내려놓고 낮은 자리로 옮겨 앉으며 실천하려는 자세에서 감동을 받았다. 스콧은 더 과감하게 제 안의 윤리를 사회적 실천으로 옮기기 위해 행동에 나선다.

그럴수록 스콧은 미국의 주류 사회와 대립하고 불화를 일으켰으며, 주류 사회로부터 위험하고 다루기 힘든 과격분자로 낙인찍혀 교수직을 유지할 수가 없었다. 그는 손쉽게 선대에서 이룩한 물질적 부를 누리며 정치학을 가르치는 대학교수로 평탄한 삶을 살 수도 있었지만, 진보 성향과 반전 활동으로 대학교수직에서 쫓겨나면서 삶의 여정은 가파르고 고단해졌다. 사회주의에서 공산주의로 전향한 뒤 반전운동은 더욱 과격해져 간첩 혐의로 기소되기까지 했다. 주류 사회에서 내쳐진 스콧은 1928년 스무 살 연하의 여성 헬렌 노드Helen Knothe를 만나는데 그 만남으로 그의 인생은 극적인 반전을 이룬다. 두 사람은 자본주의 경제를 등지고 자연으로 돌아가 살기로 결심한다.

문명 세계를 등지고 귀농을 실천하다

뉴욕에 살던 니어링 부부는 미국이 대공황으로 불황과 실업의 늪에서 허우적거릴 때 버몬트주의 시골로 들어간다. 그들이 귀농을 선택한 것은, 미국의 불평등한 노동 착취적인 사회 구조, 천박한 실용주의가 지배하는 도시에서는 그가 추구하는 자연과의 조화로운 삶, 그리고 평화주의나 채식주의를 실천하기 어렵다고 판단한 까닭이다.

그들에게 귀농은 물질적인 부의 추구 대신에 자연과의 조화, 자유 그리고 땅에 뿌리를 박는 삶을 찾기 위한 거의 당연한 선택이었다. 그는 거친 산골짝의 땅뙈기를 일궈 기름진 농지로 바꾸었다. 거기에서 채소와 과일, 꽃을 가꾸는데, 화학 비료를 전혀 쓰지 않고 집짐승의 똥오줌으로 땅을 일궜다. 그리고 자신들이 살 집 또한 손수 지었다. 모든 생필품들을 자급자족했고, 단순한 생활양식을 실천했다. 노동 시간을 최소한으로 줄이고, 나머지 시간은 연구, 여행, 글쓰기, 대화, 가르치기 따위에 썼다. 그는 문명의 병폐에 물들지 않은 매우 건강하고 의미로 충만한 대안적 삶을 살았다.

버몬트에서 산 기록을 바탕으로 1954년에 『조화로운 삶The Good Life』을 펴냈으며, 같은 해에 『그대로 갈 것인가 되돌아갈 것인가Man's search for the Good Life』를 냈다. 『그대로 갈 것인가 되돌아갈 것인가』의 개정판은 20년 뒤인 1974년에 나온다. 1979년에는 메인주에서 지낸 경험을 바탕으로 『조화로운 삶의 지속Continuing the Good Life』을 묶는다. 스콧은 그 밖에 『진보주의자의 양심The Conscience of a Radical』을 비롯하여 수많은 책을 써내며 근본주의적이고 생태주의적인 제 삶의 방식을 알리려고 애썼다.

100세를 채우고 자발적 죽음을 맞다

헬렌 니어링의 『아름다운 삶, 사랑 그리고 마무리Loving and Leaving the Good Life』를 처음 읽었을 때 나는 스콧 니어링이 죽음 앞에 보여준 의연함에 깊은 감명을 받았다. 헬렌에 따르면 스콧은 매우 건강한 사람이었기 때문에 여든이 되기 전에 사람들이 노인이라고 부르는 것에 화를 냈다. 스콧이 아흔 중반이 되었을 때조차 그의 육체와 정신, 영혼에는 힘이 있었다. 하지만 아흔여섯이 되자 육체는 쇠약해지고, 생명이 소진되고 있음이 드러났다. 긴 항해를 한 배는 여기저기 부서지고 배를 움직이는 기관들이 노후화되어 더는 바다로 나가지 못한다. 평생의 반려로 스콧을 지켜본 헬렌은 그의 모습을 다음과 같이 기록한다.

> 스콧은 자기 힘이 아주 사라지기 전에 가고 싶어 했다. 그이는 자신의 자유의지에 따라 가기를 원했고, 의식을 갖고 또 의도한 대로, 죽음을 선택하고 그 과정에 협조하면서 죽음과 조화를 이루고자 했다. 그이는 죽음의 경험을 피하려고 하지 않았으며 스스로 기꺼이 그리고 편안하게 몸을 버리는 기술을 배우고 실천하기를 기대했다. 죽음으로써 자신을 완성할 것이다. 그동안 어떻게 사는지 배워왔는데 이제 어떻게 죽는지 배우고자 했다.[2]

스콧은 죽음을 맞을 준비를 했다. 죽음은 삶이 감추고 있는 내밀한 비밀이다. 스콧은 그 죽음의 경험을 두려움에 질려 피하지 않았고, 생명 에너지가 완전히 소진되기 전 죽음을 맞으려고 했

---

2 헬렌 니어링, 『아름다운 삶, 사랑 그리고 마무리』, 이석태 옮김, 보리, 1997.

다. 그것도 자유 의지에 따라 몸을 버리는 기술을 배우고 능동적으로 겪어내고자 했다.

첫째, 마지막 죽을병이 오면 나는 죽음의 과정이 다음과 같이 자연스럽게 이루어지기를 바란다. 나는 병원이 아니라 집에 있기를 원한다. 나는 어떤 의사도 곁에 없기를 바란다. 의학은 삶에 대해 거의 아는 것이 없는 것처럼 보이며, 죽음에 대해서도 무지한 것처럼 보인다. 그럴 수 있다면 나는 죽음이 가까이 왔을 무렵에 지붕이 없는 열린 곳에 있기를 바란다. 나는 단식을 하다 죽고 싶다. 그러므로 죽음이 다가오면 나는 음식을 끊고, 할 수 있으면 마찬가지로 마시는 것도 끊기를 바란다.

둘째, 나는 죽음의 과정을 예민하게 느끼고 싶다. 그러므로 어떤 진정제, 진통제, 마취제도 필요 없다.

셋째, 나는 되도록 빠르고 조용하게 가고 싶다. 따라서, 주사, 심장 충격, 강제 급식, 산소 주입 또는 수혈을 바라지 않는다. 회한에 젖거나 슬픔에 잠길 필요는 없다. 오히려 자리를 함께할지 모르는 사람들은 마음과 행동에 조용함, 위엄, 이해, 기쁨과 평화로움을 갖춰 죽음의 경험을 나누기 바란다. 죽음은 광대한 경험의 영역이다. 나는 힘이 닿는 한 열심히, 충만하게 살아왔으므로 기쁘고 희망에 차서 간다. 죽음은 옮겨감이거나 깨어남이다. 모든 삶의 다른 국면에서처럼 어느 경우든

환영해야 한다.

넷째, 장례 절차와 부수적인 일들. 법이 요구하지 않는 한, 어떤 장의업자나 그 밖에 직업으로 시체를 다루는 사람의 조언을 받거나 불러들여서는 안 되며, 어떤 식으로든 이들이 내 몸을 처리하는 데 관여해서는 안 된다. 내가 죽은 뒤 되도록 빨리 내 친구들이 내 몸에 작업복을 입혀 침낭 속에 넣은 다음, 스프루스 나무나 소나무 판자로 만든 보통의 나무 상자에 뉘기를 바란다. 상자 안이나 위에 어떤 장식도 치장도 해서는 안 된다. 그렇게 옷을 입힌 몸은 내가 요금을 내고 회원이 된 메인주 오번의 화장터로 보내져 조용히 화장되기를 바란다. 어떤 장례식도 열려서는 안 된다. 어떤 상황에서든 죽음과 재의 처분 사이에 언제, 어떤 식으로든 설교사나 목사, 그 밖에 직업 종교인이 주관해서는 안 된다. 화장이 끝난 뒤 되도록 빨리 나의 아내 헬렌 니어링이, 만약 헬렌이 나보다 먼저 가거나 그렇게 할 수 없을 때는 누군가 다른 친구가 재를 거두어 스피릿만을 바라보는 우리 땅의 나무 아래 뿌려주기 바란다.

다섯째, 나는 맑은 의식으로 이 모든 요청을 하는 바이며, 이러한 요청들이 내 뒤에 계속 살아가는 가장 가까운 사람들에게 존중되기를 바란다.[3]

3 헬렌 니어링, 앞의 책.

스콧이 맑은 정신으로 써내려간 이것은 일종의 유언이다. 성숙한 인격을 갖춘 그에게 죽음은 삶이라는 항해를 마무리하는 것이고, 삶의 완성을 위한 관문이었다.

죽음이란 옮겨감이거나 깨어남

스콧은 죽음을 회피하거나 의학의 도움으로 생명을 연장하기를 거절한다. 오히려 죽음의 과정을 온전하고 예민하게 느끼고자 했다. 이 실행이 감동적인 것은 죽음을 슬프고 부정적인 것이 아니라 타인들과 더불어 "마음과 행동에 조용함, 위엄, 이해, 기쁨과 평화로움을 갖춰 죽음의 경험을 나누"고자 하는 그의 정신이 잘 드러나는 까닭이다. 그에게 죽음이란 "옮겨감이거나 깨어남"이고, 환영해야 할 것이었다. 그는 자신의 죽음에 따른 소란스러운 장례 의식은 거부하고 소박한 형태로 장례가 치러지기를 바랐다.

스콧과 헬렌 두 사람은 평소에도 죽음에 대해 호기심을 가졌고, 죽음이 어떤 것인지 알기를 원했다. 죽음이 단절이나 종말이 아니라 또 다른 삶으로의 옮겨감이라고 믿었던 그들은 죽음에 관한 책들을 읽고 긴 시간을 들여 얘기를 나누었다. 스콧이 자신의 오랜 친구이자 불가지론자인 로저 볼드윈Roger Nash Baldwin에게 쓴 편지를 보면 죽음에 대한 그의 생각을 엿볼 수 있다.

많은 사람들은 죽음을 끝으로 생각하지만 우리 같은 사람들에게 죽음은 변화지. 낮에서 밤으로 바뀌는 것과 비슷하게, 언제나 다시 또 다른 날로 이어지지. 두 번 다시 같은 날이 오지 않지만 오늘이 가면 또 내일이 오네. 사람의 몸뚱이는 생명력이 빠져나가면서 먼지로 바뀌지만, 다른 모습을 띤 삶이 그 생명력을 받아 이어진다네. 우리가 죽음이라 부르는 변화는 우리 몸으로 보아서는 끝이지만, 같은 생명력이 더 높은 단계에 접어드는 시작이라고 볼 수 있지. 나는 어떤 식으로든 되살아남 또는 이어짐을 믿네. 우리 삶은 그렇게 계속되는 것이네.[4]

죽음은 삶의 끝이 아니라 더 높은 단계로 접어드는 시작이다. 스콧은 낮이 가고 밤이 오는 것이 우주의 순환에 따른 결과이듯 삶에서 죽음으로 변화하는 게 자연스럽다고 생각했다. 죽음이란 그저 몸의 소멸일 뿐이고, 변화한 새로운 삶이 죽음 뒤에도 이어진다.

나무처럼 높이 걷고, 산처럼 강하게 살라

스콧은 100세 생일을 맞기 한 달 전 여러 사람들과 테이블에 앉아

---

4 헬렌 니어링, 앞의 책.

있을 때 이렇게 말했다.

나는 더 이상 먹지 않으려고 합니다.

그 뒤로 그는 딱딱한 음식을 먹지 않았다. 곡기를 자발적으로 끊은 뒤 사과, 오렌지, 바나나, 포도같이 삼킬 수 있는 것들을 주스로 만들어 마셨을 뿐이다. 얼마 뒤 그것마저 거부했다. 그는 생명 연장에 필요한 음식 섭취를 마다하고 겨우 물만 조금씩 마셨다. 스콧은 정신이 맑은 상태로 죽음을 맞는다. 몸에서 수분이 빠져나가면서 나날이 몸은 수척해졌다. 1983년 8월 24일 아침 스콧은 자신의 침상에서 평온하게 삶을 마감했다.

그이는 매 순간 최선을 다해 살았으며, 평온하게 죽었다.
그이가 바라던 대로 집에서, 약물이나 의사 없이, 병원에서처럼
제한을 받지 않고 헬렌이 자리를 함께한 가운데 갔다. 헬렌은
그이가 잘해온 것에 기쁜 느낌을 가졌다. 레오나르도 다빈치는
1500년에 '잘 보낸 하루가 행복한 잠을 가져오듯이, 잘 보낸
삶은 행복한 죽음을 가져온다'고 말했다.[5]

헬렌도 스콧의 죽음을 맞아 유별난 슬픔을 드러내지는 않았다.

5 헬렌 니어링, 앞의 책.

그저 나지막한 목소리로 옛 아메리카 원주민들의 노래를 읊조렸다.

나무처럼 높이 걸어라
산처럼 강하게 살아라
봄바람처럼 부드러워라
네 심장에 여름날의 온기를 간직해라
그러면 위대한 혼이 언제나 너와 함께 있으리라

헬렌의 노래는 스콧이 맞은 생의 마지막 순간에 어울리는 노래
였다. 스콧은 나무처럼 높은 이상을 갖고 걸었고, 산처럼 강하게
타락한 무리들과 타협하지 않고 살았다. 스콧이나 죽은 자를 떠나
보내는 헬렌은 고요하고 평화롭기는 마찬가지였다. 그들은 죽음
을 두려워하지 않았고, 그것을 삶의 일부로 받아들였다.

죽음은 몇십 년의 적당한 간격을 두고 우리를 느슨하게 한다.
죽음은 삶의 마감이다. 삶이라는 학교를 떠나 이제 그만
일하라는 통지를 건네주며 쉬라고 말한다. 이제 그만 끝이다.
죽음은 육체를 갖고 사는 삶의 휴가이자 새로운 전환점이다.
우리는 그것을 환영해야 한다. 하루 일이 끝나면 밤이 잠의
축복을 가져다주듯이, 죽음은 더 큰 날의 시작일 수 있다.[6]

6 헬렌 니어링, 앞의 책.

그들에게 죽음은 육체를 갖고 사는 삶의 휴가이자 전환점이고, 끝이 아니라 더 큰 날의 시작이었던 것이다. 그러니 죽음을 두려워할 까닭이 없었다.

스스로 죽음을 맞을 시간을 정하고 그 방식을 자유의지로 결정할 수 있는 사람은 진정으로 완전한 인격에 도달한 사람일 테다. 스콧이 바로 그런 사람이었다. 그는 기쁘게 살고, 그 삶을 떠날 때도 기쁜 마음으로 떠나고자 했다. 비굴하게 시간을 구걸해서 삶을 연명하는 것이 아니라 "내 불꽃에 기름이 떨어진 뒤에 나를 살게 하지 마오"라고 당당하게 말한다. 그는 자기가 죽어야 할 시간에 맞춰 곡기를 끊고 평온하고 조용하게 죽음을 맞았다.

> 그 죽음은 느리고 품위 있는 에너지의 고갈이고, 평화롭게
> 떠나는 방법이자, 스스로 원한 것이었다.[7]

늙은 코끼리는 죽어야 할 때를 알고 무리에서 외톨이로 떨어져서 멀고 깊은 숲속에 들어가 섭생을 중단하고 죽음을 맞는다. 그것은 자연의 생태주의를 따르는 방식이다. 스콧은 삶의 마지막 순간에 음식 일체를 거부함으로써 육체를 고갈에 이르게 했다. 스콧이 맞은 죽음은 바로 자연이 취하는 죽음의 방식을 그대로 따른 것이다.

---

7 헬렌 니어링, 앞의 책.

'카지노 자본주의'의 그늘들

스콧은 아흔다섯이 되었을 때 주변에 이렇게 털어놓았다.

> 한 친구는 내가 말하는 것이 그전처럼 사람들의 관심을 끌지
> 못할 것이라고 충고했다. 참 유감스럽다.

그리고 1983년 8월 23일, 죽기 하루 전 "대중을 움직이기 위해
한 세기 내내 뭔가 하려 했으나, 그 노력은 거의 성공하지 못했다"
라고 말했다. 그가 세계화와 신자유주의를 성장 엔진으로 삼은 오
늘날의 글로벌 경제 상황을 목격했다면 더욱 절망했을 테다. 많은
이들이 세계화와 신자유주의로 강화된 자본주의 체제가 세상을
더 이롭게 만들 것이라고 선전하지만 그 결과는 어떤가?

> 세계화가 촉진하고 있는 소비문화는 점차 도시적으로 변한다.
> 경제 성장은 농촌 경제를 붕괴시켰고, 이 때문에 인구의
> 단지 2퍼센트만이 고도로 산업화된 국가에 살게 되었다.
> 세계화는 엄청난 수의 인구를 농촌에서 도시로 이동시켰다.
> 특히 개발도상국에서 이런 일이 일어나고 있다. 경제 성장의
> 자급자족 시스템을 붕괴시키고, 별다른 대안도 마련해주지
> 않고 사람들을 끝없이 도시로 이주시켰다.[8]

세계 경제 규모는 커졌지만, 더 많은 사람들이 가난에 허덕인다. 오늘날 자본을 신으로 섬기는 피도 눈물도 없는 신자유주의 체제, 일명 '카지노 자본주의' 세계에는 과거에 견줘 자연 생태계의 파괴, 쓰레기의 과잉 생산, 기후 변화, 가족 해체, 청년 실업, 빈곤층의 증가, 사회 양극화, 분열과 폭력, 유혈 테러의 위험이 만드는 부정적인 그늘이 한층 짙게 드리워졌다. 인류 다수는 예전보다 훨씬 삭막하고 불행한 처지로 몰리고, 인류 미래는 암담해졌다. 위기를 향해 치닫는 현대 문명은 결국 스콧이 선택한 삶의 방식이 옳았다는 증거다.

스콧은 불로소득을 얻으려고 기웃대거나 어떤 도박에도 손댄 적이 없다. 그는 인생을 즐기거나 타인의 노동에 의지해 살아가기 위해 태어난 게 아니라고 생각했다. 제1차 세계대전 뒤 800달러에 산 독일 공채가 독일의 경제 부흥으로 6만 달러까지 치솟아 큰돈을 손에 거머쥘 수 있었지만, 그는 고심한 끝에 이 공채 증서 전부를 난로 속에 집어 던져 소각해버렸다. 그것은 어떤 악덕과도 연루되지 않은 정당한 투자였지만 자신이 얻을 이익이 누군가의 정당한 노동을 착취하는 것이거나 불로소득이라고 여겼기 때문이다. 그 뒤로는 주식, 채권, 저당권에 단 한 번도 손을 대지 않았다.

스콧은 내 삶의 사표師表이다. 그는 평생 채식주의 원칙에 충실했고, 하루를 오전과 오후 둘로 나누어, 빵을 벌기 위한 노동은 하

---

8 헬레나 노르베리 호지, 『행복의 경제학』, 김영욱·홍승아 옮김, 중앙북스, 2012.

루에 반나절만 하고 나머지 시간은 자기 삶을 충만하게 만드는 일에 썼다. '내년 한 해를 그럭저럭 버티는 데 필요한 최소한의 현금이 얼마지?' 한 해의 모든 계획과 목표를 고려해 필요한 현금 액수를 정한 뒤 그 액수를 벌어들일 만큼만 현금 작물을 생산하고 목표가 채워지면 일을 그만두었다. 한 해의 양식이 마련되면 그들은 한가롭게 책을 읽거나 명상을 하고, 여행을 다녔다.

그들이 평생에 걸쳐 실천한 삶의 태도는 아래의 열한 가지 목록에 압축되어 있다. 이 목록은 그가 어떤 사람이었는지를 또렷하게 드러낸다.

1. 어떤 일이 일어나도 당신이 할 수 있는 한 최선을 다해라.
2. 마음의 평정을 유지해라.
3. 당신이 좋아하는 일을 찾아라.
4. 집, 식사, 옷차림을 간소하게 하고 번잡스러움을 피해라.
5. 날마다 자연과 만나고 발밑에 땅을 느껴라.
6. 농장일 또는 산책과 힘든 일을 하면서 몸을 움직여라.
7. 근심을 떨치고, 하루하루 살아라.
8. 날마다 다른 사람과 무엇인가 나누어라. 혼자라면 누군가에게 편지를 쓰고, 무엇인가 주고, 어떤 식으로든 누군가를 도와라.
9. 삶과 세계에 대해 생각해보는 시간을 가져라. 할 수 있는 한 생활에서 유머를 찾아라.

10. 모든 것에 내재해 있는 하나의 생명을 관찰해라.

11. 모든 피조물에 애정을 가져라.

스콧 니어링의 길을 따르고자 하지만 내 노력과 역량으로는 불가능한 꿈이다. 나는 마흔 중반에 삶의 터전을 시골로 옮겼지만, 내 삶은 그와 닮지 않았다. 다만 내가 시골 생활을 하면서 추구한 내면의 가치들, 즉 단순함, 고요한 생활, 노동과 휴식의 조화, 자연주의를 지향하는 점에서는 겹친다. 나는 생활이 흐트러질 때마다 그의 자서전이나 존 살트마시John A. Saltmarsh가 쓴 평전을 읽는다. 또한 그들 부부가 함께 쓴『조화로운 삶』, 헬렌이 쓴『아름다운 삶, 사랑 그리고 마무리』를 읽는다. 이 책들을 읽는 것만으로도 나는 용기를 얻고 마음이 더워지며 커다란 기쁨을 일굴 수가 있다.

스콧 니어링, 우리가 기억해야 할 이름

스콧 니어링은 미국의 소수 권력층에 속하는 집안에서 인생을 시작했으나 모든 기득권을 포기한다. 그는 반전 논문을 쓰고 스파이 혐의로 연방 법정에 피고로 섰으나 무죄 판결을 받았다. 그는 강연을 통해 평화를 얘기한 평화주의자였지만 동시대인들에게 위험 분자로 낙인찍히고, 교수직과 공직을 박탈당한다. 강연은 취소되고, 감옥에 수감되었으며, 책들은 재판에 부쳐져 판매 금지 처분을 받았다. 심지어 신문사들은 그의 책에 대한 유료 광고 게재조차 거절했다.

그는 무기를 손에 쥔 적이 없다. 다만 책을 읽고 사유하며 정직한 언어를 구사한 학자였다. 그러나 광기에 사로잡힌 국가와 기득권 세력은 그를 사회와 체제를 파괴할 수 있는 과격 인물로 배척하고 철저하게 고립시켰다. 그는 자본의 광기에 사로잡힌 사회에서 홀로 제정신을 갖고 '이성의 목소리'를 냈다는 이유로 유죄 판결을 받은 것이다.

> 사람은 대중의 생활 습관, 도덕 기준을 따라야 하는가, 아니면
> 자신의 규범을 만들어가야 하는가? 자신의 규범에 따라 살고
> 그것을 지키면서 그에 반대되는 사회에 대항하여 거슬러
> 나아갈 것인가, 아니면 무저항의 길을 따를 것인가?

우리는 세상을 변화시키며 살 것인지, 아니면 현실과 적당히 타협하고 살 것인지를 선택해야 한다. 물론 스콧 니어링은 제 규범에 따라 세상을 변화시키는 데 평생을 바치고 사회에 맞서는 길을 선택한다. 우리는 그의 이름을 기억해야 한다.

스콧 니어링은 생래적 비순응주의자다. 그는 반자본주의자, 친사회주의자, 반전운동가, 평화주의자, 저술가, 채식주의자로 살았다. 모두가 제 기득권과 행복을 지키는 데 급급한 세계에서 공동체의 행복과 복지, 공동의 가치와 선을 드높이는 일에 관심을 갖

고 매진했다. 그는 광야에서 홀로 우리 시대의 가치 있는 삶의 방식을 외친 사람이다.

스콧 니어링, 그는 "간소하고 질서 있는 생활을 할 것. 미리 계획을 세울 것. 일관성을 유지할 것. 꼭 필요하지 않은 일을 멀리할 것. 되도록 마음이 흐트러지지 않도록 할 것. 그날그날 자연과 사람 사이의 가치 있는 만남을 이루어가고, 노동으로 생계를 꾸릴 것. 자료를 모으고 체계를 세울 것. 연구에 온 힘을 쏟고 방향성을 지킬 것. 쓰고 강연하며 가르칠 것. 계급투쟁 운동과 긴밀한 접촉을 유지할 것. 원초적이고 우주적인 힘에 대한 이해를 넓힐 것. 계속해서 배우고 익혀 점차 통일되고 원만하며 균형 잡힌 인격체를 완성할 것"을 꿈꾸고 외쳤다.

태양은 아침에 뜨는 별이다

헨리 데이비드 소로
Henry David Thoreau(1817. 7. 12.~1862. 5. 6.)

시골에서 태어난 사람들

나는 시골 태생이다. 시골에서 야산과 들을 가로질러 뛰어다니며 어린 시절을 보냈다. 덕분에 내 핏속엔 들, 바람, 소나기, 대숲, 참새 떼, 강, 지평선, 저녁노을, 서리, 햇감자, 고구마, 홍시, 대추 따위와 관련된 자연의 기억이 원체험으로 스몄다. 시골에서 세계는 곧 자연이고, 내 어린 몸은 자연과 직접적으로 접촉하는 원형질이었다. 내 머리와 몸통, 팔다리, 구멍들, 움푹 팬 자리들을 오롯하게 감싸는 것은 자연이었다.

그러다 아홉 살 때 시골을 떠나 서울로 올라와서 소음과 사람으로 꽉 들어찬 대도시에서 청장년기 대부분을 보냈다. 그런 탓에 나는 자연에서 멀어지고 야생을 잃어버렸다. 내게 자연은 버림받은 악기, 닿을 수 없는 유토피아, 변심하고 등 돌린 애인이었다.

불혹에 이르러 비로소 자연이 내 생명에 새겨진 원초의 갈망이라는 걸 깨달았다. 야생적인 것은 정치적 올바름과 얼마나 가까이에 있는가. 내가 서울 살림을 다 정리하고 시골로 내려가 삶을 꾸리기로 결심한 것은 그 때문이다. 그때 내 가슴은 마치 얼어붙은 바다와 같았다. 그 얼음을 깨기 위해 나는 도끼가 아니라 책을 들었다.

여기 한 사람이 있다. 이 사람은 문명보다는 자연을 더 좋아하고 야성을 갈망했는데, 오랫동안 무명 시절을 보냈다. 잡역부, 은둔자, 개인주의자, 무정부주의자, 자연주의 문학가, 초월주의[1] 사상가로 살다 죽었다. 이 사람은 언덕과 호수 그리고 숲과 목초지가 펼쳐진 미국 매사추세츠주 콩코드의 한 마을에서 태어나서 죽을 때까지 그곳을 떠나지 않았다. 통상적인 관습에 구속받는 것을 싫어하고 직관과 자유의지에 따라 살기를 갈망했다. 이 사람이 미국의 위대한 자연주의 문학가로 일컬어지는 헨리 데이비드 소로다.

소로는 콩코드의 공립학교를 다녔고, 콩코드 아카데미에서 그리스어를 배웠다. 1833년 하버드 대학에 들어가 기숙사 생활을 했는데, 학비와 건강 문제로 휴학을 하는 등 학교생활이 그다지 순조롭지 않았다. 결국 동료들과는 잘 어울리지 않은 채 도서관에서 책을 읽으면서 학창 시절을 보내고 1937년 중간 정도의 성적으로 대학을 졸업했다.

대학을 졸업한 뒤 공립학교 교사 자리를 구했지만 얻지 못하자, 형 존과 소년 소녀를 위한 사설 학교를 열어 운영했다. 그 기간은 길지 않았다. 사설 학교는 2년 정도 있다가 폐교되었다. 20대 중반에 아버지의 연필 공장에서 일한 적이 있지만 그보다 목수, 석공, 토지 측량 등 몸으로 하는 여러 직종에서 시간제로 일하면서 남은 시간에 산책을 하고 책을 읽으며 글쓰기에 몰입했다. 소로는 무엇보다도 뛰어난 산문가였다.

---

[1] transcendentalism. 현실 세계의 무한성을 찬미하며 초월적 세계가 실제로 존재한다고 믿는 사상으로, 19세기에 미국에서 일어난 이상주의적 관념론에 의한 사상 개혁 운동.

고독만큼 편안한 친구는 없다

다양한 활동을 펼친 탓에 딱히 이 사람을 하나로 규정지어 말하기는 어렵지만, 소로는 스물여덟 살 때인 1845년 7월부터 1847년 9월까지 숲속 호숫가에 오두막집을 짓고 고독을 벗 삼아 산 것으로 유명하다.

도시에 사는 사람들은 혼자 있는 것을 두려워한다. 혼자 있을 때 고독을 느끼기 때문이다. 고독에 진절머리를 치는 이들은 그것이 마치 무서운 전염병인 것처럼 한사코 피하려 든다. 그러나 혼자 있는 시간의 고요와 감미로움을 아는 사람은 오히려 그것을 반긴다.

소로가 바로 그런 사람이다. 그는 숲속 오두막집에서 혼자 있는 시간을 좋아했다. 누군가와 함께 있으면서 지루한 대화를 나누며 헛되이 시간을 낭비하는 것보다 혼자 고독하게 있는 것이 더 좋았다. 많은 이들이 소로가 월든 호숫가 오두막집에 혼자 기거할 때 외로웠을 거라고 단정지었다. "당신은 분명 외로움을 느꼈을 거예요. 특히 비 오고 눈 내린 날, 너무 외로워서 사람이 그리웠을 겁니다."

그때 소로는 이렇게 대답할 거라고 책에 썼다.

우리가 살고 있는 이 지구는 우주에서는 한 점에 불과합니다.
당신 생각에, 저 별에서 가장 멀리 떨어져 사는 두 사람의 거리는 얼마나 될 것 같습니까? 우리 측량 도구로는 그 너비를 올바로 측량할 수도 없습니다. 왜 내가 외롭다고 느껴야 합니까? 우리 행성도 은하수에 있지 않습니까? 나는 당신 질문이 내게 가장 중요한 질문이라고 생각하지 않습니다. 어떤 사람을 주변 사람들과 떼어놓아 그를 외롭게 만드는 공간이 있다면, 어떤 종류의 공간이겠습니까?[2]

소로는 숲속에 혼자 있을 때 외롭지 않았다. 그는 "우리는 방에서 혼자 지낼 때보다 밖에 나가 사람들 사이에 있을 때 더 외롭다. 생각하거나 일하는 사람은 언제나 혼자다. 그런 사람은 혼자 생각하고 혼자 일하도록 내버려두자"[3]라고 말한다.

고독은 사람과 사람의 멀고 가까운 거리에서 발생하는 것이 아니다. 타인과 아주 가까이 붙어 있어도 외롭고, 타인과 멀리 떨어져 있어도 외롭지 않을 수 있다. 하루 종일 밭에서 혼자 괭이질을 하거나 숲속에서 나무를 베는 사람은 외로움을 느낄 틈이 없다. 왜냐하면 그는 일에 몰두하면서 자기 생각에 깊이 빠져들기 때문이다.

문명 세계에서 혼자 있는 시간을 갖는 건 어렵다. 늘 패거리에 둘러싸여 있기 일쑤다. 그것은 불가피한 사태이기도 하다. 숲속에

2 헨리 데이비드 소로, 『월든』, 강주헌 옮김, 현대문학, 2011.
3 헨리 데이비드 소로, 앞의 책.

서 혼자가 되는 것은 어려운 일이 아니지만 진짜로 혼자인 것은 아니다. 태양도 혼자, 호박벌도 혼자, 물새도 혼자, 호수도 혼자, 심지어는 하느님도 혼자다.

밀 브룩,[4] 풍향계, 북극성, 남풍, 4월의 소나기, 1월의 따뜻한 날씨, 새집에 처음 거미줄을 친 거미가 외롭지 않듯이 나도 외롭지 않다.[5]

혼자 있는 것은 고독한 일이다. 하지만 진정한 고독은 복잡한 세속에서 벗어난 심리적 피난처일 뿐 아니라 심미적 기쁨을 얻을 수 있는 기회이다. 외로운 것은 혼자라서가 아니라 자연과 교감하는 능력을 잃었기 때문이다. 온몸의 감각을 열고 주의를 기울이면 우리는 혼자가 아니라는 걸 금세 깨달을 것이다. 바람의 속삭임에 귀를 기울이고, 빗방울이 종일 눈물을 떨구는 사연을 들으며, 물새의 웃음소리에 화답하듯이 웃어보라.

월든은 콩코드의 마을에서 남쪽으로 1마일 반쯤 떨어진 곳에 있는 작은 호수인데, 그 주변은 숲이 울창한 낮은 언덕이었다. 소로는 벗들의 도움으로 오두막집 한 채를 지었다. 호숫가 오두막집에서의 삶은 소박함과 단순함 그 자체였다. 숲속 생활은 자발적

4 콩코드 중심부를 흐르는 강.
5 헨리 데이비드 소로, 앞의 책.

고립이자 자급자족하는 삶에 대한 실험이었다.

소로는 숲속에 있는 동안 일주일 중 하루만 물을 긷고 씨앗을 뿌리거나 수확하는 일을 하고, 나머지 엿새는 산책하고 자연을 관찰하며 일기를 적었다. 그것은 엿새 일하고 하루를 쉬는 미국 사람이 꾸리는 생활의 형식을 완벽하게 뒤집은 역상이었다. 겨울이 되기 전에 굴뚝을 올리고, 빗물이 스미지 않도록 외벽에 지붕널을 덧댔다.

왜 야생 자연으로 들어갔을까

소로는 왜 문명 세계를 등지고 야생 자연으로 들어갔을까?

> 온전히 내 뜻에 따라 살고, 삶의 본질적인 면에 부딪치고 싶었기 때문이다. 삶에서 배워야만 하는 것을 내가 배울 수 있는지 확인해보고 싶은 마음도 있었다. 또 죽음을 맞게 되었을 때 지금껏 제대로 살지 않았다고 후회하고 싶지 않았다. 삶은 정말 소중한 것이니까. 나는 불가피한 경우가 아니면 이런 목표를 단념하고 싶지 않다. 나는 깊이 있는 삶을 살며, 삶의 골수를 완전히 빨아먹고 싶었다. 삶이 아닌 것을 모조리 없애버리면서 스파르타 사람처럼 기운차게 살고 싶었다.[6]

소로는 문명에 의해 오염되고 훼손된 삶의 숭고함을 자연에서 되찾고 저 강인한 스파르타 사람처럼 살고 싶어 했다. 혼자 숲속에서 생활하며 실존의 깊은 고독을 응시하고 '인간으로서 살아간다는 것은 어떠한 것인가'에 대해 성찰했던 그는 원시시대 인류와 같은 방식으로 경제생활을 이어가며 남은 시간은 『바가바드기타Bhagavadgītā』나 『베다Veda』 같은 인도의 오래된 경전을 읽으며 명상을 하고 제 사유를 밀고 나갔다. 소로가 월든 호숫가 오두막집에 머문 것은 1845년 7월에서 1847년 9월까지 2년 2개월 2일간이다.

소로는 월든 호수를 떠난 지 2년 뒤 첫 작품 『콩코드강과 메리맥강에서 보낸 일주일A Week on the Concord and Merrimack Rivers』을 써서 자비로 출간했다. 반응은 신통치 않았다. 1849년에 벗과 함께 케이프코드Cape Cod로 여행을 떠나는데, 광활한 모래 지대가 있는 그곳이 마음에 들었다. 소로는 그 뒤 몇 번이나 그 지역을 더 방문했다. 그사이 잡지에 에세이를 써서 기고하고, 종종 강연을 다니며 그 수입으로 생계를 해결했다. 그 밖의 시간에는 아버지 연필 공장에서 일하거나 측량 일을 했다. 벌이는 넉넉하지 않았지만 그는 날마다 콩코드의 숲속을 산책하고 자연을 관찰하고 집에 돌아와 에세이를 썼다.

야생 자연의 초대장인 아름다운 산문집 『월든』이 나온 것은 1854년 8월 9일이다. 『월든』은 콩코드 마을 사람들이 문명 세계

6 헨리 데이비드 소로, 앞의 책.

를 등지고 일부러 숲속에서 고생을 자초하며 사는 소로에게 의문을 품었기에 그에 대답하기 위해 쓴 것이다. 『월든』의 초판 2,000부는 몇 년 만에 다 팔렸다. 현대 환경생태학의 보고寶庫로 꼽히는 『월든』은 무엇보다도 문명과 실존의 고독과 야생 자연에 대한 숙고이고, 자연에 바치는 아름다운 산문이다.

나는 반문명적 자연주의에 이끌리는 본성 탓에 야생 예찬을 담은 소로의 산문을 읽을 때 쉬이 마음이 더워진다. 새해 들머리에 소로의 『월든』을 즐겨 읽으며 한 해를 설계하는 것은 그런 까닭이다. 도시, 기술, 인위적인 도구와 사물을 등지고 자연으로 들어간 소로는 문명의 바탕인 질서, 관습, 법규, 지식이 생명과 자유를 옥죈다고 믿었다. 그는 몸, 감각, 본능, 우주에 기대는 삶에서 자유와 구원을 찾았다. 야생의 삶에 구원이 있다는 외침은 어쩌면 당연한 일이다.

그는 산책자다

소로의 정체성 중 하나는 산책자이다. 그는 어려서부터 걷는 것을 좋아했다. 그의 걸음은 야생 자연을 향한 것이고, 야생은 정치적 올바름, 윤리적 아름다움, 생명과 동일시되는 것이었다. 소로에게 걷는 것은 "깊고 절대적이며 불가사의한 욕구"[7]이고, 삶의 본질 그 자체를 향한 걸음이었다. 걷기를 통해 자연에 깃든 날것 그대

로의 힘에 기대어 문명과 관습의 때를 벗겨내고 애초의 제 몸을 찾을 수 있다고 여겼기 때문이다.[7]

> 모든 걷기는 일종의 십자군 전쟁이다. 우리 각자 안에 잠자고 있는 은자 피에르가 이교도들의 손에 넘어간 성스러운 땅을 재탈환하러 가자고 주창하는 십자군 전쟁이다.[8]

산책은 자연에서 자양분과 활력을 얻는 일이다. 소로는 죽기 2년 전인 1860년 2월 8일에 콩코드에서 '야생 사과Wild Apples'라는 제목의 강연을 했는데, 이 강연은 나중에 「야생 사과」라는 산문으로 남았다.

소로는 야생 사과에 저마다 걸맞은 이름을 붙인다. 나무사과, 큰어치사과, 골짜기사과, 풀밭사과, 자고사과, 게으름쟁이사과, 대기의 아름다움이라는 사과, 12월에 먹는 사과, 얼었다 녹은 사과, 산울타리사과, 민달팽이사과, 철도사과 따위가 그것이다. 「야생 사과」는 그것의 아름다움에 흠뻑 도취한 소로의 감탄과 예찬을 고스란히 보여준다.

> 야생 사과는 자신이 목격한 아침과 저녁을 기념하면서 붉은

---

7 로제 폴 드루아, 『걷기, 철학자의 생각법』, 백선희 옮김, 책세상, 2017.
8 헨리 데이비드 소로, 로제 폴 드루아, 앞의 책에서 재인용.

얼룩을 지니게 될 것이다. 거무스름하고 녹이 슨 것 같은
얼룩은 그 위를 지나간 구름을 오래도록 잊지 않고 간직하는
것이고 또 흐리고 곰팡내 나던 날들을 추억하는 것이다.
그리고 넓은 녹색 들판은 일반적인 자연의 모습을 나타낸다.
다시 말해 녹색은 곧 벌판과 같은 것이다. 혹은 노란색 대지는
보다 온한 정취를 의미하는데 노란색은 곧 추수와 같은 것이며
황갈색은 언덕과 같은 것이다.[9]

  11월의 숲속을 산책하던 소로는 아무도 거들떠보지 않은 채 방치한 야생 사과를 발견하면 가지에 매달린 "감칠맛이 나고 향긋한" 사과를 따서 주머니에 가득 집어넣고 집으로 돌아왔다. 어쩌다가 책상에 놓인 야생 사과를 맛보았을 때 그것이 "다람쥐의 이빨을 시큼하게 하고, 어치가 날카로운 비명을 지르게 할 정도로 의외로 떫고 아주 시어빠졌다는 것"을 깨달았다. 야생 사과는 "바람과 서리와 비를 견디면서 날씨나 계절의 특성을 흡수했기 때문에 그것에 고도로 단련된다. 그렇게 단련된 성질로 우리를 꿰찌르고 스며들어 자신들의 기운으로 충만하게 한다. 따라서 그것들은 제철에, 말하자면 집 밖에서 먹어야 하는 것"[10]이다.
  야생 사과는 숲속에서 딴 것을 찬바람을 맞으며 바로 먹어야

  9　헨리 데이비드 소로,『산책 외』, 김완구 옮김, 책세상, 2009.
  10　헨리 데이비드 소로, 앞의 책.

제 맛을 느낄 수 있다. 그럴 때만 건강한 식욕을 자극한다. 이것은 "가을 숲속 작은 골짜기의 시들고 있는 이파리 사이에서 번득일 때" 발견할 수 있는 야생의 보석이다. 야생 사과는 "종종 아름다운 홍조로 그득해 속까지 빨간색"이고, 이것은 "헤스페리데스의 사과이고 저녁 하늘의 사과"이다.[11] 야생 사과는 숲속의 별인 듯 반짝이는데, 아름다워서 차마 먹기조차 아깝게 느껴지는 것이다.

에머슨을 통해 초월주의 운동에 동참하다

소로는 1830년대 미국 북동부에서 위세를 떨치던 초월주의 운동을 지지했고, 정치 성향은 무정부주의에 가까웠다. 초월주의 운동의 중심에는 유니테리언[12] 교회의 목사이자 사상가인 랠프 월도 에머슨Ralph Waldo Emerson이 있다. 에머슨은 청교도 교의에서 벗어나 초월주의라는 새로운 사상운동에 귀의한 세속 사제로 일컬어졌다. 에머슨에서 시작한 초월주의 운동은 19세기 미국 뉴잉글랜드를 기반으로 활동하는 작가와 철학자에게 퍼져갔다. 1837년 가을, 스무 살 청년 소로는 초월주의자들의 모임에 참석하기 시작했다. 에머슨의 집에서 정례 모임이 열렸는데, 소로는 그 모임에서

---

11 헨리 데이비드 소로, 앞의 책.
12 Unitarian. 삼위일체론을 거부하고, 그리스도의 신성을 부정하며 오직 하나님의 신성만을 인정하는 기독교의 한 교파.

가장 열성적인 성원 중 하나였다. 소로는 초월주의자의 기본 원리에 충실했고, 죽을 때까지 초월주의자로 살았다.

초월주의는 이상주의 철학의 새로운 형식적 분출이고, 영적 자각을 바탕으로 하는 것이다. 그 뿌리를 따라가면 '자연으로 돌아가자'고 외친 장 자크 루소Jean Jacques Rousseau의 철학이 있을 테고, 더 가까이에는 "청교도의 프로테스탄트 정신이 새로운 탈출구와 비상구를 찾아 나온 것"[13]으로 일컬어지는 에머슨의 초월주의 사상을 만날 수 있을 테다.

초월주의자들은 생존에 필요한 최소한도의 물건들, 집, 음식, 의복, 연료에만 기대어 단순한 삶에 깃드는 고요와 평화를 사랑했다. 복잡한 문명보다는 원시 자연으로 회귀해서 노동을 통해 생계를 해결하면서 자립 갱생하는 삶을 더 좋았다.

이웃이자 멘토였던 에머슨이 젊은 소로의 인격 형성에 끼친 영향은 실로 지대했다. 소로와 에머슨은 열네 살의 나이 차에도 불구하고 25년에 걸쳐 긴 우정을 나누었다. 소로가 사설 학교를 그만두고 아버지의 연필 공장에서 일할 무렵 에머슨은 소로에게 자신의 집에서 함께 살자고 제안했다. 소로는 1년 넘게 에머슨의 집에서 기거하며 그와 많은 대화를 나누었다. 1843년 12월 경, 소로는 에머슨의 집에서 나와 뉴욕주 스태튼섬에 있는 에머슨의 형의 집에서 가정교사로 일하며 에머슨과의 인연을 계속 이어갔다. 월

13 헨리 데이비드 소로, 앞의 책.

든 호숫가 생활을 마치고 돌아온 해의 가을, 에머슨이 유럽으로 건너가 1년간 머무는 동안에 소로는 에머슨의 집에 들어와 에머슨 부인의 말벗이 되어주고 정원을 돌보았다. 소로는 기꺼이 에머슨의 집사 역할을 떠맡은 것이다.

자연으로 영원히 돌아가다

소로는 무분별한 생존 경쟁이나 문명의 관습들보다는 월든 호숫가에서의 소박한 생활을 더 좋아했다. 개인주의 기질에 따른 자유로운 직관과 통찰력에 기초한 자족적인 삶을 추구하던 소로는 제 세금이 노예 제도와 멕시코 전쟁을 위해 쓰여서는 안 된다고 6년 동안 세금 납부를 거부하다가 투옥되기도 했다. 친척이 밀린 세금을 대납해준 덕에 하루 만에 감옥에서 나왔지만 그는 늘 제 신념에 반하는 정부에 맞서 시민 불복종 운동에 나섰다. 이때의 경험을 바탕으로 『시민 불복종』이란 책을 펴냈던 소로는 정부를 그다지 달갑게 여기지 않았다. 필요악 정도로 평가절하 했다.

러시아 작가 톨스토이는 개인의 양심에 따라 국가에 맞서 비폭력적으로 저항한 소로의 행동을 높이 찬양했다. 인도의 간디도 『월든』에 큰 감동을 얻었다. 소로는 톨스토이뿐 아니라 간디의 비폭력 저항, 마틴 루서 킹Martin Luther King의 흑인 인권운동, 1960년대 미국의 젊은이들 사이에서 일어났던 저항 문화에 영감을 주며 영향을 끼쳤다. 우리 안에 잠든 은자를 깨우고, 야생, 자연, 본능을 향해 나아간 소로는 '유화적인 몽상가, 내용 없는 루소주의자'인가, 아니면 아직 아무도 그런 각성이 없는 시대에 처음으로 생태주의를 주창한 구루Guru인가? 물론 사람마다 판단이 다를 것이다.

소로는 건강이 좋지 않았다. 1855년, 서른여덟 살이 되던 해부터 건강이 더욱 나빠졌다. 그러다 1862년 5월 6일 9시, 젊은 시절에 앓은 폐결핵이 도지고 이것이 늑막염으로 번져서 44년 9개월 24일이라는 짧은 생을 마쳤다. 소로의 이웃이자 스승인 에머슨이 장례식장에서 조사를 읽었는데, "이 나라는 자신이 잃어버린 아들이 얼마나 위대한지를 아직 조금도 알지 못한다"[14]라고 소로의 이른 죽음을 안타까워했다.

소로는 살아 있을 당시 뉴잉글랜드 지역을 제외하고는 그다지 알려진 인물이 아니었다. 1906년 초 미국에서 소로 전집이 나왔을 때도 대중은 소로를 '문명에 맞선 자연주의자' 혹은 문명을 등지고 숲속에 살았던 괴팍한 사람으로 이해하는 정도였다. 그 당시 미국인 대부분은 세월이 흘러 『월든』이 세계로 퍼져나가 선풍을 일으키고, 그토록 많은 이들에게 새로운 영감을 주고 영향을 끼치게 될 것이라고 알지 못했다. 『월든』의 시작은 미미했으나 이 책 한 권이 미국적인 모든 것을 뛰어넘어 뒷날 세계에 끼친 영향력은 그 크기를 가늠할 수 없을 만큼 컸다.

14 헨리 데이비드 소로, 『산책 외』, 김완구 옮김, 2009에서 재인용.

가난조차 호사로 느낀 지중해의 영혼

알베르 카뮈
Albert Camus(1913. 11. 7.~1960. 1. 4)

태양과 바다의 아들

한 사람의 생애란 얼마나 복잡하고 다채로운가! 프랑스의 작가 알베르 카뮈는 무엇보다도 지중해의 인간이다. 지중해의 바다와 태양을 떼어놓고서는 카뮈를 온전히 안다고 말할 수는 없다. 어떤 인간에게는 바다가 어머니이고, 태양이 아버지다. 카뮈는 태양과 바다가 행복하게 결혼해서 낳은 아들이다. 그는 바다라는 어머니의 젖을 빨며 생의 약동하는 기운과 기쁨으로 배를 채우고, 태양이라는 아버지에게서는 정오正午의 사상과 빛의 명석함을 물려받았다. 북아프리카에 있는 프랑스령 알제리에서 태어난 카뮈에게 알제리의 온갖 초목과 대지는 그의 문학의 자궁이었고, 바다는 양수였다. 카뮈를 작가로 키운 것은 알제의 땅과 바다, 책과 축구, 연극과 여자들, 그리고 어머니와 가난이다.

카뮈는 알제리의 프랑스 이민자인 가난한 노동자의 가정에서 태어났는데, 아버지는 제1차 세계대전이 터지자 징집되어 전쟁터에서 돌아오지 않는다. 카뮈가 한 살일 때의 일이다. 어린 카뮈는 아버지 없이 불우한 어린 시절을 보냈다. 야만적인 세계에 내동댕이쳐진 카뮈는 1957년 12월 노벨문학상을 받고 이태 뒤인 1960년 1월 4일 미셸 갈리마르가 운전하는 차를 타고 루르마랭에서 파리로 오던 도중 교통사고로 사망했다. 카뮈는 두개골이 깨지고 목뼈가 부러져서 사고가 난 그 자리에서 즉사했다. 의사에 따르면 너무 급작스런 죽음이어서 고통을 느끼지는 못했을 것이라고 한다. 진흙 구덩이에서 발견된 카뮈의 가방 안에는 아직 끝내지 못한 『최초의 인간』 초고가 들어 있었다. 카뮈는 알제리에서 교사 루이 제르맹의 각별한 사랑을 받고, 이어서 고등학교 철학교사로 부임한 장 그르니에와 가까워져 평생을 스승이자 문학의 도반으로 교유한다. 그르니에는 카뮈가 평생 글을 쓰고 싶다는 의식을 갖게 한 인물이다. 그르니에는 카뮈가 죽었을 때 그의 시신 곁을 떠나지 않았고, 장례식에서는 울음을 터뜨려 주위 사람의 눈시울을 뜨겁게 만들었다.

축구공이 예측한 방향에서 오지 않듯이

카뮈는 중고등학교 시절에 축구에 열의를 보였다. 방과 후 4시에서 5시 사이에 친구들과 함께 열한 명씩 팀을 갈라서 학교 운동장에서 축구를 했다. 카뮈는 주로 골키퍼를 맡았고, 이따금 센터포워드로서 상대 진영으로 뛰어드는 선수들에게 공을 패스하면서 팀을 이끌었다. 카뮈는 특히 패스와 드리블에서 강점을 보였다. 훗날 카뮈와 그들 중 일부는 알제리 대학생 총연합의 스포츠 분과인 알제 레이싱 대학의 주니어팀 선수가 되었다. 카뮈에게 축구는 스포츠 이상이었다. "나는 이내 공이 예측한 방향에서 오는 법이 없다는 사실을 배웠다." 카뮈는 팀과 한 몸이 되어 경기를 치르고 멍투성이가 된 몸으로 승리의 기쁨을 만끽하고, 더러는 아쉬운 패배로 실망과 쓰디씀을 곱씹었다. 카뮈는 어깨와 어깨가 격렬하게 부딪치고, 정강이뼈를 스파이크에 긁히며, 상대의 무릎에 사타구니를 가격당하기도 했다. 카뮈는 성인이 된 뒤 그 시절을 회고하는 한 기고문에서 축구에서 인생을 살아가는 데 필요한 많은 덕목을 배웠다고 털어놓았다. "수많은 일을 겪으면서 오랜 세월이 지난 후, 나는 내가 인간의 도덕성과 의무에 관해 확실하게 알고 있는 사실들은 스포츠 덕분이라는 것, 그리고 그것을 알제 레이싱 대학 축구팀에서 배웠다는 사실을 깨달았다."[2] 아마도 카뮈가 원했다면 대학 축구팀의 주전 선수로 발탁될 수 있었을 것이다. 축구공이 예측한 방향에서 오지 않듯이 인생도 그랬다. 카뮈는 축구에 쏟던 열정을 어느 순간부터 문학과 연극 쪽으로 돌리며, 장차 무신론적 실존주의의 영향 아래서 부조리와 반항의 관계를 성찰하는 작가로 성장하는 감수성을 키웠다.

카뮈는 청소년기에 폐결핵을 앓으며, 영혼이 가난과 질병 탓에 칙칙한 회색빛으로 뒤덮일 수도 있었다. 그가 용케도 그런 불운을 피할 수 있었던 것은 알제리의 바다와 햇빛 속에서 자랐기 때문이다. 나는 한반도 내륙에서 태어나 어린 시절을 보냈다. 내게는 카뮈가 누렸던 바다가 없었다.

1 허버트 R. 로트먼, 『카뮈, 지상의 인간』, 한기찬 옮김, 한길사, 2007.
2 허버트 R. 로트먼, 앞의 책.

나는 바다에서 자라 가난이 내게는 호사스러웠는데, 그 후
바다를 잃어버리자 모든 사치는 잿빛으로, 가난은 견딜 수
없는 것으로 보였다. 그로부터 나는 기다리고 있다. 돌아오는
선박들이며 물의 집들, 청명한 날들을 기다린다.[3]

카뮈의 집안은 지독히 가난했다. 가난은 장애로 가득한 삶이다.
카뮈는 가난에 대한 보상으로 바다라는 선물을 받았다. 그래서 가
난조차 사치로 느껴졌다고 고백한다. 하지만 내게는 바다가 없었
다. 나는 끝 간 데 없이 평평하게 펼쳐진 들의 권태와 외로움을 내
면화하며 어린 시절을 보냈다.

여름의 폭염 아래에서 푸른 벼 이삭이 여무는 동안 영혼은 참혹
할 정도로 단조롭고 지루했다. 들은 선사시대 이래로 아무런 모험
도 허락하지 않는다. 나는 일찍이 씨 뿌리고 거두는 소규모 농업
으로 삶을 꾸리는 농촌에서 태어나 들의 가난, 들의 고독, 들의 권
태에 길들여졌다. 들은 탱자나무 울타리, 마을 한가운데의 우물,
초가집과 흙벽, 돼지우리, 정미소, 시골 학교, 논밭을 감싸고 있다.
사람들은 그 들에서 태어나 살다가 죽었다. 들에서 어린 시절을
보낸 사람의 영혼에는 신비의 입체성이 만들어지지 않는다. 영혼
이 평평한 이들은 하다못해 신경쇠약이나 우울증 따위도 모르고,
어떤 명예도 갈망하지 않은 채 살다가 죽음을 맞는다. 그들을 지

---

3 알베르 카뮈, 「여름」, 『결혼·여름』, 김화영 옮김, 책세상, 1989.

배하는 것은 온통 타동사뿐이다. 나는 가축처럼 함부로 방목되어 혼자 학교 운동장에서 사금파리로 선을 긋고 땅에 드리워진 내 그림자와 놀았다. 가끔은 흙을 주워 먹었다.

　카뮈는 "뜨거운 돌의 맛이 나는 삶. 바다의 한숨과, 이제 막 울기 시작한 매미 소리로 가득한 삶. 산들바람은 신선하고 바다는 푸르다"[4]라고 썼다. 그것으로 충분했다. 알제리의 바다와 도처에서 번쩍이는 태양이 영혼 속 음습한 습기를 말려주었다. 카뮈의 영혼에는 어린 시절을 삼켜버린 알제리의 바다와 태양에 대한 자부심으로 가득하다. 그는 그 축복받은 자연 환경이 품은 자양분을 흠뻑 빨아들여 자기 것으로 만들었다. "이 태양, 이 바다, 젊음이 용솟음치는 나의 마음, 소금 맛이 나는 나의 몸, 그리고 부드러움과 영광이 노란색 푸른색 속에서 서로 만나는 장대한 무대장치가 바로 그것이다."[5] 이런 구절을 읽을 때 내 심장은 얼마나 크게 뛰었던가! 나는 들 태생으로 바다의 부재를 하나의 불운으로 겪었지만 카뮈의 산문을 통해 간접 경험으로 바다를 품을 수 있었다.

4　알베르 카뮈, 「결혼」, 앞의 책.
5　알베르 카뮈, 「결혼」, 앞의 책.

'신들의 기주지' 티파사의 풍요

왜 카뮈를 좋아했을까? 카뮈는 이 세계의 침묵과 인간이 처한 부조리한 상황을 직시하면서, 삶은 과연 살 만한 가치가 있는가에 대해 끊임없이 물었다. 메마른 세계에서 산다는 것의 철학적 가치를 묻는 것이 그가 평생 동안 추구한 주제다. 카뮈는 노벨문학상 상금을 받아 루르마랭에 집을 마련하고 비싼 고가구 몇 점을 들여놓았는데, 그 점을 두고두고 부끄러워했다. 한 친구에게 "세상에 그토록 비참한 일이 많은 데 낡은 옷장 하나에 15만 프랑이나 쓰다니 부끄럽네"라고 말했다. 그토록 정의와 도덕에 확고한 입장을 견지한 그가 한생을 다해 혼신의 의지력과 정신으로 그 물음을 던지고, 그 답을 찾고자 했던 것이다. 부조리 혹은 '이방인', 그것이 카뮈가 찾은 대답이다.

17세 때 처음 읽은 카뮈의 『이방인』은 어떤 모험도 재미도 없는 이상한 남자의 이야기였다. 그것은 한마디로 한 선박 중개인으로 일하는 남자의 권태로운 삶을 보여주는 소설이다. 그런데 실상 이 소설은 얼마나 시적인가! 들판은 태양으로 넘쳐나고, 저녁은 우수가 깃든 휴식 시간같이 찾아든다. 콜타르처럼 번쩍거리며 살을 드러내는 길, 핏빛인 땅, 눈을 멀게 하는 비로 쏟아지는 태양! 끓는 금속 같은 햇빛 속에서 살인을 저지르고도 그것이 왜 죄가 되는지 납득할 수 없었던 이 남자는 사형선고를 받고 감옥에서 다가오는 죽음에 공포를 느낀다. 그는 세계의 다정스런 무관심에 마음을 열고 죽음을 기다린다. 나는 그토록 재미없는 소설이 그렇게 오랫동안 머릿속에 떠오를 줄 몰랐다.

카뮈의 산문을 처음 읽은 것은 20대 초반이다. 너무 여러 번 읽어서 어떤 구절은 외울 지경이다. 나는 왜 그토록 카뮈의 산문에 빠져들었을까? 그것은 이국적인 것이 불러일으킨 신비와 동경 때문이다. 저 먼 곳에 바다가 있고, 낯선 고장들이 있다는 것. 나는 살아보지 못한 그 먼 고장을 동경했다.

저 먼 이국의 어떤 도시, "봄이면 신들의 거주지"가 되고, 신들이 "태양 속에서, 그리고 압생트의 향기 속에서, 은빛 철갑을 두른 바다며 야생의 푸른 하늘, 꽃으로 뒤덮인 폐허, 돌더미 속에 굵은 거품을 일으키며 끓는 빛 속에서"[6] 말을 한다는 알제리의 티파사, 나는 그 낯선 고장을 그리워했다. 그 고장의 태양과 바다, 그리고 꽃으로 뒤덮인 폐허에서 영혼을 빚은 인간은 그 자연 조건에 커다란 자부심을 가질 수밖에 없다. 카뮈가 바로 그런 사람이다.

벌써 바닷가로 가슴을 열고 있는 마을을 지나 우리는
도착한다. 노랗고 푸른 세계로 들어가면 알제리의 여름 대지가
향기 자욱하고 매콤한 숨결로 우리를 맞이한다. 도처에 장밋빛
부겐빌레아 꽃이 빌라들의 담 너머로 피어오른다. 뜰 안에는
아직 희미한 붉은빛의 부용화가 꽃잎을 열고 크림처럼 두툼한

---

6 알베르 카뮈, 「결혼」, 앞의 책.

차향 茶香 장미와 길고 푸른 붓꽃의 섬세한 꽃잎이 흐드러진다.
돌은 모두 뜨겁게 단다. 미나리아재비꽃빛 버스에서 우리가
내릴 즈음 푸줏간 고기 장수들이 빨간 자동차를 타고 와서
아침 행상을 돌고 요란한 나팔을 불며 마을 사람들을 부른다.[7]

행복, 단 하나의 소명과 의무

카뮈는 태양이 머리 위에서 작열하고, 입맞춤과 야생의 향기로 뒤
덮이는 티파사, 대지를 덮으며 피어나 일대를 향기로 진동시키는
온갖 꽃들의 고장에서 어린 시절을 보낸다. 그가 늘 출렁이는 바
다와 향일성 식물들이 우거진 천혜의 자연 조건을 가진 고장을
선택해서 태어난 것은 아니지만 그런 곳이 고향이라는 점은 커다
란 행운이다. 그 덕분에 가난 속에서도 그의 영혼은 주눅 들거나
불필요하게 짓눌리지 않을 수 있었다.

압생트들을 뭉개어 비비며, 폐허를 껴안고 애무하며, 나의
숨결을 세계의 저 소용돌이치는 입김과 맞추어보려고 애쓰며
보낸 시간이 얼마인가! 야생의 향기와 졸음을 몰고 오는
풀벌레들의 연주 속에 파묻혀서 나는 열기로 숨 막힐 듯한 저

7 알베르 카뮈, 「결혼」, 앞의 책.

하늘의 지탱하기 어려운 장엄함에 두 눈과 가슴을 활짝 연다.[8]

「티파사에서의 결혼」은 지금도 읽을 때마다 가슴이 떨려온다. 카뮈의 산문에서 만난 '티파사'라는 낯선 지명, 압생트의 향기, 은 빛 철갑을 두른 바다, 꽃으로 뒤덮인 폐허, 태양의 입맞춤과 야생 의 향기가 불행의 음습함을 말리며 강렬하게 내 감각기관에 비벼 졌다. 무엇보다도 카뮈의 현란한 수사가 내 감수성을 들쑤셨다. 내 안에 체화된 들의 감각 속에서 세계의 평면성은 단박에 무너 지고, 세계는 태양과 바다가 혼례를 해서 낳은 신비와 수수께끼를 품은 그 무엇이라는 상상이 일어나며 입체로 변한다. 카뮈가 바다 의 나날 속에서 겪은 행복, 영혼을 압도하는 자연의 황홀경과 더 불어 "나는 언제나 난바다에서, 위협을 받으며, 당당한 행복의 중 심에서 살고 있는 기분이었다"라는 고백을 읽을 때 나는 놀라운 고양감 속에서 살고 싶다는 갈망이 커지곤 했다. 하나의 경험, 하 나의 운명을 받아들인 인간에겐 단 하나의 소명과 의무가 있을 뿐이다. 그것은 바로 행복이다! 우리가 불행의 구덩이에 있을지 라도 우리는 인간적 덕목들, 즉 "성격의 힘, 고결한 취향, 이 세계, 고전적인 행복, 확고한 긍지, 현인의 냉철한 검박함"을 유지하며, 행복을 향해 나아가야만 한다. 행복의 기반은 태양, 바다, 열정, 육체, 비극, 젊음이다. 그런 까닭에 카뮈는 일관되게 그것을 불러

8 알베르 카뮈, 「결혼」, 앞의 책.

들이고 찬미한다.

한 인간이 된다는 것, 진정 자기만의 심오한 척도를 갖고 세상을 사는 일은 어렵다. 그것이 왜 그렇게 어려운 일일까? 이 세계가 타락하고, 우리가 부조리에 포박되어 있기 때문이다. 그럼에도 우리는 순수한 인간이 되어야만 한다. 카뮈는 순수한 인간이 되는 것은 피의 고동치는 소리와 오후 2시의 태양의 맥박과 하나로 겹쳐지는 것이며, 우리는 세계와 영혼이 하나가 되는 고향을 찾아야만 한다고 말한다. 그것은 다름 아닌 자기 안의 숨은 '나'를 찾는 일일 것이다. 카뮈는 「작가수첩 1」에서 "내가 나 자신에 닿으려고 애쓴다면, 그것은 필시 이 빛의 한가운데서일 터이다. 그리고 내가 만약 이 세계의 비밀을 열어 보이는 이 미묘한 맛을 이해하고 음미하려고 노력한다면, 이 세상의 저 밑바닥에서 발견하게 되는 것은 나 자신일 것이다"[9]라고 적었다. 카뮈는 어린 시절을 보내며 제 영혼을 빚은 알제의 여름에서 그것을 찾았다. 오늘날 누가 카뮈의 소설과 산문을 읽어야 하는가? 나는 특히 제 행복을 유보하고 끊임없이 현실과 싸우는 청춘들, 고향을 잃고 세계의 저 먼 곳에서 헤매는 이들, 사막에서 자신의 목마름을 응시하며 살아갈 능력을 키우는 이들, 운명이란 중력의 압력 속에서 무지와 광신에 맞서며 힘겹게 한 걸음 한 걸음 자기의 꿈을 위해 나아가는 세대에게 카뮈를 권유한다.

---

9   카트린 카뮈, 『나눔의 세계: 알베르 카뮈의 여정』, 김화영 옮김, 문학동네, 2016.

1960년 1월 4일, 카뮈는 불의의 교통사고를 당해 세상을 떠났다. 카뮈는 그 자리에서 즉사했고, 자동차 계기판의 시계는 13시 55분에 멈춰 있었다. 카뮈의 갑작스러운 죽음은 전 세계에 뉴스로 퍼져나갔다. 《뉴욕 타임스》 1960년 1월 5일 자 1면에도 카뮈의 사망을 다룬 기사가 실렸다. 같은 날 사설에서도 그의 죽음을 다루었다. "알베르 카뮈가 무의미한 자동차 사고로 우연한 재난의 희생자가 되었다는 사실은 냉혹한 철학적 아이러니다. 증여된 인생이 부과한 재앙에 사유하는 인간으로서 적절하게 반응한다는 것이 그의 사상의 핵심 주제였던 것이다." 카뮈가 생의 마지막 날들을 보낸 루르마랭의 마을 시계탑에서 조종이 울리는 가운데 장례식이 거행되었다. 카뮈는 루르마랭의 작은 마을 공동묘지에 묻혔다. 무덤 앞에는 카뮈의 이름과 생몰 일자만 간단하게 표기한 묘비가 세워졌다.

고독한 구도자

프란츠 카프카
Franz Kafka(1883. 7. 3.~1924. 6. 3.)

무명의 카프카

몇 해 전 프라하를 처음 찾았을 때 나는 눈이 휘둥그레질 만한 그 도시의 아름다움에 반했다. 그로부터 135년 전 여러 개의 발톱을 숨긴 어머니와 같은 도시 프라하의 한 유대인 가정에서 한 아이가 태어난다. 그 아이는 식탁에 빵 부스러기를 흘렸다고 소리를 지르는 억압적인 아버지와 불화하고, 성장해서는 관료주의화된 사회에 적응을 하지 못한 채 겉돈다. 그는 일찍부터 권력으로 군림하는 아버지와 사회 속에서 고독과 소외를 안고 싸우며 거기에서 벗어나려는 욕구로 글쓰기를 시작한다. 프란츠 카프카의 이야기다. 카프카는 프라하의 독일어권 지역에서 유대인으로 살며 독일어로 글을 썼지만, 단 한 번도 독일 국민 속에서 산 적이 없다고 고백한다. 그는 문 밖으로, 저 변방으로 추방된 존재였고, 유령같이 소외되고 불안한 자신의 처지를 깊이 인식하고 있었다. 카프카는 때때로 자신이 가죽 가리개로 옆을 가린 채 앞만 보고 달리는 말과 같다고 생각했다. 오늘의 프라하를 찾는 많은 관광객들은 시내에서 '카프카 카페'에 들르고, '카프카 뮤지엄'을 방문한다. 프라하는 카프카의 이미지를 상품화하여 팔고 있다.

20세기 현대 소설은 프란츠 카프카에서 시작한다고 볼 수 있다. 1883년 7월 3일, 카프카는 경계 지역에 있는 낡은 집에서 태어났다. 아버지 헤르만 카프카는 장사로 자수성가한 사람이었다. 카프카는 프라하에서 태어나 장거리 여행을 떠난 적이 없고(카프카는 고작해야 프라하에서 그다지 멀지 않은 파리, 이탈리아 북부, 베를린 정도를 여행했을 뿐이다), 14년 동안 보헤미아 왕립 보험회사 직원으로 일하면서 틈틈이 '끄적거리는 일'에 몰두했다. 살아 있을 때 무명작가였던 그가 써낸 소설이 문학사에 남은 것은 놀라운 일이다. 그는 3000쪽이 넘는 일기와 서간문을 썼고,「변신」,「시골의사」,「유형지에서」 같은 빼어난 단편소설,『성』,『심판』,『아메리카』 같은 장편소설을 남겼다. 하지만 카프카는 안타깝게도 충분히 완성된 작가가 아니었다. 그는 오랫동안 소화장애와 불면증을 앓았고, 결국 폐결핵으로 41세라는 짧은 인생을 마감했다. 그는 미완의 작가, "너무 잦은 수태受胎, 너무 많은 가능성으로 멍들고, 마무리되지 못한, 정신적인 자유무역의 희생물"[1]이었다. 카프카는 생전『관찰』,『화부』,『변신』,『판결』,『유형지에서』,『시골 의사』,『단식 광대』 등 책을 일곱 권이나 냈지만 당대에는 정당한 문학적 평가를 받지 못한 채 '완전히 무명'인 존재로 살았다. 그가 유명해진 것은 죽고 나서 40년이 지난 뒤, 즉 제2차 세계대전이 끝나고 나서였다.

---

1 클라우스 바겐바하,『카프카: 프라하의 이방인』, 전영애 옮김, 한길사, 2005.

아버지와의 불화

카프카는 대대로 포목상을 하던 집안으로 탈무드 연구가와 의사를 배출한 모계 쪽에서 더 많은 영향을 받았다. 카프카 자신의 고백에 따르면 외가의 내면 기질인 "예민한 감수성, 정의감, 불안"[2]을 물려받았다. 카프카는 어머니의 이복동생인 외삼촌을 잘 따랐다. 카프카의 외조부는 유대인이고 탈무드 연구가로 알려진 사람이었다. 어머니는 바로 이 탈무드 학자의 외동딸이었다. 어머니는 스물여덟에 전염병으로 죽었는데, 그때 카프카는 불과 세 살이었다. 카프카의 아버지는 남부 보헤미아 출신으로 조부는 백정이었다고 한다. 아버지는 일찍부터 행상에 나섰고, 프라하에서 잡화, 유행품, 장신구, 양산, 우산, 산책용 지팡이, 면직물 따위를 파는 가게를 열어 성공을 거두었다. 아버지는 장사 수완이 좋아 자수성가한 사람이고, 정치적으로는 어느 쪽에도 속하지 않은 기회주의자였다. 그는 체코 사람, 독일 사람, 유대인을 싸잡아 욕하기를 좋아했다. 그가 욕하지 않은 유일한 사람은 바로 자기 자신이다. 카프카의 부계 혈통에 두드러진 기질은 "생활의지, 사업 욕구, 정복욕"[3] 등이지만 카프카에게 그 영향은 별로 나타나지 않았다. 확실히 카프카는 모계 혈통의 영향력을 압도적으로 받아 성정이 조용

---

2 클라우스 바겐바하, 앞의 책.
3 클라우스 바겐바하, 앞의 책.

하고 착한 아이였다. 그런 탓에 폭군들이 갖는 위압감을 자주 드러낸 아버지와는 자주 불화했다.

유능한 직장인의 글쓰기

프라하 독일 대학에서 법학을 전공하고 한 변호사 사무실에서 법률 실무를 보던 카프카는 이듬해인 1907년 프라하에 있는 일반 보험회사의 임시 고용직으로 직장을 옮겼다. 카프카가 변호사 사무실에서 1년간 법률 실무를 끝내고 일반 보험회사로 직장을 옮긴 것은 무엇보다도 부모의 집에서 독립하기 위해서였다. 카프카는 날마다 골목 네 개를 돌고, 광장 하나를 가로질러 직장에 다녔다. 카프카는 직장에서 자주 따분함에 빠지고 피곤해했다. 스물세 살의 청년 카프카는 겨우 사무실 창밖으로 "사탕수수 밭이나 회교도들의 묘지"를 내다볼 수 있다는 데 희망을 품었다. 노동자를 위한 보험 제도에는 흥미를 보였으나 임시로 맡아 하는 일에 대해서 그다지 큰 보람을 느끼지는 못했다.

> 나의 생활은 이제 질서라곤 없다. 아무튼 나는 80크로네라는
> 쥐꼬리만 한 봉급과 8, 9시간의 엄청난 작업 시간이 따르는
> 자리 하나를 차지하고 있다. 그렇지만 사무실 밖에서의 시간을
> 나는 야수처럼 탐식한다.[4]

하지만 직장인으로서의 카프카는 유능한 편이었다. 그는 거대한 직물 공장, 기계 제작소, 유리 연마 공장 등이 있는 산업 지역으로 출장을 나갔다. 그는 공장들을 조사하고 '위험 등급'을 매겼으며, 노동자들이 공장에서 마주치는 여러 위험이 보험회사에 와서 진술하는 것과 일치하는지를 가리고 따졌다. 또한 기계에 부상을 당하거나 손가락이 잘린 노동자의 실태를 조사해 보고서를 작성했으며, 보험 업무와 관련해 우수한 창안력을 드러냈다.

1912년은 카프카에게 고립의 해, 존재가 굳어가는 "석화石化의 해"[5]였다. 카프카는 집을 나와 프라하 시내에 방을 얻어 혼자 살며 낮에는 직장에 나가고 직장에서 퇴근하고 돌아와서는 밤을 새워 글을 썼다. 그는 자신을 참호 삼아 그 속에서 잔뜩 몸을 웅크린 채 글을 써나갔다. 종종 밤을 새운 뒤 피곤해서 아프다는 핑계로 직장에 출근하지 않은 적도 있다. 「판결」을 밤새워 쓰고 난 이튿날 아침, 카프카는 직장 상사에게 "저는 오늘 아침 가벼운 기절을 했고 약간의 열이 있습니다. 그런 연유로 집에 머물러 있습니다. 그러나 그것은 틀림없이 큰 의미가 있는 건 아닐 것이며, 틀림없이 오늘, 비록 아마도 열두시 이후가 되겠지만, 사무실에 나갈 것입니다"[6]라고 편지를 보냈다. 카프카가 그날 아침 일치감치 누이동생들에게 밤새 쓴 제 소설을 소리 내어 읽어주었다는 사실에

---

4 클라우스 바겐바하, 앞의 책.
5 클라우스 바겐바하, 앞의 책.
6 묘조 기요코, 『카프카답지 않은 카프카』, 이민희 옮김, 교유서가, 2017.

비춰보자면 그가 직장에 출근하지 못할 정도로 몸이 아팠다는 것은 핑계에 지나지 않았을 것이다.

> 이야기가 얼마나 내 눈앞에서 전개되어갔는지, 마치 내가
> 물속을 헤치고 나아가는 듯했다. 그건 무서운 긴장과
> 희열이었다. 어젯밤 나는 여러 번 어깨가 무거웠다. 어떻게
> 모든 것을 말할 수 있을까. 모든 것, 극히 생소한 착상까지도
> 포함한 모든 것을 위해 그것을 불살랐다가 다시 소생시키는
> 하나의 거대한 불을 어떻게 마련할 것인가…… 분명히 드는
> 확신은 소설을 씀으로써 나 자신이 글쓰기의 부끄러운 낮은
> 곳에 있다는 것이다. '오직 그렇게' 해서야 글이 써진다. 그런
> 집중 상태에서만 영혼과 육신이 완전히 개방됨으로써 글이
> 써진다.[7]

이해에 카프카의 주요 작품들이 쏟아진다. 장편소설 『실종자』와 「판결」, 「변신」 등의 단편소설을 써냈다. 카프카는 남들이 모두 잠든 한밤중 모든 사람과 격리된 상태에서 무서운 집중력을 보였다. 1912년 9월 22일에서 12월 6일까지 몇 주 동안 완벽한 집중 상태에서 원고지로 따진다면 2,000매 이상을 써냈다. 그뿐 아니라 같은 기간 약혼자에게 아주 긴 편지를 예순 통 이상 쓰기도 했다.

---

7 클라우스 바겐바하, 앞의 책.

문학에 바쳐진 삶

카프카는 생의 말년에 '살지 않은' 인생에 대한 불안과 죄책감에 감싸인 채 살았다. 죽기 이태 전인 1922년 친구 막스 브로트에게 보낸 편지에 적힌 이런 구절이 그런 사실을 입증한다. "왜 후회가 그치지 않는 것일까? 나는 살 수도 있는데 살지 않는다는 결론은 언제나 변함이 없다."[8] 그가 자연스러운 삶에 대한 동경을 품지 않았다고 단정하는 것은 옳지 않다. 다만 자연스러운 삶에 대한 동경을 실천으로 옮긴 선택과 행동들이 실패했을 뿐이다. 그 실패의 원인은 전적으로 카프카 자신에게 있다. 그는 자신을 둘러싸고 있는 만인을 만족시키려는 시도를 하지만 결국 나중에는 이것을 스스로 포기했다. 왜냐하면 그 행위들이 문학에 바쳐진 제 삶에 대한 '배신'으로 여겨졌기 때문이다.

> 오직 잠 못 이루는 밤에 지끈거리는 관자놀이 사이에서 모든 것을 이리저리 곱씹어봤을 때…… 다시금 의식되었다. 내가 얼마나 약한 혹은 존재하지 않는 기반을 딛고 살고 있는지, 어둠의 세력이 제멋대로 튀어나와 나의 말더듬음 따위에는 아랑곳하지 않은 채 나의 삶을 파괴하는 정체 모를 어둠을 딛고 나는 살고 있다.[9]

8 클라우스 바겐바하, 앞의 책.

카프카의 심중에 꿈틀대고 있는 것은 변화에 대한 불안, 죽음에 대한 불안이다. 그가 지독한 고독과 불안을 견디며 현실 속에서 발을 딛고 살 수 있는 것은 오직 글쓰기가 그를 지탱해준 덕분이다. 카프카는 밤마다 '나는 살 수도 있다. 그런데 살지 않는다'라는 생각을 곱씹으며 글쓰기에 깊이 빠져들었다. 카프카의 첫 책 『관찰』이 나온 것은 1912년 12월 10일이다. 이 책은 베를린에 사는 연인 펠리체 바우어에게 헌정되었다. 초판은 800부를 찍었는데, 프라하의 일부 신문에 짧은 서평이 실리기도 했다.

카프카의 타자기

1912년 8월 13일 막스 브로트의 집에서 펠리체 바우어를 처음 만난 이래로 1917년까지 편지와 엽서를 500여 통 이상 쓰는데, 카프카는 이 편지를 쓸 때 주로 타자기를 이용했다. 그는 직장이 쉬는 휴일에 사무실에 나와 콧노래를 부르며 제 책상 앞에 있는 타자기로 직장의 공용 편지지에다 연인 펠리체에게 보내는 편지를 썼다. 타자기는 쓰는 자의 필적을 지우고 익명화하는 도구다. "카프카는 타자기야말로 일종의 속임수를 쓰는 도구라는 사실을 간파하고 있었을 것이다."[10] 카프카가 타자기가 아닌 손 글씨로 편

---

9 클라우스 바겐바하, 앞의 책.

지를 쓰는 것은 아주 예외적인 경우였다. 펠리체에게 보내는 한 편지에서 "편지를 타자기로 쓰지 않아서 죄송합니다. 당신에게 쓸 말은 많은데, 타자기는 저 밖 복도에 있습니다"[11]라고 적은 구절이 그 사실을 드러낸다.

카프카는 펠리체를 포함해 세 여자와 약혼을 하고 파혼을 겪었다. 1920년 세 번째 약혼 중에 기혼자이자 자신보다 열세 살 연하인 밀레나 예젠스카와 작품 번역 관계로 만나 연애를 했다. 카프카는 밀레나에게 "나의 존재는 당신에게 헌정된 것입니다"라고 고백했다. 1952년 『밀레나에게 보내는 편지』가 프라하에서 출간되었다. 폴란드계 유대인인 도라 디아만트는 카프카의 마지막 연인이었다. 카프카는 그 누구하고도 결혼에까지 이르지는 못한 채 '독신자의 불행'을 안고 살았다. 카프카는 생을 통틀어 단 한 번도 행복한 적이 없다. 그는 언제나 행복의 문턱에서 서성거렸을 뿐이다.

카프카는 '문학의 구도자'로 살았다. 어쩌면 그는 삶의 불행을 문학으로 보상받고자 그토록 소설에 매달렸는지도 모른다. 1922년 1월 27일의 일기에서 그는 다음과 같이 썼다.

> 문학이 주는 묘하고 불가사의한 위안, 어쩌면 해로울 수도,
> 해방을 안겨줄 수도 있는 위안, 그것은 살인자의 대열에서

---

10 묘조 기요코, 앞의 책.
11 묘조 기요코, 앞의 책.

뛰쳐나가는 일이며 행위를 관찰하는 일이다. (…) 관찰이
독립적이 될수록 더한층 고유의 운동법칙을 따르게 되고, 그
길은 더욱 예측할 수 없는 것, 기뻐할 만한 것, 오르막이 되는
것이다.[12]

죽기 이태 전인 1922년경 카프카는 몸과 정신 둘 다 무너진 상
태였다. 이듬해에 팔레스타인으로 이주할 계획을 세우고 히브리
어 공부를 하던 중이었다. 그러나 그 계획은 실행에 옮겨지지 못
했다. 1924년 4월, 빈의 결핵요양원으로 보내져 그곳에서 머물다
가 다시 빈의 대학병원으로, 마지막으로는 오스트리아의 클로스
터노이부르크 근처의 키어링에 있는 닥터 호프만 결핵요양원으
로 보내졌다. 마지막 연인 도라 디아만트가 병상을 지키는 가운
데, 친구 막스 브로트가 그를 몇 번 방문했다. 카프카는 6월 3일,
고된 육신의 삶을 마감하고 눈을 감았다. 그는 프라하에 묻혔다.
카프카는 브로트에게 자신의 원고를 모두 없애달라는 유언을 남
겼지만 다행히 그 유언은 지켜지지 않았다. 브로트는 카프카가 남
긴 원고들에서 『소송』(1925), 『성』(1925), 『실종자』(1927)를 편집
해서 세상에 내보냈다.

12 클로드 티에보, 『카프카 변신의 고통』, 김택 옮김, 시공사, 1999.

이토록 빼어난 세기의 지성

시몬 드 보부아르
Simone de Beauvoir(1908. 1. 9.~1986. 4. 14.)

프랑스가 낳은 가장 뛰어난 사상가

20세기의 지성들 중에서 내가 개인적으로 좋아하는 여성 지식인은 한나 아렌트, 수전 손택, 그리고 시몬 드 보부아르다. 올리버 색스는 수전 손택을 언급하면서 "동서고금의 지식과 '인간 본성 및 경험의 다양성'에 관한 지식을 광범위하게 섭취"¹했다고 썼다. 이것은 한나 아렌트나 시몬 드 보부아르에게도 똑같이 해당한다. 세 여성은 엄청난 독서광이고, 빼어난 '지성의 소유자'들이었다. 세 여성이 도달한 인간의 조건에 대한 통찰력의 깊이는 깊고, 사유의 꼭짓점은 현기증이 날 만큼 높았다. 보부아르는 당대의 소설가이자 사상가로 여성의 실존에 대한 깊은 통찰이 담긴 책을 잇달아 쓰고, 개별자의 자유를 높은 가치로 추구하는 독립적인 여성이었다. "인간은 자유다. 나는 세계 속 이 낯선 자유들 한가운데에 던져졌다."² 에세이, 희곡, 평론, 자서전 등 다양한 글쓰기를 하는 한편 프랑스의 여성해방을 위한 다양한 여성운동에 기꺼이 힘을 보탠 보부아르는 자전적 연대기를 꼼꼼하게 적은 4부작 『얌전한 처녀의 회상』, 『나이의 힘』, 『사물의 힘』, 『총결산』 등을 써냈다. 사르트르의 연인으로 혹은 사르트르와의 '계약 결혼'으로 유명세를 탔지만, 사실 보부아르는 프랑스가 낳은 사상가 중 가장 뛰어

---

1 올리버 색스, 『의식의 강』, 양병찬 옮김, 알마, 2018.
2 시몬 드 보부아르, 『모든 사람은 혼자다: 결혼한 독신녀 보부아르의 장편 에세이』, 박정자 옮김, 꾸리에, 2016.

난 인물 중 하나로 꼽을 만하다.

고등학교에서 철학을 가르치는 교사였던 보부아르는 작가에 대한 꿈을 키운다. 갈리마르에서 두 차례 원고 반송을 겪은 뒤 마침내 1943년 『초대받은 여자』를 내면서 프랑스 문단에 작가로서의 모습을 드러낸다. 이 소설은 현상학의 거장인 메를리퐁티에게서 "철학과 문학의 혼종적 양식"이라는 평가를 받는다. 보부아르는 그 뒤 『레 망다랭』으로 공쿠르 문학상을 받으며 더욱 유명해졌다. 1949년에 『제2의 성』을 내며 단박에 세계적인 명성과 함께 '여성해방운동의 아이콘'으로 떠올랐다. 보부아르는 여성의 본성은 태생적인 것이 아니라 남성 본위의 사회 속에서 만들어진 것이고, 따라서 남성 본위의 사회는 관념적으로 주조된 것에 지나지 않는다고 말한다. '남자들이 겪지 못하는 '출산', 호르몬, 남성과 다른 생리적 구조 등등의 생물학적 조건 때문에 하나의 '타자'로 규정당하는데, 보부아르는 이것이 잘못되었다고 이의를 제기한다. 그에 따르면 '여성'은 태어나는 것이 아니라 어린 시절부터 남성 본위의 사회가 정한 틀, 즉 여성의 복장, 여성성의 신화들, 여성다움으로 그럴듯하게 포장되어 만들어지는 것이다.

보부아르는 성인이 되어 자전거 타는 법을 배웠는데, 1940년 서른둘에 교사로 일하던 때였다. 보통 사람보다 뒤늦게 자전거를 배웠지만 단박에 그 매력에 빠져들었다. 보부아르는 처음 타는 사람치고는 자전거를 쉽게 다뤘다. 딱 한 번 개와, 또 한 번은 두 명의 여성과 부딪치는 사고가 있었지만, 자전거를 타는 동안 정말 행복해했다. 아직 책을 내기 전이라 보부아르를 알아보는 사람은 드물었다. 그저 '사르트르의 여자 친구' 정도로만 알려진 보부아르는 자전거의 핸들과 페달을 자유롭게 조정하며 달리는 데서 오는 즐거움과 성취감을 충분히 누렸다. 당시 파리는 독일군에 점령당해서 거리에 독일군 트럭이 수시로 돌아다녔는데, 보부아르는 아무 거리낌 없이 파리 시내의 거리를 자전거로 가로지르는 자유를 만끽했다. 보부아르는 한 인터뷰에서 이렇게 고백한다. "자전거는 여성에게 자유와 자립의 기분을 느끼게 합니다. 마치 자신이 독립적인 존재인 것 같은 기분이 들게 만들죠."[3] 보부아르가 자전거의 매혹에 빠져든 것은 그것이 여기저기로 이동할 수 있는 자유를 주는 물건이었기 때문이다.

'우리 2년간 계약을 맺읍시다'

보부아르는 파리의 전형적인 중류층 가정에서 태어났고, 아버지는 변호사였다. 어려서부터 이미 명민한 두뇌로 수재라고 꼽을 만큼 학업성적이 뛰어났고, 프랑스의 명문인 소르본 대학에 들어가 철학을 공부했다. 보부아르가 사르트르를 만난 것은 1929년이다. 그해 보부아르는 스물한 살, 사르트르는 스물네 살이었다. 두 사

---

3 루스 퀴벨, 『사물의 약속』, 손성화 옮김, 올댓북스, 2018.

람은 철학교수 자격시험을 준비하면서 처음 만나 사랑에 빠지고, 결국 세계를 떠들썩하게 만든 '계약 결혼'에 이른다. 두 사람이 처음부터 계약 결혼을 염두에 둔 것은 아니었다. 군 입대를 앞둔 사르트르가 보부아르에게 일종의 의무감으로 청혼을 하는데, 보부아르는 그 청혼을 거절한다. 계약 결혼은 사르트르의 "우리 2년간 계약을 맺읍시다"라는 제안에서 시작되었다. 보부아르는 그 운명의 순간에 대해 다음과 같은 기록을 남겼다.

> 어느 날 오후 우리는 니장 부부와 샹젤리제로 〈아시아의 폭풍〉이라는 영화를 보러 갔다. 우리는 그들과 헤어지고 카르제르 공원까지 걸어가서 루브르 박물관 한쪽에 있는 돌 벤치에 앉았다. 어디에서 온 것인지 모를 고양이 한 마리가 울고 있었다. 어둠이 밀려왔을 때 손에 장갑을 쥔 한 여자가 다가와서 고양이를 다정히 쓰다듬으며 자루에서 먹이를 꺼내 고양이에게 주었다. 그때 사르트르가 '우리 2년간 계약을 맺읍시다'라고 제안했다.[4]

사르트르는 보부아르를 만나고 남자로서 자신에게 딱 맞는 여자를 찾았다고 생각했다. 보부아르 역시 사르트르와의 만남 자체로 자신의 인생에서 성공 신화를 썼다고 말한다. "시몬은 풍부한

---

4 변광배, 『사르트르와 보부아르의 계약결혼』, 살림, 2007.

지식을 가진 남자와 결혼해서 함께 책을 읽고 공부하며 시간을 보내는 것을 꿈꾸었다. 햇살이 가득한 방에 책상 두 개를 나란히 놓고 남편과 함께 앉아서 책을 읽고 쓰는 것이 보부아르가 꿈꾸는 이상이었다. 이 묘사는 보부아르의 미래를 무서울 만큼 정확하게 예견했다. 시몬은 실제로 오랫동안 장 폴 사르트르와 함께 바로 이런 생활을 꾸려나간 것이다."[5] 두 사람은 중산층의 도덕과 관례가 요구하는 갖가지 의무를 아무 거리낌 없이 벗어버린 점, 오직 사색과 대화와 글쓰기에 대한 열정을 추구한 점, 집을 갖지 않고 한 호텔에서 각각의 방을 얻어 살며 부르주아의 편안한 삶에 안주하지 않는다는 점 등에서 쌍둥이처럼 닮았다. 두 사람은 같은 방식으로 인간과 세계를 바로 보고 이해했다. "세계를 이해하기 위해 우리들은 같은 도구, 같은 체계, 같은 열쇠를 사용했다."[6]

두 사람이 맺은 계약 결혼은 그 유례를 찾아보기 힘든 일부일처제 결혼이 갖는 폐쇄성과 비밀주의를 넘어서는 이상적인 결혼의 형식을 찾기 위한 일종의 모색이고 실험이었다. 이 실험은 남녀 관계에서의 완벽한 평등, 속임수를 배제하는 자유, 그리고 경제적으로 상대에게 의존하기보다는 자립을 전제로 한다. 두 사람은 계약 결혼을 유지하면서도 상대에게 우연히 찾아오는 사랑의 자유를 존중하고, '가장 훌륭한 인간관계'가 될 수 있도록 최선을 다했

5 변광배, 앞의 책.
6 변광배, 앞의 책.

다. 하지만 계약 결혼은 두 사람에게 닥친 우연의 사랑으로 여러 차례 위기를 맞는다. 사르트르는 늘 많은 여자들에게 둘러싸여 있고, 우연의 사랑에 빠지기를 서슴지 않았다. 하지만 다른 여자와 사랑에 빠져 있을 때조차 보부아르를 향해 "당신, 나의 첫 번째 독자", 나의 "검열관", 나의 "훌륭한 조언자", 당신, 나의 "눈", 나의 "귀", 나의 "증인"이라고 불렀다.[7]

보부아르가 그랬듯이 사르트르도 '자유'를 늘 옹호되어야 할 최고의 가치로 여겼다. "인간은 자유롭지 않을 자유가 없다"거나 "인간은 자유롭도록 선고를 받았다"라는 말들은 사르트르의 가치 체계에서 자유가 얼마나 중요한가를 잘 드러낸다. 사르트르는 실존주의 철학의 영토에 세워진 하나의 국가이고, '자유'는 그것을 상징하는 깃발이었다. 앙리 레비는 사르트르를 가리켜 "일종의 일인—人 정당, 일인 국가, 한 명의 국가원수, 자신이 배우이자 저자이자 연출가이자 무대감독이며, 지구 전체가 공연장, 연극이 되어버린 영원, 하나의 '국가—장경 spectacle'"이자 "국토도 국민도 없는 국가, 관념의 바티칸, 지금 내가 있는 곳이 바로 로마인 그런 사르트르. 영토를 가지고 있지 않은 '교회—사르트르'"[8]라고 썼다. 사르트르가 가진 당대의 엄청난 영향력에서 보자면 그를 움직이는 하나의 국가라는 언급은 과장도 거짓도 아니다. 사르트르의 말

7 베르나르 앙리 레비, 『사르트르 평전』, 변광배 옮김, 을유문화사, 2009.
8 베르나르 앙리 레비, 앞의 책.

과 사상의 실천이 갖는 전 지구적 여파라는 측면에서 그는 "사르트르-국가"[9]라고 할 수 있는 거의 유일한 존재였다. "그는 하나의 브랜드이다. 아니 하나의 브랜드 이상이며, 하나의 상징이다."[10] 보부아르는 그런 사르트르와 아주 잘 어울리는 한 쌍이며, 차라리 자웅동체와 같은 존재였다. 그런 까닭에 두 사람은 어느 한쪽만을 떼어내 말하기 어렵다. 사르트르는 보부아르에게 "모든 것을 빚지고 있다"고 말하면서, 보부아르를 가리켜 "나의 재판관", "나의 검열관", "인쇄를 허가하는 사람"이라고 불렀다.[11]

우리의 삶은 그토록 오랫동안 조화롭게 하나였다

사르트르와 보부아르는 집을 갖지 않고 호텔에서 생활했다. 두 사람은 아이도 갖지 않았다. 일체의 가사노동과 결혼생활의 관습에 얽매이지 않은 자유를 갈망했기 때문이다. 그 대신에 그들은 책을 읽고 쓰는 일에 집중할 수 있는 시간을 얻을 수 있었다. 사르트르와 보부아르는 대개는 카페 '레 되 마고'와 '카페 드 플로르'를 옮겨 다니며 아침 9시부터 낮 1시까지, 그리고 점심 식사를 하고 난 뒤 오후 4시부터 8시까지 날마다 여덟 시간씩 자리에 앉아서 글

9 베르나르 앙리 레비, 앞의 책.
10 베르나르 앙리 레비, 앞의 책.
11 변광배, 앞의 책.

을 썼다. 사르트르는 겨울이면 난방시설이 더 좋은 카페 드 플로르의 2층 구석 자리를 차지하고 앉아 인조모피로 만든 외투를 걸친 채 집필에 열중했다. 그때 쓴 책이 저 유명한『존재와 무』라는 철학서이다. 집필을 하지 않는 동안 두 사람은 카페를 찾아온 기자와 문인, 예술가와 사상가, 그리고 무수히 많은 독자와 예찬자들을 만나 유쾌한 담소를 나누었다. 두 사람은 카페 드 플로르에서 알베르 카뮈와 장 그르니에, 장 콕토와 장 주네 같은 작가들, 그리고 피카소와 자코메티 같은 화가들을 만났다. 카페는 그들이 집필을 하는 서재이자 출판사 직원이나 기자를 만나는 사무실이며, 기쁨과 우애를 나누는 살롱이었다. 사르트르는 "카페 드 플로르로 가는 길은 내게 있어 자유에 이르는 길이었다"라는 고백을 남겼다.

1980년 4월 15일, 사르트르가 죽었다. 심장마비로 쓰러져 병원에 실려 간 뒤 사르트르는 시력을 완전히 잃은 채 병상에서 죽음에 대한 공포에 사로잡혀 욕설과 비명을 지르며 한바탕 소동을 피웠다. 그것은 세기의 지성이요, 위대한 사상가로 추앙받던 한 위대한 인물이 노쇠와 질병으로 철저히 무너져 내리는 현장이었다. 보부아르는 9년 동안이나 사르트르의 병상 옆을 떠나지 않고 그 몰락의 현장을 지켜봤다. 사르트르의 죽음으로 50년에 걸친 두 사람의 계약 결혼도 해지되었다. 보부아르는 사르트르의 죽음을 겪은 뒤 이렇게 썼다. "사르트르의 죽음은 우리를 갈라놓았다. 내가 죽어도 우리는 재결합하지 못할 것이다. 이제 뭐라고 해도 별수 없다. 우리의 삶이 그토록 오랫동안 조화롭게 하나였다는 사실이 그저 아름다울 뿐이다." 보부아르는 사르트르가 죽은 뒤 두 사람의 관계를 정리하는 책 『이별의 의식』을 펴내는데, 이 책을 통해 "몇 세기에 걸쳐 한 남자와 한 여자의 명예라고 생각되었던 비밀"과 사생활이 만천하에 드러났다. 보부아르는 이 일로 세간의 격렬한 비난에 직면했다. 이는 정말 비난할 만한 일이었을까? 사르트르 평전을 집필한 베르나르 앙리 레비는 "어쩌면 그들 사이에 둘만의 은밀한 비밀결사, 에로틱한 악당들 사이의 결탁과 같은 것이 있었는지도 모른다. (중략) 방종의 기술, 극도의 명석함과 자유, 그리고 일종의 귀족적 정수가 말이다"라고 쓴다. 보부아르는 사르트르가 죽고 여섯 해를 더 살았다. 1986년 4월 14일에 죽음을 맞은 보부아르는 가족 묘지 대신에 사르트르가 묻힌 파리의 몽파르나스 묘지에 나란히 묻혔다.

기억과 망각 사이에서

허먼 멜빌
Herman Melville(1819. 8. 1.~1891. 9. 28.)

청년의 눈빛을 보았다

30대 후반이 되자 내 인생이 실패하고 있다는 전조 증상이 여러 곳에서 나타났다. 그 무렵 나는 출판업을 접고 가정은 풍비박산이 난 상태로, 이렇게 살 수도 없고 저런 방식으로 죽을 수도 없는 난처한 지경에 빠져 있었다. 헐벗은 채 남루해진 서울 살림을 꾸려 정리하고 아무 연고도 없는 시골로 내려갔다. 딱히 상대가 없는 분노와 적의를 가라앉히며 실패를 실패로 받아들이자 요동치던 심령이 조용해졌다. 나는 시골에서 독거하며 혼자 밥을 끓이고 혼자 잠을 자며 오랫동안 내 인생의 어느 부분이 잘못된 것인가를 곰곰이 되새김질했다. 나는 이미 마흔 줄로 접어들었는데, 그때 『모비 딕』을 처음 읽었다. 사업 실패와 인생의 평지풍파를 겪을 만큼 겪은 남자의 눈빛은 청년의 그것처럼 빛나지 않았다. 『모비 딕』의 첫 장면을 펼쳐 읽으면서 거리를 떠돌다가 포경선을 타고 바다로 나가려는 결심을 하는 이슈메일의 모습에서 얼핏 오갈데가 없어 방황하던 내 20대를 엿보았다. 나의 이슈메일이여, 내 가난한 창백한 영혼의 현신이여. 이 책의 첫 장을 펼쳐 읽던 어느 가을 초저녁, 내 주변으로 조용히 퍼지던 푸른 이내를 잊을 수가 없다. 나른한 허무주의로 얼룩진 20대를 보내고, 격동하는 30대를 통과한 뒤 나는 40대에 비로소 『모비 딕』을 만났다. 그 어디에도 소속되지 못한 채 거리를 떠돌던 내 20대를, 군 입대 신체검사에서조차 낙방할 정도로 비쩍 마른 내 몸뚱이를, 그 시절의 절망과 한숨을, 불현듯 해묵은 상처의 기억을 헤집어 지금 여기로 소환하는 『모비 딕』의 첫 장을 넘기며 벅차오르는 가슴을 진정시키느라 애썼다.

나는 문득 내가 걸어온 저 과거의 시간을, 그 안에 있었던 갖가지 기이한 일들, 성공과 실패를, 수치와 오욕들을 되돌아보았다. 시간은 우리 스스로를 돌아보게 하고, 한 줄기의 지혜를 주며 인격의 성숙에 이르게 한다. 신경의학자인 올리버 색스는 정교한 학문의 통찰력에 이르기 위한 세 가지 전제조건으로 "시간, 망각, 숙성"¹을 꼽는다. 어디 그게 학문 세계만의 일이랴! 사람이 통찰력을 얻어 살아가는 데도 이 세 가지가 반드시 필요하다.

인간은 시간을 사는 존재가 아니라 시간의 일부이며 시간 그 자체다. 시간이 없다면 우리는 존재하지 않는다. 시간은 우리 존재의 중심을 꿰뚫고 지나간다. 우리는 시간과 싸우고 타협하며 그것을 인생의 일부로 받아들인다. 어쩌면 우리의 운명은 시간에 조금의 행운과 우연을 더 보태서 반죽하고 발효시킨 것에 지나지 않을지 모른다. 우리가 겪은 일은 왜곡된 기억의 일부로 남고 더 많은 부분은 망각으로 넘어가는데, 이때 망각된 것은 기억에서 완전히 사라져버린 것이 아니다. 망각은 비록 우리가 인지하지 못한다하더라도 강렬한 무의식의 자원 창고다. 우리 무의식에는 자신도 잊어버린 갖가지 이유들로 눌린 공포와 욕망들이 들끓는다. 우리

ı 올리버 색스, 『의식의 강』, 양병찬 옮김, 알마, 2018.

운명은 기억과 망각 사이의 어디쯤에서 빚어진다. 건강한 삶을 위해서는 기억과 망각의 황금 비율을 유지해야 한다. 내가 불면증이나 편두통을 앓지 않고, 카페인, 니코틴, 알코올에 과도하게 기대지 않으며, 괴상망측한 환상통도 없이 건강하게 살 수 있는 것은 내 뇌가 기억과 망각 사이에서 조화와 균형을 이룬 덕택이다. 무엇보다도 우리는 이 공포와 욕망을 달래고 길들이기 위해 애써야 한다. 우리의 의지가 개입하면서 이루어지는 게 숙성이다. 우리의 의지가 어디로 튀어나갈지 모르는 우연의 운명을 어르고 달랠 때 우리 안의 야만성은 순치되고 무의식적인 자아가 창조적인 자아로 도약한다. 이것이 바로 숙성이다! 우리를 지금 여기까지 이끌어온 것, 운명의 옷감을 짜는 데 들어간 세 요소는 시간, 망각, 숙성이다.

싸늘했던 당대의 독자 반응

1850년 12월, 서른한 살의 젊은이가 뉴욕에서 매사추세츠주 서쪽의 버크셔 지방으로 가족을 이끌고 이사를 했다. 아들 하나가 있고, 아내는 막 둘째 아이를 출산한 뒤였다. 그는 아침이면 일어나 책상 앞에 앉아서 소설을 썼다. 어느 때는 끼니도 거른 채 오후 4시까지 쉬지 않고 썼다. 그는 소설 쓰기에 근육과 세포에 남은 역량의 마지막 한 방울까지 쏟아부었다. 셰익스피어, 밀턴, 호메로스, 베르길리우스, 신화, 성경 등을 읽어치우고, 고래잡이와 태평양에 관한 자료를 섭렵하며 쌓은 박물학적 지식과 자료, 포경선을 타고 겪은 생생한 체험을 섞고 숙성시키며 대작을 써나갔다. 그것은 19세기 포경 산업에 대한 모든 것을 담아낸 역작이다. 이 안에는 고래의 생태, 서식지, 몸체, 해부학적 지식이 주르륵 펼쳐져 있고, 고래잡이의 장비, 방법, 역사, 그리고 고래기름 정제하는 법 따위가 상세하게 묘사되어 있다. 이 소설의 원고가 마무리되어 출판사에 넘겨진 것은 1851년 7월 중순경이고, 책으로 나온 것은 1851년 11월이었다. 그토록 심혈을 기울여 썼건만 이 작품에 대한 당대의 독자 반응은 싸늘했다. 작가가 죽은 1891년까지 40년 동안 이 소설의 판매량은 다 해서 3,715부였다. 이것이 바로 허먼 멜빌이 쓴 해양소설 『모비 딕』이다.

허먼 멜빌은 무역상 집안에서 태어났다. 열한 살 때 아버지가 하던 사업이 실패하고 얼마 뒤 죽으면서 가세는 급격하게 기운다. 그는 학업을 포기했다. 여덟 해 동안이나 굴욕적인 가난을 겪으면서 은행과 법률사무소 사환, 심부름꾼, 농장일, 교사 등등을 하며 떠돌았다. 일자리를 찾아 아직 황무지인 일리노이와 미주리로 건너갔으나 손댄 사업은 실패했다. 미국 경제는 공황으로 빠져들고 있었다. 멜빌은 스무 살 때 선상 객실 보조로 일하면서 영국의 리버풀까지 항해했다. 다시 포경선을 타고 남태평양 등지를 항해했다. 그러다 누군가에게서 빌린 책에서 25미터나 되는 수컷 향유고래가 에식스호의 뱃머리를 들이받아 박살 내버려 선원 스무 명이 보트 세 대로 탈출한 이야기를 읽었다. 이야기에 따르면, 석 달 뒤 다섯 명이 구조되었다. 산 자들은 야위고 햇볕에 그을려 있었고, 보트에는 따개비가 달라붙어 있었다. 생존자의 손에 사람 뼈가 있었는데, 그것은 동료를 살해해 인육을 먹은 증거였다. 요동치는 광막한 바다, 향유고래의 악마적인 힘과 신화적 출현에 작가 멜빌의 상상력이 크게 자극을 받았을 게 틀림없다. 멜빌은 전두엽에 번개가 내리꽂히듯 자신이 그 이야기를 쓰는 자로 부름받았다는 사실을 깨달았다.

청년 이슈메일의 모험

『모비 딕』을 고래에 관한 갖가지 문헌들을 망라한 '고래학' 책이자 망망한 바다에 관한 매우 독창적인 상상력을 보여주는 책, 혹은 '존재론적 영웅학'을 펼치는 책이거나 오갈 데가 없는 청년의 가슴을 달래주는 책으로 읽을 수도 있겠다. 이 소설을 20대에 읽었더라면 좋았을 것이다. 하지만 안타깝게도 나는 20대에는 『모비 딕』을 읽지 못했다. 그 이유는 당시 고래를 내세운 해양소설이 내 흥미를 자극하지 못했기 때문이다. 나는 호주머니가 텅 빈 채 거리를 떠돌거나 시립도서관이나 음악 감상실에서 시간을 보내며 방황하는 한 가엾은 문학청년, 백수건달, 혹은 땅속에서 광물을 찾듯이 기억과 망각 속을 헤집으며 쓸 만한 언어를 찾는 언어

채집자였다. 그때는 '을씨년스러운 영혼'을 달래줄 술도 마실 줄 몰랐다. 원양어선 선원이 되어 배를 타거나 남극의 기후와 생태계를 연구하는 대원이 되기에는 내 근력이 턱없이 부족했고, 막노동판에서 일하기에는 겁이 났고, 장사를 하기에는 경험이 너무나 얕았다. 그때 내 안에서 들끓던 것은 백과사전적 지식에 대한 열망, 철판이라도 꿰뚫을 듯한 강렬한 인식욕, 사물과 세계에 대한 시적 변용 정도였다. 나는 시립도서관의 열람실 창가 자리에 앉아 푸른 노트에 아무도 읽어주지 않는 시를 쓰고, 가스통 바슐라르의 책이나 읽었다. 자, 이제 우리의 주인공 청년 이슈메일을 만나보자.

내 이름은 이슈메일이라고 해두자. 몇 년 전—정확히
언제인지는 아무래도 좋다—지갑은 거의 바닥이 났고 또
뭍에는 딱히 흥미를 끄는 것이 없었으므로, 당분간 배를 타고
나가서 세계와 바다를 두루 돌아보면 좋겠다는 생각을 했다.
그것은 내가 우울한 기분을 떨쳐버리고 혈액순환을 조절하기
위해 늘 쓰는 방법이다. 입 언저리가 일그러질 때, 이슬비
내리는 11월처럼 내 영혼이 을씨년스러워질 때, 관을 파는
가게 앞에서 나도 모르게 걸음이 멈추거나 장례 행렬을 만나
그 행렬 끝에 붙어서 따라갈 때, 특히 심기증에 짓눌린 나머지
거리로 뛰쳐나가 사람들의 모자를 보는 족족 후려쳐 날려
보내지 않으려면 대단한 자제심이 필요할 때, 그럴 때면 나는
되도록 빨리 바다로 나가야 할 때가 되었구나 하고 생각한다.

이것이 나에게는 권총과 총알 대신이다. 카토는 철학적 미사여구를 뇌까리면서 칼 위에 몸을 던졌지만, 나는 조용히 배를 타러 간다. 이것은 전혀 놀라운 일이 아니다. 바다를 알기만 하면 누구나, 정도의 차이는 있겠지만, 언젠가는 바다에 대해 나와 비슷한 감정을 품게 될 것이다.[2]

이슈메일은 누구인가. 요원한 것을 향한 갈망을 품은 자, '금단의 바다'에 유혹을 느껴 항해를 떠나는 자, 먼 세계를 갈망하고 미지의 곳으로 자기 몸을 밀어 넣는 자, 가능한 것에서 불가능한 것을 가리지 않고 세상의 모든 것과 제 몸을 비비며 모든 사물과 친해지려는 자! 그는 분명 청년이리라. 청년이 아니라면 누가 감히 위험이 도사린 저 광란의 바다에 제 목숨을 걸고 뛰어들 수 있을까! 청년이란 두렵지만 무릎 꿇지 않고 기어코 무모함과 불가능에 자기를 던져 제 행운을 시험해보는 자다. 하지만 나는 그렇게 살지 못했다. 일찍이 시와 문학을 작파해버리고 아시아와 북아프리카를 유목민처럼 떠돌며 산 랭보를 좋아했지만 용기가 없어 현실에 거칠게 저항하지도 못하고, 먼 곳으로 차마 떠나지도 못했다. 물론 속악한 현실과 타협하고 그 자리에 주저앉은 데는 나를 옥죄는 여러 제약도 큰 이유가 되었으리라. 어쨌든 나는 집과 시립도서관 사이의 거리를 오가며 가장행렬에 지나지 않는 타인의

---

2 허먼 멜빌, 『모비 딕』, 김석희 옮김, 작가정신, 2011.

삶을 시니컬한 눈빛으로 바라보았다. 내 안의 모차르트를 살해한 뒤 시와 그림을 버리고, 일부러 꿈과 동경의 숨결을 꺼뜨리며 다만 살아남으려고 애썼다. 나는 쩨쩨한 옷을 입고 쩨쩨한 밥을 먹으며, 쩨쩨한 연애를 하고, 쩨쩨한 우정을 나누었을 뿐이다. 돌이켜보면 내 20대의 삶은 그토록 작고 쩨쩨했다. 이슈메일은 내 과거를 회한으로 적시며, 내가 차마 살아보지 못한 놀랍고 신비하고 거친 미지에 대한 동경을 되살려냈다.

괴물과 싸우는 자가 명심해야 할 것

『모비 딕』은 괴물을 쫓아가는 '지옥의 묵시록'을 펼쳐낸다. 에이해브 선장이 쫓는 거대한 흰 고래는 괴물이다. 이 '괴물'을 이해하기 위해 잠시 정신분석학자 프로이트의 말을 빌려오자. "괴물스러운 것들과 마주치는 기묘한 낯섦은 절대적 타자가 아니라 바로 우리 자아 안에 있는 억압된 타자의 드러남일 뿐이다. 기괴함이 의인화된 결과인 괴물은 어두운 지하의 최하부 혹은 가려져 있었거나 잊혀져왔던 것들이 봉인된 비밀 방의 갑작스런 폭발을 나타낸다."[3] '괴물'은 세상의 어두운 곳에서 비밀스럽게 숨 쉬는 '절대적 타자'다. 그 기괴한 존재들은 신화나 소문으로만 떠돌 뿐 좀처

3 리처드 커니, 『이방인, 신, 괴물』, 이지영 옮김, 개마고원, 2004.

럼 그 모습을 드러내지 않는다. 그것들은 봉인된 채로 숨어 있다가 어느 순간 번개가 내리치듯이 갑작스런 폭발로 세상에 나타난다. 이 괴물과 맞서는 자는 또 다른 의미에서의 괴물이어야만 한다. 『모비 딕』을 읽을 때 니체의 저 유명한 아포리즘, 즉 "괴물과 싸우는 자는 그 누구라도, 그 싸움의 과정에서 자신이 괴물이 되지 않도록 조심해야 한다"라는 말을 떠올리는 것은 자연스럽다.

에이해브 선장은 전설의 흰 고래 모비 딕을 쫓는 데는 그럴 만한 까닭이 있다. 모비 딕은 바다를 지배하는 반수신半獸神이고, 요정 에우로페를 납치해 아름다운 뿔에 매달고 달아나는 흰 황소 유피테르다. 에이해브 선장조차 왜 자신이 모비 딕을 쫓고 있는지 알지 못한다. 다만 자기 안의 그 무엇이 모비 딕을 쫓도록 내모는지 모른 채 그것을 뒤쫓는다. 물론 그가 모비 딕을 쫓는 표면적인 이유는 이 난폭한 폭군에게 다리 한 짝을 잃고, 영혼이 찢겼기 때문이다. 그에게 '모비 딕'은 단순한 바다 생물이 아니라 이 세상 것이 아닌 사악함의 날카로운 현신이고, 광기와 악의로 가득 찬 채 바다를 휘젓고 선량한 이들을 괴롭히는 '음흉한 악마성'의 실체다. 이 모비 딕이 어느 날 갑자기 바다에서 그 장엄한 모습을 드러내자 에이해브 선장은 광기로 몸을 떨며 이 '악마'와 싸워 물리치기로 결심을 하는 것이다.

모비 딕은 모든 것을 파괴하고 집어삼키는 무시무시한 '폭군'이지만 어딘지 모르게 신비와 숭고함마저 띠고 있다. 모비 딕이 두려움과 경외라는 양가감정을 자아내는 것도 그 때문이다. 그것은 우리 안에 숨어 있는 억압된 무의식의 트라우마, 현실의 질서에 난입해 그것을 부수는 절대적 타자의 나타남이다. 이 괴물은 어디에서 기원하는가. 그것은 인간 외부의 것이 아니라 차라리 인간 내면에서 자라난 악의 모든 것을 상징하고 두려움을 자아내는 타자성의 총체이며, 불순한 힘을 지닌 채 출현한 초자연적 이방인이다. 아울러 모비 딕은 우리 안의 악마이자 에일리언이고, 바다의 어두운 곳에서 튀어나온 프랑켄슈타인의 피조물이며, 우리 원죄를 씻어내고 구원으로 이끌기 위해 제단에 바치는 희생양이다. 그런 뜻에서 『모비 딕』은 "상징성, 신화, 우주적 의미를 탐색"[4]하는 책이다.

더 젊은 날에 『모비 딕』을 읽었다면 내 운명이 조금은 달라졌을 지도 모른다. 스무 살의 나는 내게 주어진 현실의 악조건을 회피하며 도망 다니지 않고, 그것에 거칠게 부딪치며 덜 비겁하게 살았을지도 모른다. 청년 이슈메일에 그랬듯이, 가령 바람 바로 아래가 안전한 장소라 해도 거기 틀어박혀 숨는 불명예보다는 저 미쳐 날뛰는 넓은 바다로 뛰어들기를 선택했을지도 모르겠다. 인생에는 두 가지 돌이킬 수 없는 후회가 있다. 첫째는 기회가 왔을 때 시도하지 않은 후회요, 둘째는 저질러버린 일에 대한 후회다. 평생에 걸쳐 더 깊은 후회를 남기는 것은 전자다. 기회가 왔는데도 이러저러한 이유로 기회를 흘려보내 버린 것은 평생을 다해도

---

4 신문수, 『모비 딕: 진실을 말하는 위대한 기예』, 살림, 2005.

씻을 수 없는 회한과 상처를 남긴다. 실패가 두려워 안락함 속에 숨는 것은 비겁한 짓이다. 저 '미쳐 날뛰는 바다', 그것이 지옥의 한복판이라 하더라도 저 미지의 세계에 뛰어들지 못하는 자는 아무것도 손에 넣지 못하고, 결국은 자기 자신마저도 구원할 수 없으리라. 감히 자기를 구원하려는 자는 저 바다가 불러일으키는 두려움을 넘어서서 뛰어들어야만 한다. 흘러간 생애의 거친 파도는 잠시 뒤로 밀어둔 채 다시 한 번 저 거칠게 날뛰는 바다로 뛰어들어, 예측할 수 없는 운명을 향해 '자, 운명이여, 이 창을 받아라'라고 외치며 작살을 날려야 한다.

생각을 바꿔라, 그러면 세상이 바뀐다

스티브 잡스
Steven Paul Jobs(1955. 2. 24.~2011. 10. 5.)

괴짜와 천재의 사이에서

한 인간의 가치는 그의 가치관, 선택과 의지, 업적들의 총합을 통해 가늠해볼 수 있다. 우리가 김구나 안중근, 혹은 간디나 테레사 수녀의 삶을 흠모하고 높이 떠받드는 것은 이들의 가치관이 도덕적으로 훌륭하며 동시에 선택과 의지에서 빼어나고, 그 행동과 업적이 비범한 까닭이다.

여기 한 사람이 있다. 가난한 집에 입양된 데다 대학 중퇴자로 보잘것없어 보였지만, IT산업의 영웅이라는 아이콘을 얻었다. 카리스마와 영감은 넘쳤지만 다른 한편으로 종잡을 수 없는 사람이었다. 불교의 선禪과 테크놀로지에 대한 이해가 깊고, 현실주의적 자세로 일하며 내면 깊은 곳에는 몽상가의 기질을 품은 인물. 대단한 것을 발명하지는 않았지만, 자기만의 독특한 규칙을 고집하는 '보스'이자 우리 삶의 방식을 혁신적으로 바꿔낸 사람. 젊은 나이에 허름한 집 차고에서 창업해 세계 최고의 가치를 지닌 기업으로 성장시킨 창업 신화의 주인공! 바로 '애플Apple'의 스티브 잡스다.

1985년 2월, 잡스는 서른 번째 생일을 맞는다. 잡스는 샌프란시스코의 세인트프랜시스 호텔 연회장을 빌려 손님을 1,000명이나 초대해 파티를 벌였다. 옛 친구들과 업계 인사들(이 중에는 소프트웨어 업계의 거물인 빌 게이츠도 있었다)이 참석했고, 밥 딜런을 초빙했으나 불응하는 바람에 재즈 가수 엘라 피츠제럴드가 대신해서 노래를 불렀다. 사람들은 가벼운 음식과 알코올 음료를 즐기며 샌프란시스코 교향악단이 연주하는 왈츠에 맞춰 흥겨운 춤을 추었다. 잡스는 이 자리에서 스콧 피츠제럴드의 『마지막 거물The Last Tycoon』 초판본을 선물로 받았다.

유명한 잡지 《플레이보이》는 그의 생일에 맞춰 잡스와의 인터뷰 기사를 실었다. 잡스는 "예술가로서 창의적인 방식으로 살고 싶다면 너무 자주 뒤돌아보면 안 됩니다. 그동안 무엇을 해왔든, 어떤 사람이었든 다 버릴 각오가 돼 있어야 합니다"라는 말을 남겼다. 이 뛰어난 직관력을 가진 젊은이는 일찍이 자신의 인생이 변화의 격동을 타고 나아가게 될 것임을 이미 눈치채고 있었다.

버림받음, 선택받음, 그리고 특별함

잡스는 태어난 직후 친부모에게서 버림받았고 아이가 없던 잡스 부부에게 입양되었다. 새아버지 폴 잡스는 고학력자도 아니었고 그저 중고차를 수리해 판매하는 일을 하는 평범한 소시민이었다. 아버지는 틈이 날 때마다 자동차에 대해 그다지 흥미가 없는 아들에게 자동차의 세부 설계와 기술적인 것들을 가르치려고 했다. 두 사람의 사이는 좋았다. 잡스의 정체성 안에는 '버림받음, 선택받음, 그리고 특별함'이라는 세 가지 요소가 기묘한 균형을 이룬 채 자리 잡았다.

초등학교에 들어간 잡스는 공부에는 큰 흥미를 보이지 않은 채 크고 작은 말썽을 많이 피우는 장난꾸러기로 자라났다. 종종 장난이 지나쳐서 교사들은 그를 집으로 돌려보내기도 했는데, 그럴 때마다 폴 잡스는 "이봐요, 우리 아이 잘못이 아닙니다"라고 교사에게 항변을 하며 아들을 감쌌다. 양부모는 일요일마다 루터교 교회에 나갔는데, 잡스가 종교적인 가르침에 따라 자라기를 바랐기 때문에 그를 꼭 데려갔다. 그러나 잡스는 열세 살 이후로 교회에 나가는 일을 스스로 그만두었다.

잡스의 아버지는 넉넉한 살림이 아니었지만 아들을 반드시 대학에 보내겠다고 서약했다. 그는 약속을 지키려고 성실하게 일하면서 꾸준히 저축을 했다. 잡스가 고등학교를 졸업할 무렵에는 대학 입학금을 댈 수 있을 정도로 돈이 모였지만 잡스가 대학에 가지 않겠다고 고집을 부렸다.

잡스는 아버지의 설득으로 오리건주 포틀랜드에 있는 리드 대학에 진학한다. 이 대학은 미국 내에서 학비가 가장 비싸기로 소문난 학교였다. 1972년 가을 잡스의 입학식에 맞춰 양부모는 그를 포틀랜드까지 직접 차로 데려다주었다. 그러나 잡스는 고아처럼 보이기 위해 양부모에게 제대로 된 작별 인사조차 하지 않았다. 훗날 잡스는 그때를 돌이켜볼 때마다 깊이 후회했으며, 인생에서 가장 부끄럽게 기억하는 순간 중 하나로 꼽았다.

너무 무심한 태도로 부모님께 상처를 준 것이지요. 그러지 말았어야 했습니다.

선불교와 채식주의와 LSD에 심취하다

리드 대학의 신입생이 된 잡스는 얼마 되지 않아 선과 밥 딜런과 마약인 LSD에 심취한다. 그는 도서관을 다니며 선에 관한 책들을 찾아 읽고 명상에 열중하고, 선불교에 깊이 빠져든다. 선불교에 대한 심취는 젊은 시절 한때의 취미가 아니었다. 선불교의 수행을 통해 얻은 미니멀리즘적 미학과 강렬한 집중력은 그의 전 생애에 걸쳐 나타나는 성향이다. 그는 선과 LSD로 고양된 의식을 가지고 리드 대학의 교과목들을 최소한도로 이수하며 버텨낸다.

그는 늘 맨발로 다녔고, 눈이 올 때만 샌들을 신었다. 빈 병을 모아 반납하며 푼돈을 챙기고, 일요일에는 공짜 점심을 먹으려고 크리슈나교 사원까지 걷기를 마다하지 않았다. 이 보헤미안 청년은 선불교와 채식주의, 명상과 영성, 환각과 록 음악, LSD에 물든 채, 나중에 사람들에게 괴짜로 비칠 독특한 기질과 영혼을 빚어내고 있었던 것이다.

잡스가 윤리적으로 합당한 사람이었다고 단정하기는 어렵다. 그는 매우 복잡한 내면의 도덕을 가진 사람이다. 남들 눈에는 정상이 아니라고 비칠 만큼 괴팍스러웠던 그는 괴짜이고, 모순투성이이며, 유별난 인물이었다. 그럼에도 그가 매력적인 데는 분명 철학적인 면, 선불교에의 심취, 1960년대 미국을 휩쓴 히피들의 자유정신, 남다른 인문학적 통찰력이 한몫했을 것이다. 동양의 선 수행을 통해 집중하는 능력과 단순함에 극단적으로 애착을 갖는 성향을 키웠는데, 그것은 '미니멀리즘에 기반한 미의식'으로 고착되었고, '애플'의 모든 제품에 스며든다.

전기 작가 월터 아이작슨Walter Isaacson은 잡스를 "많은 것을 발명하지 않았지만 새로운 미래를 여는 방식으로 아이디어와 예술, 기술을 통합하는 데는 달인이었다"라고 평가한다. 아이작슨의 두꺼운 평전에서의 그는 일반적인 윤리의 잣대로는 나쁜 것이 분명한 냉담과 잔혹함, 그리고 거칠고 반사회적 행동을 보인다. 그와 함께 일하는 것은 쉬운 일이 아니었다. 그는 사람을 이분법으로 분류하고 그에 따라 대접이 극단적으로 달라졌다. 매킨토시 컴퓨터 디자이너로 일했던 빌 앳킨슨Bill Atkinson은 이렇게 말한다.

> 스티브 밑에서 일하는 건 만만치 않았어요. 그가 세상엔 '신들'과 '골 빈 놈들'만 있다는 양극화된 시각을 가졌기 때문이지요. '신'에 속하는 사람들은 받들어 모셔졌기 때문에 무슨 일을 해도 괜찮았어요. 저를 비롯해 '신' 대접을 받던 사람들은 우리가 사실은 인간일 뿐이고 엔지니어링과 관련해 잘못된 결정도 내리며 모두가 그렇듯 방귀도 뀐다는 사실을 알았어요. 그래서 추앙받는 위치에서 쫓겨날까 봐 항상 두려워했지요. 반면 '골 빈 놈들'에 속하면 열심히 일하는

뛰어난 엔지니어라 해도 앞으로 인정을 받아 현재보다 더 나은 위치에 오를 방법이 없다고 느낄 수밖에 없었어요.

잡스가 항상 옳은 선택을 한 것만은 아니지만 이상하게도 주변 사람들은 그의 선택에 이견을 달지 않고 따랐다. 어떤 사람은 그걸 잡스의 '현실 왜곡장reality distortion field'이라고 명명했는데, 거기 걸려든 사람들은 최면에 걸린 듯 그에게 고분고분해졌다. 잡스와 함께 일을 한 사람은 이렇게 말했다.

한마디로 자기 충족적인 왜곡이었다고 할 수 있어요.
불가능하다는 사실을 깨닫지 못하고 불가능한 일을 해내도록 만들었으니까요.

잡스는 필요한 사람을 묘하게 잡아끄는 능력이 뛰어났다.

직관력의 천재로 거듭나다

그는 정말 똑똑한 사람이었을까? 아이작슨은 그가 예외적으로 똑똑한 사람은 아니었다고 말한다. 그럼에도 그는 이제까지 없던 새로운 유형의 천재였다.

그의 상상력은 직관적이고 예측 불가하며 때로는 마법처럼 도약했다. 실제로 그는 수학자 마크 카츠가 불쑥불쑥 통찰력이 쏟아져 나와 단순한 정신적 처리 능력보다는 직관력을 필요로 하는 사람을 일컬어 말한, 이른바 '마법사 천재'의 전형이었다. 그는 마치 탐험가처럼 정보를 흡수하고 냄새를 느끼며 앞에 펼쳐진 것들을 감지할 수 있었다.[1]

1981년에 '애플'은 주식 공모에서 신기록을 세우고, 1983년에는 역사상 가장 짧은 시간 안에 미국 500대 기업 그룹에 들어가는 데 성공한다. 500대 기업에 진입하면서 펩시코사의 대표 존 스컬리John Scully를 최고경영자로 들이는데, 이때 잡스는 "남은 일생 동안 설탕물이나 팔면서 살기를 원하십니까?"라는 질문을 던져 그의 마음을 돌린 것으로 유명하다.

이 질문에는 세상의 변화와 가치에 대한 날카로운 통찰력이 담겨 있다. 잡스는 "웹 사이트 기반이 아닌 애플리케이션 기반의 디지털 콘텐츠에 대해서 새로운 시장"을 열고, "세상을 변혁시키는 제품"을 내놓았다. 그런 맥락에서 "전 세계의 공동체들이 디지털 시대에 걸맞은 창의적 경제를 구축하려고 애쓰는 이 시대에, 스티브 잡스야말로 독창성과 상상력, 지속 가능한 혁신의 아이콘"이라고 할 수 있다.[2] 아이작슨은 잡스를 셰익스피어의 『헨리 5세』에

---

1 월터 아이작슨, 『스티브 잡스』, 안진환 옮김, 민음사, 2015.

나오는 "열정적이지만 예민하며 냉담하지만 감상적이고 영감을 주면서도 흠 많은 왕으로 성장하는"[3] 핼 왕자에 견준다.

다른 것을 생각하라

잡스는 양부모 아래에서 자라나고, 한때 히피였으며, 인도로 구루를 찾아 종교적 순례를 떠나기도 했다. 그는 단순하고 소박한 삶을 추구했지만, 목표를 위해서는 피도 눈물도 없이 냉정하고 가혹한 일면도 있었다.

1997년 크리에이티브 디렉터 리 클라우Lee Clow가 잡스의 요청으로 만든 60초짜리 광고의 헤드 카피 '다른 것을 생각하라Think Different'에 담긴 멋진 아이디어에 잡스는 깊이 열광하며 "이따금 영혼과 사랑의 순수함을 마주하는 순간이 있는데, 그럴 때면 저는 늘 눈물이 납니다. 그런 순수함은 제 안으로 파고들어와 저를 사로잡지요"라고 말했다. 그 광고의 문구는 최종적으로 이렇게 다듬어졌다.

미친 자들을 위해 축배를. 부적응자들. 반항아들. 사고뭉치들.

2 월터 아이작슨, 앞의 책.
3 월터 아이작슨, 앞의 책.

네모난 구멍에 박힌 둥근 말뚝 같은 이들. 세상을 다르게 바라보는 사람들. 그들은 규칙을 싫어합니다. 또 현실에 안주하는 것을 원치 않습니다. 당신은 그들의 말을 인용할 수도 있고, 그들에게 동의하지 않을 수도 있으며, 또는 그들을 찬양하거나 비난할 수도 있습니다. 당신이 할 수 없는 한 가지는 그들을 무시하는 것입니다. 왜냐하면 그들이 세상을 바꾸기 때문입니다 그들은 인류를 앞으로 나아가도록 합니다. 어떤 이들은 그들을 보고 미쳤다고 하지만, 우리는 그들을 천재로 봅니다. 자신이 세상을 바꿀 수 있다고 믿을 만큼 미친 자들······ 바로 그들이 실제로 세상을 바꾸기 때문입니다.

잡스는 '다른 것을 생각하라'라는 이 광고를 정말 좋아했다. 그는 '세상을 바꿀 수 있다고 믿을 만큼 미친 사람들이 결국 세상을 바꾼다'라는 걸 진심으로 받아들였다. 바로 그 자신이 세상을 바꿀 수 있다고 믿은 미친 사람이고, 그 믿음에 따라 세상을 바꾼 혁신가였기 때문이다. 잡스는 번개처럼 번쩍이는 뮤즈Muse, 가장 밝게 빛나는 창조의 천국으로 이끌 불의 뮤즈를 갖고, 현대의 기술과 미학을 결합시킨 천재였음이 분명하다.

'애플' 신화의 시작, 워즈니악과의 만남

1974년 가을 스티브 잡스가 실리콘밸리에서 당시 휴렛패커드사에서 일하던 고등학교 시절의 친구 스티브 워즈니악Stephen Gary Wozniak과 재회한 것은 행운이었다. 워즈니악은 새로운 컴퓨터 연산 제어장치인 로직 보드를 구상 중이었는데, 그 설명을 들은 잡스는 공동 사업을 하자고 제안한다. 1976년 휴렛패커드사는 워즈니악이 설계한 것을 받아들이지 않았고, 워즈니악은 망설이지 않고 잡스와 손을 잡고 사업에 뛰어든다. 잡스의 집 창고를 사무실로 쓰기로 하고, 잡스의 폭스바겐 미니버스와 워즈니악의 고성능 계산기를 팔아 이를 종잣돈 삼아 로직 보드의 개발에 나선다.

이 제품에는 애플 I이라고 이름을 붙였다. 더 나아가 워즈니악은 키보드까지 갖춘 모델 애플 II를 설계하고 이 기기를 플라스틱 재질로 된 일체형 틀로 전체를 감싸도록 마감하여 외장을 정돈한다. 두 사람은 이것을 제품화하는데 성공하는데, 이는 사업에 날개를 단 격이었다. 2007년 잡스는 터치스크린의 아이폰을 출시하며 통신 사업을 새로운 사업 영역으로 키운다. 아이폰은 MP3를 듣고 비디오 시청을 할 수 있으며, 인터넷도 할 수 있는 세상에 없던 새로운 휴대폰이었다. 애플은 연이어 아이폰과 닮은 터치스크린을 갖춘 MP3 플레이어이자 게임 기기인 아이팟 터치를 선보이며 승승장구한다.

앞서 1982년 잡스는 미국의 젊은 기업가들을 다룬 《타임》 2월

호의 표지 인물로 선정되었다. 이때 잡스는 이렇게 소개된다.

> 23세의 잡스는 6년 전 부모님 집의 방과 차고에서 시작해서
> 성장시킨 회사를 이끌고 있다. 올해 이 회사는 6억 달러의
> 매출을 올릴 것으로 예상된다. (중략) 간부인 잡스는 때때로
> 부하 직원들을 까다롭고 거칠게 대한다. 그 자신도 '감정을
> 드러내지 않는 방법을 배울 필요가 있을 것 같다'라고
> 인정한다.

잡스는 성공한 기업가로 돈과 명예를 한 손에 거머쥔 유명한 인물이 되었는데, 이때도 여전히 1960년대 이상주의와 히피를 중심으로 한 반문화 운동의 정체성을 유지하고 있었다.

그가 스탠퍼드 대학에 초청받아 특강을 하러 갔을 때의 일이다. 잡스는 양복 재킷과 신발을 벗고 탁자 위에 올라가 가부좌 자세로 앉아 학생들과 문답을 주고받았다. 학생들은 애플 주가나 컴퓨터의 미래 같은 현실적인 문제에 대해 질문을 하고, 잡스는 답변을 했다. 잡스는 잠깐 동안 침묵을 하다가 학생들을 바라보며 질문을 던졌다. "여러분 중에 섹스 경험이 없는 학생이 얼마나 되지요?" 학생들은 쿡쿡 웃음을 터뜨렸다. "LSD를 해본 학생은요?" 학생들은 잡스가 던진 질문 의도를 알아채지 못했다. 그들은 물질주의에 침윤된 세대고, 관심은 경력과 취업의 범주에서 크게 벗어나지 못했다.

잡스는 자신이 겪은 1960년대에 대해 설득력 있게 말을 이어나갔다. "1960년대를 휩쓸던 이상주의의 바람은 아직도 우리 마음속에 있습니다"라는 말로 자신들이 어떻게 '다른 세대'가 되었는지를 설명한 것이다.

빌 게이츠와 스티브 잡스

동시대에 태어나 경쟁을 벌이던 빌 게이츠와 스티브 잡스를 여러 모로 견주는 사람들이 많다. 두 사람은 한 궤도를 도는 두 개의 큰 별이다. 두 별은 한 궤도에 있기 때문에 중력의 상호작용으로 궤도가 얽히는 일도 생긴다. 이를 연성계連星系라고 하는데, 빌 게이츠와 스티브 잡스 사이에는 자연스럽게 이런 연성계가 생겨난다.

> 1970년대 말부터 시작된 PC 시대의 첫 30년 동안에도,
> 1955년에 태어난 두 명의 활기 넘치는 대학 중퇴자로 이루어진
> 뚜렷한 연성계가 형성되었다.[4]

잡스는 타는 듯 강렬한 눈빛으로 상대를 쏘아보는 사람이지만 게이츠는 상대와 눈 마주치는 걸 싫어하는 사람이었다. 두 사람은 같

---

4 월터 아이작슨, 앞의 책.

은 해에 태어나고 같은 업종에서 일하고, 대학 중퇴자라는 공통점이 있었지만, 성장 배경, 성격이나 능력치에서는 뚜렷하게 달랐다.

빌 게이츠는 유명한 변호사를 아버지로 둔 유복한 환경 속에서 지역 최고의 사립학교를 나와 하버드 대학에 입학한다. 게이츠는 컴퓨터 마니아로 성장한 덕택에 컴퓨터 코딩을 잘 이해하고, 분석적 처리 능력이 뛰어나고, 안정된 품성을 가진 사람이다. 반면 잡스는 사생아로 태어나 평범한 가정에 입양된 아이로 거친 사춘기를 보냈으며, 반항아 혹은 히피 경력을 거쳐 종교적 구도자를 찾아 헤맨 적이 있고, 직관력이 뛰어나고 낭만적인 기질이 농후한 사람이다. 두 사람은 생래적 기질과 성격의 차이로 각자 다른 길을 걸을 수밖에 없었다. 두 사람의 다름에 대해 아이작슨은 다음과 같이 지적한다.

완벽주의자 잡스는 모든 것을 통제하길 원했고, 그 무엇과도 타협하지 않는 예술가적 성향에 탐닉했다. 그와 애플은 하드웨어와 소프트웨어, 콘텐츠를 하나의 패키지로 세밀하게 통합하는 디지털 전략의 모범이 되었다. 게이츠는 비즈니스와 기술에 초점을 맞춘 영리하고 계산적이며 실용적인 분석가였다. 그는 마이크로소프트 운영 체제와 라이선스를 주저 없이 다양한 제조사들에 제공했다.[5]

5 월터 아이작슨, 앞의 책.

게이츠는 잡스가 프로그래밍에 대해 아무것도 모른다는 점에서 상대적으로 우월감을 느끼고, 잡스의 괴팍한 성정을 인격적 결함으로 여겼다. 하지만 게이츠는 잡스의 사람을 매혹시키는 능력과 남다른 직관력을 부러워했고, 그에게 강하게 끌리는 바가 있었다. 잡스는 게이츠를 세상 모르는 부잣집 도련님으로 여겼고, 그래서 경험과 상상력이 부족하고 편협하다고 여겼다.

감동적인 스탠퍼드 대학 졸업 연설문

잡스는 2003년 10월에 췌장암 진단을 받지만 그 사실을 아무에게도 알리지 않았다. 그의 비밀주의가 새삼스러운 것은 아니다. 2004년 췌장 및 담관의 일부와 담낭, 십이지장을 잘라내고 남은 췌장과 담관을 연결하는 대수술을 받는다. 다행히 수술이 성공적으로 끝나자 그는 애플 경영에 복귀한다. 2005년 6월 졸업식에서 연설을 해달라는 스탠퍼드 대학의 요청 또한 수락했다. 연설문 작성을 하는 데 도움을 받기 위해 대본 작가인 에런 소킨Aaron Sorkin에게 연락했지만 그는 아무런 도움을 받지 못했다.

어느 날 밤 그는 책상 앞에 앉아 졸업식 연설문을 써내려가는 가운데 제 인생을 천천히 돌아보았다. 그리고 그해 6월 12일 미국 스탠퍼드 대학 졸업식에서 그 유명한 연설을 했다. 한 해 전에 췌장암 판정을 받을 때 주치의는 기껏해야 석 달에서 여섯 달 정도

살 수 있을 것이라고 했지만, 잡스는 수술 뒤에 회복해 스탠퍼드 대학에서 연설을 한 것이다. 이 연설에서는 세 번째 이야기로 죽음에 대한 철학을 펼쳐 보였다. 그것은 암 발병과 투병을 통해 얻은 인생의 깨달음에 관한 이야기이다. 잡스의 연설은 단순하고 명료했는데, 특히 죽음에 관한 부분이 연설의 백미로 감동을 주고 사람들을 매료시켰다.

제가 17세 때 다음과 같은 글을 읽었습니다. "하루하루를 인생의 마지막 날처럼 살아간다면, 당신은 당신이 분명히 올바르게 살았다는 것을 알게 될 것이다." 제게는 감동적이었고, 그 뒤로 33년을 살아오는 동안 저는 매일 아침 거울을 보면서 스스로에게 물었습니다. 오늘이 내 인생의 마지막 날이라면, 저는 무엇인가를 바꾸어야 할 필요가 있다는 것을 알고 있습니다.

내가 곧 죽는다는 사실을 기억하는 것, 그것은 인생의 중대한 선택들을 도운 그 모든 도구들 가운데 가장 중요한 것이었습니다. 외부의 기대와 자부심, 망신 또는 실패에 대한 두려움 등 거의 모든 것이 죽음 앞에서는 퇴색하고 진정으로 중요한 것만 남더군요. 자신이 죽는다는 사실을 상기하는 것은 아까운 게 많다고 생각하는 덫을 피하는 가장 좋은 방법입니다. 우리는 이미 알몸입니다. 가슴을 따르지 않을 이유가 없지요.

(중략)

이것이 제가 죽음에 가장 가까이 갔던 것이었고, 또한 앞으로
수십 년 동안 그렇게 가까이 가고 싶지 않습니다. 이 일을
경험하면서 생각해보았습니다. 저는 죽음이 어떤 경우에는
유용하다는 것을, 막연하게 알고 있을 때보다 좀 더 확실하게
여러분에게 말할 수 있습니다. 죽기를 원하는 사람은 아무도
없습니다. 심지어 천국에 가길 원하는 사람조차도, 그곳에
가기 위해 죽고 싶어 하지는 않을 것입니다. 그러나 죽음은
우리 모두가 공유해야 하는 최종 목적지입니다. 그 누구도
피해 갈 수 없습니다. 또 그렇게 되어야만 합니다. 왜냐하면
죽음은 삶이 만든 단 하나의, 최고의 발명품이기 때문입니다.
그것은 인생을 변화시키는 계기입니다. 그것은 오래된 것들을
치움으로써 새로운 것들을 위해 길을 만들어주는 것입니다.
지금 새로운 것은 여러분입니다. 그렇지만 지금으로부터
멀지 않은 어느 날 여러분은 점차 오래된 것이 되어 사라질
것입니다. 너무 드라마틱하게 들렸다면 죄송스럽지만, 있는
그대로의 사실입니다.

여러분의 시간은 제한되어 있습니다. 그래서 다른 누군가의
인생을 사는 것처럼 낭비하지 마세요. 다른 사람의 생각으로
살아가는 도그마에 빠지지 마십시오. 자신 내면의 소리를
방해하는 다른 사람들의 의견을 허락하지 마십시오. 그리고
무엇보다 중요한 것, 여러분의 마음과 직관을 따르는 용기를

가져야 합니다. 여러분은 자신이 진정 되고 싶어 하는 것이 무엇인지 이미 알고 있습니다. 그 외의 모든 것들은 부차적인 것입니다.[6]

우리는 죽음이라는 막다른 골목에 도달해서 길 잃은 여행자와 같다. 삶의 끝에 죽음이 있다는 것은 알지만, 그 이후의 길을 찾아 갈 수 있는 지도는 없다. 누군가는 종교를 통해 그 지도를 얻으려 고 하고, 누군가는 내세와 윤회에 대한 지도를 얻었다고 자랑하지 만 진실은 그들이 죽음이 불러일으키는 공포를 피하기 위해 종교 와 거기서 나온 다양한 교리들을 이용한다는 사실이다.

혹시 그들은 종교라는 참호塹壕 속에 몸을 숨기고 죽음의 진실 을 애써 외면한 것은 아닐까? 그들이 종교에 의탁하면서 자신들 의 의식에서 의심이라는 검증의 기능을 거두어버린 것은 아닐까? 많은 사람들은 마치 패잔병들처럼 싸워야 할 무기와 비상식량 따 위를 다 버린 채 죽음과의 대면을 피하려고 종교에 서둘러 투항 하는 것은 아닐까?

종교와 교리들은 죽음이 존재의 끝이 아니라고 말한다. 또 다른 형태의 있음이 있고, 그것이 지속된다고 믿는다. 이것은 죽음이 지속의 중단이고, 소멸이며, 부정할 수 없는 종말이라는 사실의 부정이다. 그렇게 함으로써 죽음에 내재된 특성들을 지워버리고

6 월터 아이작슨, 앞의 책.

마치 죽음이 불결한 것이라도 되는 양 그것에서 멀찍이 떨어진다.

죽음은 삶을 표현하기보다는 그것을 없앤다. 죽음은 삶의
궤적을 채우는 것이 아니라 그것을 소멸시킨다.[7]

건조하게 얘기하자면, 죽음은 물질적인 존재를 해체해서 원소
로 돌아가는 것이다. 죽은 자는 욕망과 환상에서 자유롭게 되어
원소들로 돌아가며, 아무것도 아닌 것에서 태어나 다시 아무것도
아닌 것으로 회귀하는 것이다. 죽음이 살아 있는 모든 자에게 필
연적으로 닥치고, 결국 삶과 그 삶으로 추구하던 이상을 좌절시킨
다는 것은 사실이다.

메멘토 모리, 죽음은 삶이 만든 최고의 발명품

죽음은 항상 삶에 부정적이기만 한 것일까? 잡스는 스탠퍼드 대
학 졸업식 연설에서 '당신도 죽는다는 것을 잊지 말라'는 뜻의 '메
멘토 모리Memento mori'를 외친다. 그의 죽음에 대한 통찰은 철학적
이고 의미심장한 데가 있다. 그는 죽음이 가진 모호성을 뛰어넘어
그것이 "삶이 만든 단 하나의, 최고의 발명품"이라고 단언한다.

7 토드 메이, 『죽음이란 무엇인가』, 서동춘 옮김, 우듬지, 2013.

삶과 죽음의 핵심을 통찰하는 인문학적 비범함이 돋보이는 대목이다. 죽음이 삶을 끝내고, 존재를 소멸시키기도 하지만, 때때로 죽음은 유용한 것이고, 삶의 광휘를 위해 반드시 필요한 것이라는 사실을 깨달은 것이다. 그런 뜻에서 죽음이 항상 부정적이고 나쁜 것만은 아니다. 철학자 토드 메이는 죽음의 유용성을 이렇게 지적한다.

> 죽음이 삶에 중요성을 부여하는 것 중 하나는 인간의 삶을 미래로 이어지도록 만든다는 것이다. 그래서 인간은 계획을 세우고, 일에 헌신하며, 또한 관계를 구축하면서 미래를 열고 개발하는 데 열정을 쏟는다.[8]

죽음으로 인해 삶은 유한한 시간으로 제한된다. 그래서 시간을 낭비하는 일은 어리석다. 우리가 다른 사람의 생각으로 살아가는 도그마에 빠지지 말아야 할 이유는 분명하다. 잡스는 "내면의 소리를 방해하는 다른 사람들의 의견"을 거부하라고 부추기며, 인생에서 정말로 중요한 것은 "마음과 직관을 따르는 용기"라고 말한다.

2009년 6월 《월스트리트 저널》은 잡스가 그해 4월, 간 이식 수술을 받은 사실을 세상에 알렸다. 췌장에서 생긴 암이 간으로 전

8 토드 메이, 앞의 책.

이되었는데, 이식 수술은 테네시주에서 이루어졌다. 미국에서는 간 이식을 위해 대기하는 기간이 평균 306일이지만 테네시주에서는 48일이면 가능했기 때문이다. 잡스는 간 이식 수술을 마치고 회복기를 거친 뒤 2009년 6월 29일에 애플로 돌아오지만 경영 복귀는 오래 지속되지 않았다. 2011년 새해가 밝자 잡스는 몸에 이상을 느껴 다시 병가를 내고 요양에 들어간다. 그의 건강 상태는 철저하게 비밀에 부쳐졌지만 의구심을 나타내는 사람들이 많아졌다.

그해 8월 최고경영자직을 사임하고 일선에서 물러난 잡스는 불과 석 달 뒤 10월 5일 눈을 감았다.

참고 문헌

스스로 깨달은 자 / 붓다 /

나카무라 하지메.『붓다의 마지막 여행: 인류의 위대한 스승, 그 마지막 행
적을 따라가다』, 이경덕 옮김, 열대림, 2006.

법륜.『인간 붓다, 그 위대한 삶과 사상』, 정토출판, 2010.

부아슬리에, 장.『붓다: 꺼지지 않는 등불』, 이종인 옮김, 시공사, 1999.

암스트롱, 캐런.『스스로 깨어난 자 붓다』, 정영목 옮김, 푸른숲, 2003.

우, 존 C. H.『선의 황금시대』, 김연수 옮김, 한문화, 2013.

죽음을 뛰어넘는 위대한 삶의 실험 / 레프 톨스토이 /

오쿠튀리에, 미셸.『톨스토이: 러시아의 위대한 영혼』, 김주경 옮김, 시공사,
2014.

츠바이크, 슈테판.『톨스토이를 쓰다』, 원당희 옮김, 세창미디어, 2013.

톨스토이, 레프.『사람은 무엇으로 사는가: 톨스토이 단편선』, 이순영 옮김,
　　문예출판사, 2015.

──.『이반 일리치의 죽음』, 이순영 옮김, 문예출판사, 2016.

──.『자아의 발견: 톨스토이 인생론』, 함현규 옮김, 빛과향기, 2012.

상갓집 개에서 성인으로 / 공자 /

리카이저우.『공자는 가난하지 않았다: 세속의 눈으로 파헤친 고전의 사생
　　활』, 박영인 옮김, 에쎄, 2012.

시라카와 시즈카.『공자전: 반체제 인사의 리더에서 성인이 되기까지 우리
　　가 몰랐던 공자 이야기』, 장원철·정영실 옮김, 펄북스, 2016.

아탈리, 자크.『자크 아탈리, 등대: 공자에서 아리스토텔레스까지 우리에게
　　빛이 된 23인』, 이효숙 옮김, 청림출판, 2013.

친, 안핑.『공자 평전: 권위와 신화의 옷을 벗은 인간 공자를 찾아서』, 김기
　　협 옮김, 돌베개, 2010.

바람구두를 신고 방랑한 천재 시인 / 아르튀르 랭보 /

랭보, 아르튀르.『나의 방랑: 랭보 시집』, 한대균 옮김, 문학과지성사, 2014.

──.『랭보: 바람구두를 신은 천재 시인』(전 2권), 정남모 옮김, 책세상,
　　2007.

———.『지옥에서 보낸 한철』, 김현 옮김, 민음사, 2016.

랭보, 이자벨.『랭보의 마지막 날』, 백선희 옮김, 마음산책, 2018.

대교약졸의 노래 / 노자 /

노자.『노자: 버려서 얻고 비워서 채우다』, 김원중 옮김, 글항아리, 2013.

야오간밍.『노자 강의』, 손성하 옮김, 김영사, 2010.

졸리앵, 알렉상드르.『인간이라는 직업: 고통에 대한 숙고』, 임희근 옮김, 문학동네, 2015.

최진석.『생각하는 힘, 노자 인문학』, 위즈덤하우스, 2015.

———.『노자의 목소리로 듣는 도덕경』, 소나무, 2001.

리얼리스트가 되자! / 체 게바라 /

게바라, 체.『체 게바라 자서전: 20세기 가장 완전한 인간의 삶』, 박지민 옮김, 황매, 2007.

———.『체 게바라의 볼리비아 일기』, 김홍락 옮김, 학고재, 2011.

구광렬(편역).『체의 녹색 노트』, 문학동네, 2011.

코르미에, 장.『체 게바라 평전』, 김미선 옮김, 실천문학, 2005.

자기 자신을 출산한 여자 / 프리다 칼로 /

바우어, 클라우디아. 『프리다 칼로』, 정연진 옮김, 예경, 2007.

버루스, 크리스티나. 『프리다 칼로: 나는 나의 현실을 그린다』, 김희진 옮김, 시공사, 2009.

칼로, 프리다. 『프리다 칼로, 내 영혼의 일기』, 안진옥 옮김, 비엠케이, 2016.

니체라는 낯선 정신 / 프리드리히 니체 /

고명섭. 『니체 극장: 영원회귀와 권력의지의 드라마』, 김영사, 2012.

고병권. 『니체의 위험한 책, 차라투스트라는 이렇게 말했다』, 그린비, 2003.

니체, 프리드리히. 『비극의 탄생』, 김출곤·박술 옮김, 읻다, 2017.

———. 『즐거운 학문·메시나에서의 전원시·유고(1881년 봄~1882년 여름)』, 안성찬·홍사현 옮김, 책세상, 2005.

———. 『차라투스트라는 이렇게 말했다』, 장희창 옮김, 민음사, 2004.

들뢰즈, 질. 『니체와 철학』, 이경신 옮김, 민음사, 2001.

백승영. 『니체, 디오니소스적 긍정의 철학』, 책세상, 2005.

정동호. 『니체』, 책세상, 2013.

콩스탕티니데스·막도날드. 『유럽의 붓다, 니체: 니체, 자신 안의 불성을 깨닫다』, 강희경 옮김, 열린책들, 2012.

충만하고 조화로운 삶 / 스콧 니어링 /

노르베리 호지, 헬레나. 『행복의 경제학』, 김영욱·홍승아 옮김, 중앙북스, 2012.

니어링, 헬렌. 『아름다운 삶, 사랑 그리고 마무리』, 이석태 옮김, 보리, 1997.

살트마시, 존. 『스코트 니어링 평전』, 김종락 옮김, 보리, 2004.

태양은 아침에 뜨는 별이다 / 헨리 데이비드 소로 /

드루아, 로제 폴. 『걷기, 철학자의 생각법』, 백선희 옮김, 책세상, 2017.

소로, 헨리 데이비드. 『산책 외』, 김완구 옮김, 책세상, 2009.

──────. 『월든』, 강주헌 옮김, 현대문학, 2011.

장석준. 『혁명을 꿈꾼 시대』, 살림, 2007.

가난조차 호사로 느낀 지중해의 영혼 / 알베르 카뮈 /

로트먼, 허버트 R. 『카뮈, 지상의 인간』(전 2권), 한기찬 옮김, 한길사, 2007.

카뮈, 알베르. 『결혼·여름』, 김화영 옮김, 책세상, 1998.

──────. 『이방인』, 김화영 옮김, 책세상, 2012.

카뮈, 카트린. 『나눔의 세계: 알베르 카뮈의 여정』, 김화영 옮김, 문학동네, 2016.

고독한 구도자 / 프란츠 카프카 /

로베르, 마르트.『프란츠 카프카의 고독』, 이창실 옮김, 동문선, 2003.

묘조 기요코.『카프카답지 않은 카프카』, 이민희 옮김, 교유서가, 2017.

바겐바하, 클라우스.『카프카: 프라하의 이방인』, 전영애 옮김, 한길사, 2005.

티에보, 클로드.『카프카: 변신의 고통』, 김택 옮김, 시공사, 1999.

이토록 빼어난 세기의 지성 / 시몬 드 보부아르 /

레비, 베르나르 앙리.『사르트르 평전』, 변광배 옮김, 을유문화사, 2009.

변광배.『사르트르와 보부아르의 계약결혼』, 살림, 2007.

보부아르, 시몬 드.『모든 사람은 혼자다: 결혼한 독신녀 보부아르의 장편 에세이』, 박정자 옮김, 꾸리에, 2016.

퀴벨, 루스.『사물의 약속』, 손성화 옮김, 올댓북스, 2018.

기억과 망각 사이에서 / 허먼 멜빌 /

멜빌, 허먼.『모비 딕』, 김석희 옮김, 작가정신, 2011.

신문수.『모비 딕: 진실을 말하는 위대한 기예』, 살림, 2005.

커니, 리처드.『이방인, 신, 괴물: 타자성 개념에 대한 도전적 고찰』, 이지영 옮김, 개마고원, 2004.

필브릭, 너새니얼. 『사악한 책, 모비 딕』, 홍한별 옮김, 저녁의책, 2017.

생각을 바꿔라, 그러면 세상이 바뀐다 / 스티브 잡스 /

메이, 토드. 『죽음이란 무엇인가』, 서동춘 옮김, 우듬지, 2013.

아이작슨, 월터. 『스티브 잡스』, 안진환 옮김, 민음사, 2015.